JN195504

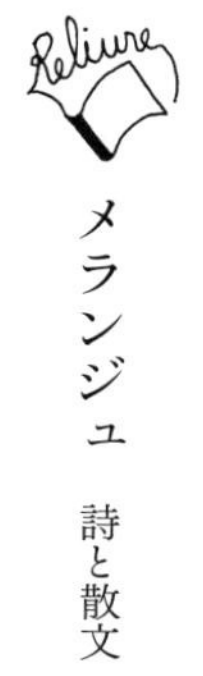

メランジュ

詩と散文

ポール・ヴァレリー
鳥山定嗣＝訳

幻戯書房

目次

『メランジュ』

〈はしがき〉――013
メランジュとは精神のこと*――015
人間（ユマニテ）なるもの――016
生と富――019
〈愛情〉――019
イレーヌのソネット*――020
海――022
大聖堂――024
グラースにて――025
モンペリエ――029
ジュネーヴ――031
タイガー――031

〈同題〉――033
秋――034
語らい*（二つのフルートのために）――035
白鳥のいた幼年期――038
ダイヤモンド――039
美……――040
精神……――041
黙れ*――042
日常生活〈虚空と充満〉――046
目覚め――047
災厄*――048
小品*――051
ある肖像の下に――051
M夫人の扇に――051
かくも貴重な薔薇を贈ってくれたファン・ラモン・ヒメネスに――052
クロッキー――053

アフォリズム——054
ナルシスのカンタータ*——056
格言——108
回想——109
人間なるもの（ユマニテ）——113
取り憑かれた部屋——117
室内——118
魔法——119
夢——120
詩人の店——121
海景——122
「考える人」——123
瞑想——124
眼差し——126
折々の景——128
婦人の顔——131

海景――132
観念――133
神なるもの(ディヴィニテ)――134
ヨシャファトにて――135
愛(アモル)――136
〈牡蠣〉――142
詩篇(プソーム)X〈Z〉*――142
詩篇(プソーム)Y*――144
幸運〈精神の考える幸運〉――146
ある物語(コント)のアイデア(ヴィリエ風に)――147
〈運用の問題〉――148
情念(パトス)――150
生体=精神の政治――153
口――155
うわのそらの女(ひと)*――156
道徳なるもの(モラリテ)――157

雪*——161
人間なるもの（ユマニテ）——163
禍言（まがごと）——166
偉大さ——173
おのれひとりとともに——175
幻視者（ヴイジョネール）——177
奇妙なこと——178
人間なるもの（ユマニテ）——182
審美家——184
詩篇（プソーム）〔S〕*——186
鳥——187
目覚め——188
詩篇（プソーム）〔T〕*——189
涙——190

〔　〕は再版以降の増補テクストないし改題を示す
*は詩、その他は散文

註——194
ポール・ヴァレリー[1871-1945]年譜——206
訳者解題——278

ロゴ・イラスト——丸山有美
装丁——小沼宏之［Gibbon］

メランジュ

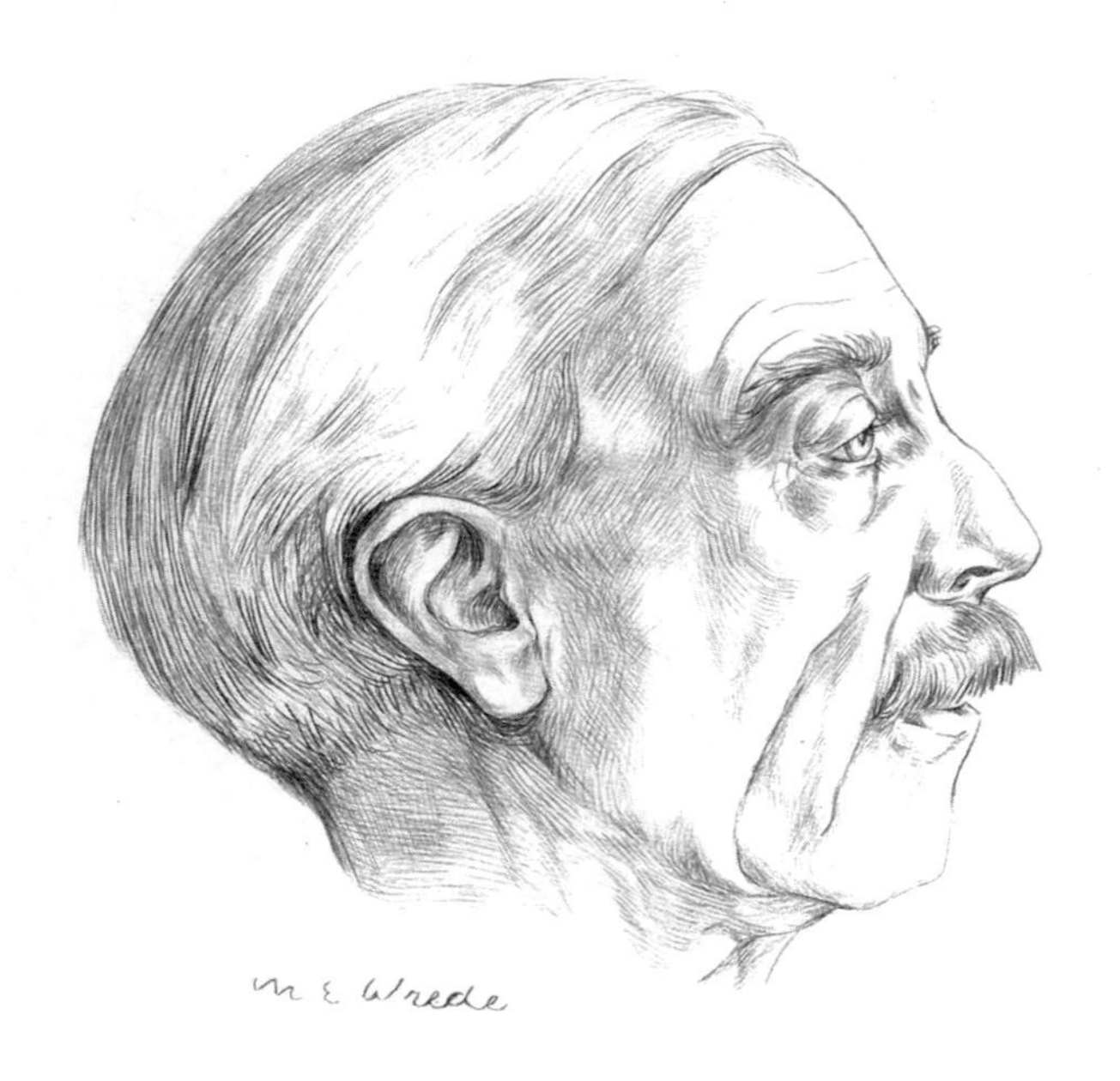

〔はしがき〕[001]

本書は、数年前に私が種々雑多な断章を一巻にまとめ、数名の愛好家のために十五葉ほどのエッチングの挿絵を添えた一種のアルバム[002]をもとにしている。このたび私は元のテクストに少なからぬページを加えた。これほど偽りのないタイトルを掲げた本はない。本書『メランジュ』にいわば「君臨する」無秩序は執筆年代にまで及ぶ。五十年近くも前に書かれたものがあれば、一昨日のものもある。短詩「災厄」と「ナルシスのカンタータ」との間には約半世紀の歳月が流れている[003]。こうした時間の量は、精神の産物においては何の意味もない。だが、この二作を本書に入れようとして書類のなかから取り出しながら、私はこう自問した。両作品が同じ作者のものであること、またどちらが先に作られたかということは、どうやって見分けられるのだろうか。正直なところ、この問いは、もしその答えを知らなかったなら、大いに私を悩ませることだろう。これは老人ならではの問題だ。ひとは自分が同じ人物であるということをよくよく承知しているが、このささやかな命題を説明し証明するのは至難のわざだろう。「〈私（モワ）〉」とはもしかすると単に便利な記号、動詞「である（エートル）」と同じくらい空虚な記号にすぎないのかもしれない——両者とも空虚であればあるほどいっそう便利なものとなる。

メランジュとは精神のこと

004

散文　韻文　回想　心象　格言
眠りからやって来たもの　愛からやって来たもの
神々や諸状況から　与えられたもの
その集成がこの〈アルバム〉　わが日々の断片集。

時により　無邪気　非常識　愛想よし　変わり者
蝿一匹の奴隷ともなれば　法律の主人ともなる
　精神とはまさにこの混淆（メランジュ）
そのもつれから絶え間なく　**私**（モワ）が身を解き放つ。

人間（ユマニテ）なるもの

一

ポリュドーロス[005]は落ち込んでいた。自分を傷つけ、苛立（いらだ）たせる言葉、他人が自分に抱いているはずの考えをぶち壊すような言葉を読んだのだ。

アイソーン[006]が彼に出くわし、それと察してこう言った。

――なにか抱えていますね。しっかり食べていますか。

――それはもう。

――しっかり眠れていますか。

――まあまあ。

――体調は？

――いい。

――では……愛情は？

――愛していると思うし、愛されていると思う……

――なんて幸せなひと！　あなたに欠けているのは幸せだという気持ちだけです。あなたは紙切れ一枚に悩んでいるんですね、大事なことはすべてうまく行っているのに。

二

人間が恐れるべきものは自分自身だけ、――みずからの苦痛の潜在力（ポテンシャル）だけだ。

三

否定しようとする精神状態はしばしば否定する機会に先立つ。君が口を開く前に、もし君が嫌なやつなら、君が何を言おうと私の否定が待ち受けている、――というのも私が否定するのは「君」だから。

こうしたことは次の世代と今の世代の関係、あるいは一国民と他の一国民の関係のなかにしばしば存在する。

そして、あらゆる国家、あらゆる体制、あらゆる社会において、政治が世論に左右される場合、持ち上がる問題、小事、大事、困難、事件がどのようなものであれ、あらゆる検討をする以前に、またあらゆる論証をした後でも、どうしようもないのだ。心という心は（聖書の言うように）頑（かたく）なになってしまっている[007]、というか、敵の臭いに感づき、それを嗅ぎつけるやいなや、即座に頑（かたく）なになるのだ。

四

ある人々は愛しあうほどに、他の人々は憎しみあうほどに愚かだ。
二つのだましあい方。

五

二人の男が喧嘩していた。罵りあいがあまりに激しく素早いために、どちらが罵り、どちらが罵られているのかもう分からないほどだった。
応酬の間隔はますます縮まって可能なかぎり最短の時間、つまり一精神が自分自身に答えるのにかかる最短時間に近づき、ついにはこの二人の敵のあいだに真の親密さが生まれるまでになった。——互いに相手の口を自分の口とみなしかねないほどに。

生と富

富は生を高める、それが可能性を高めるかぎり。可能性とはまさしく生の感覚にほかならない。生きているとは可能性を保っていることだ。

〔愛情〕008

愛情は愛情と結びついて現実の一単位となる——あるいはそうなろうとする。愛情とは弱くあることの心地よさにまったく弱々しく身をゆだねようとする傾向である。だが、この「喜び」はどこから来るのか。この弱さは、このほろりと心を動かされる状態は——このうえない実力行使を予告する。

イレーヌのソネット[009]

聖アンブロワーズ氏作[010]

一六四四年[011]

移り気な女心を〈かの人〉がいかに誇れど
魅せられしわが心には　そは婉曲な言ひ回し
〈かの人〉の愛はただひとり〈愛〉のさなかに愛するは
世にまたとなき碩学の　たぐひ稀なる人をのみ。

たとひ〈かの人〉が嬉々として　移らふ心をよそほひて
神のごと衆目の的（まと）に　ならむとも甲斐なきことよ

その美は決して一日の　色男たちのものならず
いと清き身の美しさ　永遠の命を生くるなり！

いかに〈貴女〉が取巻きの　うわさ話をしようとも
ダイヤモンドさながらに　女心で身を飾り
わが心に幾たびも　矢を放たむと欲すとも

苦しむわれは　金色のイレーヌ[012]よ　苦しむとも信じはしまい
おお　みずみずしき〈薔薇の君〉　夜の明くるたびわれは知る
ただわが内に〈君〉は生き　わが内にのみ悦ぶを。

海

一

凪いだ海——灰色の海、大部分は粒状に見え、海面の局部的な活動、掻痒(そうよう)感、蟻走(ぎそう)感を示している。

波は形だ。不動で、その素材が動いている。あるいは形が動いていて素材は「静止」している。

「ひとつの波」——それはどういう点で同じひとつのものなのか？　それは諸々の形と運動の連続だ。回転する車輪（目には見えないが）の上の輝く一点と、円周上に照らし出される点の連なりが、目によって同一視される。連続性はつねに「空間」と「時間」を結びつける。

二

同じ石でも、海に押し流されたものと空気中で雨や霜の作用を受けたものでは同じ形態にはならない。摩滅した表面は同じではない。同じ種類の偶然ではないのだ。海の作用は変化しやすい。風雨と重力の作用はそうではない。一方は転がし押し流す。他方は打ちつけたり、砕いたり、風化させたりする。

三

海原に、時々、泡がきらめくが、それらの時は偶然が創り出すものだ。

四[013]

朝——風の吹きすさぶ暗い夜明け——風の砲撃
私の神経の著しい緊張
一切が示し、告げる、このうえなくかすかな変化を、
出来事を——眠りから出たばかりの帯電したような現在
共鳴と閃光と予期に満ちた現在、
存在の四分の三は眠ったまま、残りの先端部分が震えている。
非常に激しい、とはいえ非常に小刻みに震える細波(さざなみ)。

大聖堂
014

シャルトルのステンドグラス——瑠璃（ラピス）、七宝（エマイユ）。真珠光沢（オリエント）。

複雑な味わいの飲み物のように、数多くの小さな構成要素が示す生き生きとした色、つまり偏光でも反射光でもなく、はっきり区別された強烈な色調（トーン）のモザイク状の光を発する色と、それら一平方デシメートルの小片があらゆる可能な結びつきを呈するさまは、甘美な眩暈（めまい）をもたらし、視覚よりも味覚に訴えるかのようだ、——それは図柄が小さいためであり、そのため図柄を無視することも、見ることも——思いのままに（アド・リビトゥム）——でき、ここには青、あそこには赤が多いといった具合に配色だけを見ることもできるのだ。

顆粒状の外観、すばらしい宝石類の粒、蜜房、天国の柘榴の粒。

この世のものとは思えない。

〈薔薇窓〉は花開いた巨大な網膜を思わせる、色を産み出すみずからの生き生きとした構成要素の多彩な振動のとりこになっている網膜を……

マラルメの散文にはステンドグラスのような文章がある。主題はまったく重要ではない――それは各断片の神秘、鮮烈さ、深さ、笑い、夢想のなかに紛れて埋もれている――断片のひとつひとつが感じられ、歌っている……

右手の正面玄関(ポルタイユ)――中央のそれは凡庸きわまりなく、人物はどれも間抜けに見える――左手の尖塔は気に入らない。

グラースにて

一[015]

鐘が鳴る。

蛙がなき、鳥がさえずる

鋸(のこぎり)のように規則的な蛙の声、それを背景に、ピーピーと鋏(はさみ)を入れるような鳥の声。

匂い。庭から漂ってくるのか香水工場のものか分からない。

二

016

私の窓から、視界の中央に、畑を掘り起こしているひとりの男が見える。身をかがめ、両脚を土に踏み入れ、一歩一歩仕事を進めている——白いシャツに青いズボン——つるはしを打ち込んでは、土の中に両手を入れる。

その男はちょうど小指の爪にすっかり隠れてしまうくらいの距離にいる。

男は私の目に見える景色一帯の中央にいて、彼のまわりに広がる風景は、丘また丘を越えて山々の高みにまで、黄金（こがね）色の波から青い波へと、ごく小さな明るい家や、オリーブの木の群れや、黒い突針——糸杉だ——を運んでいる。

ここはフランスで、つるはしを振るっている小柄な男もたぶんフランス人だろう。三分の一の確率でイタリア人かもしれない。この男は働いていて、彼の仕事を必要とする人々がいるのだ。

こちらではまた別の農夫が、シャツ一枚で身を反らせ、薔薇の虫を取っているが、その男のまわりにいる鳥たちは彼の鼻先から飛び立って、まもなく桜の木の梢か突き出た枝にでも逢着するだろう。

オリーヴの木々が立ち並ぶなかの閉ざされた神殿のような、あの家の色と形の心地よさ。金めっきの剝げた石灰でできており、そこに曙の薔薇色と黄土色（オーカー）と乳白色が混じり合っている。なだらかな屋根、錆と褐色の染みがついた瓦、低い三角形の妻壁、灰色の青味がかった鎧戸、三本ずつ並ぶ大きな糸杉の木立。最近まで、この家はメーテルランクのものだった[017]。

土の厚みに両足をしっかりと踏み入れ、つるはしを振るう男——調整された機械のようだ——。とはいえ、この男は鉄具を打ち込み、大変な労力を払ってそれを引き上げ、それから体を、ベルトのあたりにある頭を起こし、上半身全体を持ちあげ、さらにまた、さらにまた。骨折って働くこの男の沈黙と息づかい。

三[018]

まだほの暗い田園のただなかに
家がひとつ黄金（こがね）色に染まり、花咲くアーモンドの木が一本、ぽつんと、
輝き——私の目に太陽の存在を示す
まだ直（じか）には見えないけれど。
そして一本の大きな〈樹〉が、木々とほの暗い草花のあいだで、
燃え立ち、朝の冷たい風のなか揺り動かしている

さまざまな群がひとつに集まる全体を
千々に乱れる繊細な細部を
みずからの光り輝く緑の塊(マッス)を。
やがてオリーヴの木々が生まれる、華奢な
銀色の入り混じった姿で。
〈花蘇芳(はなずおう)〉[019]の色褪せた薔薇色が現れる。
赤い瓦屋根が現れる。
葉の縮れた松の木立ちが現れる。
さまざまな形の丘が現れる。
すべてが現れる、くっきりとした濃い影とともに。
スケッチは鮮明になってゆく。各部分はさらに細分化されてゆく。
それぞれの断片はみずからの形で生きることができる。
それぞれの仮説の証明がなされる。
私は葉のひとひらひとひらを見分ける。
私は事物のひとつひとつを区別することができる。

もはや疑いようもなく……
物という物に決定的に名がつけられた。
いまにも存在しようとするものの姿がほの見え、あらわになってゆく……

モンペリエ 020

実にめずらしい大気の清らかさ。光によって固定されたこの石の土地、また鮮明なシルエットに仕切られた塊（マッス）というべき公園の数々。

建物のすき間の奥に、上質な灰色の石で造られた家々が繊細な影をおとす路地の奥に、宝石のように、希少な七宝（エマイユ）のように、うっとりする青色の山が、周囲の松とともに現れる。

ジュネーヴ

花火。

灯りをつけた小舟（ボート）が進む水面に白鳥のおびえた姿があり、空と水のすばらしい漆黒が思いがけない時に引き裂かれ、とても美しい花火が打ち上がり、叫び、しきりに身ぶりをし、身もだえし、果ては燦然と死んでゆくのだった。

タイガー[021]

ロンドン——動物園の虎——見事な獣、素晴らしくまじめな顔、このよく知られた面相（マスク）には蒙古人の趣き、王者の力、潜勢力、近寄りがたい権威の表情——なにか残酷さを超えたもの——宿命の表情がある——休息している絶対君主の顔——退屈し、凄まじく、帯電したような面持ち——これ以上完璧に虎であることはできない。

この見事な動物は腕を交差させたり、解いたりしている。時々、黒い縞の入った黄褐色の衣(ローブ)の下で筋肉が軽やかに転がるのが見える。——尻尾が生きている。——こうした末端の運動は意識されているのだろうか。

——この動物は一大帝国の観がある。

「パチパチはぜる」ような局所的な反射運動——この抑制された内なる生を読み解こうとする試み。

私はいつまでもこの獣——いままで見たなかで最も美しい虎——を長々と観察するわけにはいかない。

私はこの主題についてどのような「文学」があり得るか、思いをめぐらせる…… 人々が求めるだろうイメージを私は求めないだろう。私なら文章で表現する前に、動きながら次々に形を変えてゆく生きた状態において、この存在を掌握しようとするだろう。

鉄柵を縞模様でかすめつつ鉄格子にそって往復する猛獣たちの振り子運動。

口を開ける。あくび——永遠に出来事を待つ、虎の魂の現存と不在。

〔同題〕022

巨大な猛獣が檻の柵にぴったりと身を寄せて横たわっている。その不動の姿が私を釘づけにする。その美しさが私を結晶のように固まらせる。このうかがい知れぬ動物という人格(ペルソン)の前で私は夢想にふける。かくも気高くかくもしなやかな衣(ローブ)に身を包むこの壮麗な主君のもつ力と姿とを心に思い描く。

彼は自分の見るものに無関心な眼差しを向ける。私はたわいもなくその見事な鼻面に人間的な属性を読もうとする。近寄りがたい尊大と威力と放心の表情にじっと目をとめる。そういう表情をたたえるこの絶対君主の顔は、異様なヴェールで覆われ、あるいは実にきめ細やかなレースで飾られていて、さながら金色の毛に覆われた仮面にきわめて優雅な黒いアラベスクを描いたようだ。

獰猛さは微塵もない。なにかもっと凄まじいもの、――なにかしら宿命的であるという確実さのようなもの。

なんという充溢、なんという欠点なきエゴティスム、なんという王者の孤立！　身に備わる力すべての緊迫感が彼とともにある。この存在は私に漠然と一大帝国を想わせる。

これほどまでにおのれ自身であることはできず、これほどまでに正確に完璧な虎であるために必要な一切を身につけ、それを武具とし、天分とし、責務とし、素養とすることはできない。食欲であれ、誘惑であれ、彼のもとに来るものはみな、それを満たす最速の手段を彼のうちに見出す。

私はこの存在に次のモットーを与える——「ずばり」!

秋
023

枯葉。森は秋に死を迎えた後、生存中の色彩よりも一段と多彩で響きゆたかなその色彩によっていっそう美しい。

「自然」という言葉をここで用いるべきだろうか。問題となっているのは死に瀕したもの、死んだものであり、その華麗さは命の退いた器官が劣化した結果、可能な姿として生じたものだ。

私たちの目を強烈なポジティヴな価値で満たすものは放棄であり、解体であり、緩慢な酸化作用なのだ。

「誰がこうしたものを作ったのか[024]。」

それは壊れるものである。

そして私は、作ることと壊すことについてあれこれ考えをめぐらせる。そうした物思いは「哲学的」と呼べるかもしれない、もしも哲学などというものはなく、言葉の意味をめぐる内的変動があるだけだということを知らなかったならば……

語らい（二つのフルートのために）[025]

〈この語らいを歌にしたフランシス・プーランクに[026]〉

A

死に絶えそうな〈薔薇〉一輪

もの憂く僕らにしなだれる
ものしずかな君の姿は
死に絶えそうなこの花に
似ているところがなくもない
僕らのために死にゆく花……
君には似たところがある
僕の膝の上によく耳を
のせていたあの女(ひと)に
僕の言葉に一度として
耳を貸さなかったあの女(ひと)に
君には似たところがある
僕が愛した別の女(ひと)に
昔の女(ひと)のあの口は
僕のものだったけれど。

B

私を比べようというの
しおれた薔薇なんかに？
愛の力は潑剌と
自然に生まれるものなのに……
私の瞳はあなたの瞳に
その宝しか見つけない
素っ裸の私の姿！
あなたの涙が思い出から
こみあげてくるときは
私の目が拭ってあげる！……
あなたの欲望が生まれたら
私の褥(しとね)で死んでほしい
あなたの口を奪い去る

白鳥のいた幼年期

私は歩くのもおぼつかない幼児だった。子守りに毎日、起伏の多い、人造石（ロカイユ）を複雑にあしらった公園に連れていかれたものだ。そこには猛々しいネプチューンの白塗りの鋳鉄像が三叉の槍を手にしてそびえる池があった。

その池には白鳥が棲んでいた。ある日のこと、子守りから池のほとりに下ろされた私は、コートを身にまとって、固く糊のきいた飾り襟（コルレット）に首を埋めた赤ん坊らしく、いかにもぎこちない手つきで、暗い水のなかに小石を投げて遊んでいた。子守りはその場をすこし離れ、愛欲に満ちた下士官の待つ茂みに消えた。

幼児は頭が大きく、手足が弱かった。どうして水中に落ちずにいられただろう。

いまや幼児は白鳥たちにかこまれて、糊のきいた衣服が空気袋を作ってくれたおかげで浮かんでいた。愛のために姿を消した子守りと兵士は、私の小さな運命の一大事に気づかなかった。そして白鳥たちはおそらく、自分たちのあいだにいる、白さという点では似通ったこの見知らぬ白鳥に驚いていたことだろう。だが、にわか仕立ての白鳥はまもなく沈みはじめる。コートに、そして襟にも服にも水がしみこんでくる。幼児はすでに気を失っていた。

どうして誰かに見つけられたのか。

最大の難は乗り越えられた……

その男はいきなり水に飛び込み、白鳥たちをかき分け、おびえさせ、気を失った蒼白の**私**の命を取りとめた。

その男は自分の家に幼児を運び、ラム酒を一口飲ませる。

私の祖父は子守りを殺さんばかりだった[027]。

ダイヤモンド

一

ある女性ダンサーがこんな比喩を用いている。ダイヤモンドのカット面のように輝く、驚くほど明確な、ピルエットの滝……
三十二回のピルエット！（カルサヴィナ[028]）
とても美しいイメージ。

二

ダ、イ、ヤ、モ、ン、ド、。——その美しさは全反射が起こる角度[029]が小さいことに起因するそうだ……　ダイヤモンドの研磨職人は、あるカット面を通って宝石のなかに入る光線が同じカット面を通ってしか外に出られないように細工する——輝きと燦（きら）めきの秘訣。
詩について私が考えていることの美しいイメージ。精神の光線が入り口の語に舞い戻る。

美……[030]

美が語ったり歌ったりするとき、何を言っているのか私たちには分からない。私たちは美に繰り返してもらう。私たちはその声をいつまでも聞くだろう。かぐわしい香りをいつまでも吸うだろう。美人の顔や姿をいつまでも眺めるだろう。彼女をつかまえて自分のものにしたとしても無駄だろう、私たちの欲望には限界もなければ解決もないのだ。それ自体で完結した美によってかき立てられた欲望を完結させるものは何ひとつない。

恋人の美しさに絶望する男の話を作ることもできるだろう——恋人からあらゆるものを得て（愛され、すっかり身をゆだねられて）いながら、愛が与えることのできるすべてをもってしても、その人を眺めその人を思うことによって生じる不思議な渇きが消えることはなく、その渇きは何によっても癒されず、絶対に癒されることはありえない。ここが肝心なところだ。

精神…… 031

一

精神とは、ある現状に対して、過去の資源と生成変化のエネルギーを提供する能力である。

二

ある精神がまさに自分の状態の終わりに臨んでいた。永遠から〈時間〉のなかに落ち、肉体をもつ定めであった。

「おまえはこれから生きるのだ！」

精神にとってそれは死ぬことだった。なんと恐ろしいこと！〈時間〉のなかに降りてゆくとは！

黙れ 032

これは秀逸なタイトルだ……

秀逸な〈すべて〉……

「作品」を上回るほど……

とはいえ——ひとつの作品だ——「というのも」

もし君が——ある言葉の
形と運動が、波のように、
高まって、くっきり浮かび上がる
個々の事例を数え上げてみれば——
　その出発点にあるのは、ある感覚、
ある驚き、ある思い出、
ある存在、ある欠落……
ある善、ある悪、——ある無と〈すべて〉なのだが、
　そして君が、この言葉の力を押しとどめる障壁と
君の舌＝言語（ラング）のうえに置くべきおもりの重さと
君の意志の制御力とを
観察し、探究し、
感知し、計測してみれば、
　君は賢明さと強さを身につけることだろう、
そして人々の口がやたらに振りまく

鼠の大群や真珠の川などよりも
〈黙る〉に越したことはないだろう。

日常生活〔虚空と充満〕033

私はこの本をそこに置く。あれこれと身の回りの物をながめ、顎をなでる。このノートのページをめくる。——こうしたことすべては支障なく、いわば自由に行われる、——あたかもそれらは別々の、独立した、空っぽの空間によって隔てられた出来事であり、互いに作用を及ぼすことなどないかのように。そこに置かれた本と、ここにある手とは、互いに関係がない。光っている扉の取手と——他の事物も。——だが、私は突然まったく別様に見ることができる——これらすべては、ある機械装置（メカニズム）の歯車や、寄せ木張りの床の区画のように関連しあっていて、——たとえばある液体のなかで一分子が移動すれば必ず他の分子がそれに入れ替わるように——ひとつの変更は厳密にひとつの置換である——と見ようとすることもできる。——なにひとつ無縁なものはない。なにひとつ切り離されてはいない。事物が独立しているのは外見上の見せかけにすぎない。それらの距離、非接触は見せかけなのだ。自由という私の感覚も……

目覚め

何時間眠ったんだい？

夜が明け、闇が光に変わるあいだ眠った……

自分がかつて何者で、これから何者になるのか、もう分からなくなるあいだ。自分がいまある自分——自分の「歴史」と義務を負い、自分の鎖と力、自分の容姿を、うんざりしながら、あるいは嬉々として、また取り戻そうとしている者——になるのを待つあいだ……

自分にはこうしたさまざまなズレがあり、そのすべてが自分なのだ。で、**自分**（モワ）とは何者だろう？

何時間お眠りになりましたか？

いま何時か分かりません。どうして私に分かるでしょう。糸は切れてしまったのです。陸地は見えなくなりました。信号のやりとりはなくなりました。

目覚めとともに、私は船を下ります。この航海のあいだ、どこにいたのか分かりません。目的もなく、道連れもなく、航路もなく、眺めることもないこの旅を経て、私はかつていたところに連れ戻され、今ここにいるのです。

災厄
034

いつ何時か　船の肋骨に闇の一撃が
打ちこまれ　私たちの運命が軋むのは？
計り知れぬいかなる力が私たちの
船具のなかで　死の白骨をぶつけ合うのか？
竜巻が　むき出しの船首に崩れおち
命と酒のまざった匂いを洗いながす

海は墓を　高く立てては掘り返し
同じ水が　谷を穿(うが)ってはまた満たす。

醜い人間　転覆するその心
海上をさまよう奇妙な酔っ払い
船の体にしみついたその吐き気が
魂の底から地獄堕ちを願うような

まったき人間だ　震えながら計算する
この私は　明晰きわまる頭脳には
お見通しだ　ごく微かな現象のなか
楽器のように時が割れる瞬間は……

呪われよ　おまえを艤装(ぎそう)した豚野郎
底荷(バラスト)のひしめく腐った箱舟よ！

黒い船底で　あらゆる被造物（もの）に死んだ木材（からだ）を
打たれつつ　おまえは〈東〉へ流れてゆく……

深淵と私から生まれる機械が
散り散りの思い出と戯れる
母が見える　シナ茶碗の数々が
獣臭い酒場（バー）の戸口の太った売女（ばいた）が

帆桁（ほげた）に縛られたキリストが見える！……
死ぬほど踊り　使徒とともに沈みゆく
血走ったその目が照らすこの銘句
大船は積荷もろとも滅びけり！……[035]

小品

ある肖像の下に[036]

もしも私がこの肖像の前に身を置いたなら
自分自身に見覚えがなく　自分の顔も知らぬまま
懊悩と活力の　おぞましい皺の数々に
わが苦しみ[037]を読みとって　自分の姿を認めるだろう。

M夫人の扇に[038]

あるときは気まぐれ　ときにもの憂げ

ゆたかな扇が　心と友のあいだにて
半ば言いかけた言の葉を吹き払えば
そよ風はそれを沈黙のもとに送り返す。

かくも貴重な薔薇を贈ってくれた
ファン・ラモン・ヒメネスに[039]

……こうして扉を閉めたいま
薔薇の牢獄の囚われ人？
香りとともに驚きが
魔法の部屋をつくりだす……

この部屋にひとり、ひとりでなく、

至純の贈り物が空中に
無言の栄誉と甘美をうみだす……
もうひとりの詩人が香る。

マドリッド
一九二四年五月二十一日水曜日

クロッキー

鳥は身震いし、ぴょんと跳ね、瞬時に枝の上にいた自分を捨ててその姿を運び去る。おのれとともに「世界」の中心を奪い去り、それを別のところに置きに飛んでゆく。（鳥がとまる枝を選ぶのかどうか私は知らない。）

アフォリズム

日暮れは女。

おお　似姿よ！……　とはいえ私自身より完璧な
はかなくも不滅の姿が　かくもさやかに目の前に
ほの白い真珠の手足　それにこの絹の髪
愛するまもなく夕闇に　まぎれてしまう定めとは
おお　ナルシス　早くも夜が　私たちを引き裂き
果実を切り割く鉄の刃を　二人のあいだに入れるとは！
040

ナルシスのカンタータ[041]

〈台本（リブレット）〉

〈ジャン・ヴォワリエに〉[042]

登場人物

ナルシス
第一のナンフ
他のナンフ三人[043]
エコー

舞台は森の中の明るく開けた場所。
中央に泉[044]。

はしがき

この小品は、作者が遠い昔と近い過去に公表した二つの状態（ヴァージョン）の『ナルシス』〔一八九一年作「ナルシス語る」一九二六年作「ナルシス断章」〕とはまったく異なる別ものである。

これは一九三八年四月から十一月にかけて、ジェルメーヌ・タイユフェール夫人からの依頼に応じて、この傑出した音楽家が作曲したカンタータのための台本（リブレット）として書かれたものである。

しかし、本テクストは一部、楽曲化されたテクストよりもいくらか発展しているところがある。

第一場

ここかしこにナンフたちの姿。

第一のナンフ

ナンフたち　ナンフたち　生き生きとしたナンフたち……
瑞々しい水の娘たち
清く流れる私たちの戯れは
私たちの母なる波の面(も)に〈太陽〉の神を楽しませ……

第二のナンフ

むなしい！……　むなしい！……
ナンフたち　生き生きとしたナンフたち
私たちが浮かれ騒いで　葦を震わせてもむなしい
どれほど元気に戯れても　ただただ水を乱すだけ

この水辺に私たちのための愛はない……

第三のナンフ

ああ！　生き生きと瑞々しい娘たち
たったひとつの〈太陽〉の火を　味わうだけでは物足りない
戯れて〈陽〉を楽しませても　愛を味わうことにはならない。
来る日も来る日も日を失う私たち
愛のないまま……

第四のナンフ

でも　私は自分が美しいと思う！……

第一のナンフ

私はもっと美しい！……

第二のナンフ
私は！……

第四のナンフ
これほどしなやかな娘はなく
これほど澄んだ肌はない……

第二のナンフ
むなしい　むなしい！

第一のナンフと第四のナンフ
私たちの銀の肩は　波打つ私たちの髪は
ただ光のためだけに　弄ばれるものなのかしら？

第二のナンフ

むなしい　むなしい……
ナンフたち　誇り高いナンフたち
美しくてもむなしい……　私たちの祈りもむなしい！

第三のナンフ
この私よりも恋人を　上手に抱くひとがあるかしら？

一同
私！

第二のナンフ
一体誰に愛されるのでしょう　これほど美しい私たちは？

第一のナンフ

それは　最も美しい男……

ナルシス！……

一同

ナルシス！……

第二のナンフ

ナルシスは私たちに見向きもしない……

第一のナンフ

私たちより美しいというの？

第三のナンフ

水に映った自分に見惚れて　ひざまずいて崇めている……

第四のナンフ

穏やかな水の空に浮かぶ　自分の上に身をかがめて
　シュロの葉のようにしなやかに……

第一のナンフ

夕暮れどきに戻ってきて　彼はその身を愛して嘆く
澄んだ水に隠れた私は　その声を聞いて泣いてしまう
　あまりにも優しい彼の声音が
　　死にたい気持ちにさせるから……

第二のナンフ

ああ……　姉さんたち[045]死ぬですって?……　私たちは不死の身なのに
むなしくも　むなしくも　不死にして美しい
　私たちには　愛もなく　死もない。
欲望も苦しみも　私たちには果たされず

私たちはたえずこの定めに舞い戻る……

一同

おお　ナルシス？　ナルシス！……

来た……　隠れよう……　木の葉がさやぎ

鳥がみんな逃げてゆく……

第一のナンフ

潜って〈あなた〉は！……

私はこの橅になる！……

第三のナンフ

私は葦の草むらに

とどまってよく見ていよう！……

一同

早く……　早く!……

（全員ピアニッシモで）

愛　実りなき愛　悦びの望みなき愛
望みなく私たちは愛する……　望みなくわが身を愛するがいい
美しく悲しいナルシスよ……

第二場

ナルシス、ひとり。

ナルシス

〈太陽〉よ……　ただ君[046]とともに〈君〉のようにただひとり[047]〈太陽〉よ
〈君〉[048]のその誇り高さは　私の秘かな決意にかなう
〈君〉[049]はまったき天の道に　並ぶものなど認めはしない
　比類なき〈太陽〉よ
私たちの運命の　似通うさまを認めてくれ
泉に向かうナルシスの　永劫回帰を讃えてくれ
水面に映るその姿は　自己への愛に捧げられ
みずからの美をことごとく　知り尽くそうとする
　わが運命はひたすらに
わが愛の力に従うのみ[050]。

いとしい体よ　ただ君の力にわが身をゆだねよう
静謐な水に惹かれるままに　わが身に腕を差し伸べよう
目のくらむほど純粋な　この陶酔には抗えない。
おお　わが〈美〉[051]よ　何ができよう　君が望むこと以外に？
われとわが身に会うために　自分の影と木の葉を踏み
一歩一歩踏むたびに　その重みをひしと感じる。
おお　ナルシス〈私自身〉よ　君の目によって私の目に[052]
私を迎える〈同じもの〉よ　私たちの目の悦びよ
光り輝く葦の茂みの　さざめく黄金に打ち伏して
かけがえのないわが肉体の　優しい重みで押しつぶす
もっと近くで君を見て　私にもっと微笑むために……
何か言ってくれ[053]　空に浮かぶ清らかな微笑みよ
おお！……　黙った〈口〉よ　なんと見事にこの口は
敬虔な唇が　もっとも身近な神々に
　捧げる願いをかたどることか！[054]

さあ思い切って……　この私は愛情に満ちた神ではないか
選びとった完璧な体が　おのれの秘かな陶酔に
応えるさまを見ている〈精神〉ではないか？
そうだ　この眼差しが愛撫する美しい子よ[055]
魂の私は　君を司る力[056]であって
おのれの欲望が　君のさやかな姿形と
奇しくも一致することに驚いている
私に好かれようとする従順なその姿……
おお　わが〈欲望〉よ　わが欲望にささやけ
おまえに触れるこの唇はどれほどの渇きを
感じることか　捉えられない自分に対して！……
〈光〉[057]の子よ　水影よ　夢まぼろしか　まやかしか
いとしいナルシスよ　もし私の死を望むなら
夢まぼろしのままであれ　欲望のままであれ！……
　　だが〈波の薔薇〉よ[058]

おお〈口〉よ　〈水面（みなも）〉に
私がくちづけすれば
世界の面（おもて）が
この吐息におびえる……
たったひと息
漏らすだけで
消え去ってしまうだろう
青く光る水面（みなも）から
私の愛した姿が
それに空も森も
〈波の薔薇〉も……

第三場

ナルシス、ついでひとりのナンフ、はじめは姿が見えない。

ナルシス

空よ　おお　わが空よ！……　なんという乱れよう　おお　致命的な変わりよう！……
闇　逆波(さかなみ)　ざわめき……　どうなってしまうのか　〈束の間〉の
恍惚と黄金(こがね)の時よ？……　この身をあざける笑い声？……
　渚(なぎさ)をこえて波がおののく……
水晶の奥底で　とある魔物が身を震わせる……
わが静謐な泉には　この獣(けだもの)が眠っていたのだ
泉はにわかに　異様な嵐に襲われる
澄みきった水面が　激しく揺らいで私を砕く
波が突然逆上し　なにもかもが入り乱れる！……
　おお　忌まわしい荒々しさ[059]

思いもよらぬこの騒乱のせいで
孤独よ　偶像よ　静寂よ
わが似姿の悦びよ
私を見つめ返してくれた美しい目よ
私は君を失い　すべてを失った！……
ああ！……　わが究極の願いの　唯一無二の対象よ
君はもういない　ナルシスよ……　もういない……

（ここで第一のナンフが泉から現れ、蒸気を発していた泉もその中から現れ出る。）

なんだ！……〈魔物〉だ！……　水泡（みなわ）からぬっと現れる……
魔物？……　美の魔物……　浮かび上がるみやびな身体……
もしかして？……　君か〈君〉なのか　ナルシスよ
ざわめく波から　きらめく霧から　現れるのは？
君なのか？　溌剌と……　全身……　髪から爪先まで

太陽の光のしずくのダイヤモンドを身に帯びて
君は冷たい水によって　身を焦がす火に供されたのか？[060]
おお　けがれなき現れ　奇跡の目覚め
おいで……　**君**……　君と同じ私のもとへ　わが身を愛しにおいで……

ナンフ（完全に姿を現して）
同じではないわ　ナルシス……　違う魅力を見てください
あなた自身に恋い焦がれても　涙をこぼすだけでしょう。

ナルシス
なんだ。いまいましい……　呪わしくも見間違えて
嫌なものをもう少しで愛してしまうところだった！

ナンフ
嫌う心も時として　姿を見ると変わります。

あなたは美しい　ナルシスよ　自惚（うぬぼ）れるのも当然なほど
でも　魅力あるこの体が　素晴らしくも単調な
あなたの自己（モワ）の気を引くことを許してください。
つらいのです　夕闇のなか　あなたの嘆きを耳にするのは
懸命に自分自身をあざむく愛[061]に苦しむひとよ
あなたのその魂から　忌まわしい願いを消そうとして
これほど近くで身を焦がす女がいるというのに。
お分かりになるかしら　むなしい希望を抱くあなたに
私たちの違いがもたらす　愛の豊かさがどれほどか？
あなたひとりの美しさは　あなたに涙を約束するだけ
私は果実をもたらすわ　あなたは花を失うけれど……
私のなかに見てください　まったく違う美しさを
あなたの優美に劣りはしない私の優美は
あなたの宝を求めるあなたの愛を　叶えることができるのです
私の宝を求める愛と　優しく混ぜ合わせることで……

ナルシス

あなたのせいで私の孤独は台無しだ。

ナンフ

あなたは波を愛していただけ　私は生身の存在です。
私の身は水鏡に　囚われてなどいないのです
光にもまさる私は　夕べに死ぬこともありません。
たとえ　夜のさなかでも　昼にもまして熱烈に
わが身を焦がす炎を　あなたに教えてあげましょう
あふれんばかりのこの愛情は　闇にも決して消えません。
　でも君　自己愛のほか愛を知らなかった君は
水影に浸りきったまま　この愛の虜を蔑んで
私がまったき喜びだとは　思ってもみないのね
その腕でこの肉体を　ひしと抱きしめたなら

抱き寄せたこの体を　自分自身にしてしまって
ナルシスにさらに愛しい　ナルシスを感じられるのに……
その冷えきった唇を　私の口で消してあげる
しんしんと冷たく澄んだ　経帷子の水面(みなも)に浮かぶ
唇を　ただ自分だけに向けられる君のくちづけを……

ナルシス

気安く呼ぶな！……　欲しいのは混じりけのない愛[062]だけだ
われとわが目に目を映し　自分自身と自分の間で
もっとも秘かな願いごとを　交わすのに酔いしれる愛……
私はひとり。私は私。私は本物……　あなたを嫌う。

ナンフ

もし私があなた自身を　超えようとしたのなら
君よりも　君にまさって　君を愛する私が　君となり

ナルシスとなって恋人を　抱きしめることができたなら？
ほら……　この肩に触れてみて　私はすっかり身震いして……
そう　君の手で私に　狂おしい熱を押しつけてほしい
なめらかな波よりもっと　私の胸はやわらかい
この胸で君の苦悩を　葬ってあげるから。
この花の香りをかげば　君は青ざめ羨むはず
君の身に命の力が　すこしでも残っているなら……
　この花を奪ったものは　誰ひとりとしていない
私の姿を見たのは空だけ　それも時おり私が
〈水を崇める君〉を待ちぶせた　あの葦の茂みごしに……
あのとき　君の目が自分の夢を　じっと見つめているあいだ
私の体は矢のように　飛んで水にもぐりこみ
隠れたの……　一気に　この身は欲望となって
私の快感がただよう　満ち満ちた水のなか
すばらしい姿形を　生みだす力をふりしぼり

全身で手と足を　自由自在に動かして
あらわな仕草を惜しみなくふりまいていた　音も立てずに
波を　光の面と深い闇に切り分けながら。
　ああ！……　豊かな水の広がりを　掻き抱いてもむなしいこと……
ただ波と結ばれるだけで　我を忘れて力尽き
狂い乱れたこの愛を　ただ掻き立てただけだった
日の光から遠ざかれば　紛らわせると思ったけれど……
ああ！……　私を信じて！……　自分自身を愛しても仕方ないのよ……
愛してる……　愛してる！……　分かるでしょう　ナルシス　どんなに私が愛しているか
君が望めば　この水辺に　どんな瞬間が息づくことか
私たちの美はお互いに　自分の願いを組み合わせるはず
私たちの心も……　なんて冷たい目つき　美しい目！　なんてつれない
顔を向けるの！……

ナルシス

　　　　あなたが嫌いなんだ　忌まわしい〈美女〉よ……
わが純粋な苦は愛おしく　あなたの宝は厭わしい。

ナンフ

狂ったひと！……　神々[063]に背いた愛を通そうというわけね
神々から授かった　不幸をもたらす美の賜物を
君の最高の憎むべき　近親相姦（アンセスト）に注（つ）ぎ込んで
悲しくも　永遠の法を　歪めることになるとしても……
この身すべてを捧げたのに　君はそれを蔑むなんて
暁と夜のあいだに　いつも変わらず哀れな姿で
この泉に描かれる　いつも孤独な体のために
私の確かな愛情は　果実すべてを捧げていたのに……
　それなら　心を閉ざすがいい……　いまに見てなさい　一斉に
情け容赦ないナンフたちが　君への愛を歌うから……
　——ナンフたち　〈私〉のもとへ！……　友の敵（かたき）を討ちに来て

藺草(いぐさ)や柳から出てきて
広々とした野原から
水の寝床から戻ってきて……
岩から　木から飛び降りて！
私のもとにみんなの〈コーラス〉を集めて！
石の心のナルシスを追い詰めてやろう！
私の心を拒んだあのナルシスを……
轟(とどろ)け　まばゆい荒波よ！
こっちへ来て　この恥辱を雪(そそ)げ
岩壁の谺(エコー)を解き放て
卑しめて　追い回し　笑いものにして　怖気づかせろ！
おお　明るい群れのナンフたち
この私が媚びようとした　あの愁い顔のナルシスを。

第四場

ナルシス、ナンフたち、エコー

ナンフたち
ナルシス　ナルシス……

エコー
シス　シス。

ナルシス
何なんだ　この声は?
〈岩〉も〈森〉も　なにもかも
ナルシスと言う……
〈岩〉も〈森〉も　なにもかも

一斉に口をそろえて
ナルシスと言う……

エコー
シス　シス。

ナンフたち
ナルシス　ナルシス……
美しくたって何になる？

ナルシス
私だけの美しさだ……　私の好きにさせてもらう……

ナンフたち
ナルシス　ナルシス

美しくたって何になる？
愛とは　水面に映った
薔薇の影にくちづけを
することじゃない……

ナルシス

愛は自分が望むものだ……　他人がとやかく言うことか？
私は私が愛したいものを　好きなように愛するだけだ。

ナンフたち

ナルシス　ナルシス
人の身をわきまえぬ望み。
用心なさい　美しい手が
柳の枝を手折って
銀の鞭をしなわせて　その美しい肩を……

ナルシス

私が何をしたというのか？

ナンフたち

愛してるのよ……

ナルシス

これまで

ただ他人(ひと)を避けてきた

だけなのに

愛撫も暴力も　他人(ひと)から受ける筋合いはない

私には私の望みがある　あなたたちのを守るがいい。

人間からも神々からも　どんな恩も受けたくはない。

ひとり離れて自分を崇め……　まったき私自身となる

究極の心地よさが欲しいのだ
私は私の姿が見たい　何度も見たい……

ナンフたち

水飼い場があればいいのね……

ナルシス

私は私の水に浸る……　このうえなく深い愛[064]が
わが魂と波のあいだに　幾たびも舞い戻り
この神々しい鏡によって　私の魅力の数々は
わが愛の夢を宿す影に　きよらかに回帰する……

ナンフたち

ナルシス　ナルシス
君自身しか愛さない君

自分の宝に用心なさい。
自分自身しか愛さない者は
私たちの金の爪に刃向かう……
愛ゆえに美しい　憎しみゆえになお美しい
愛する女は荒れ狂い
死よりもひどい仕打ちをする……
ナンフたち！　なんとしても　日が翳るその前に
泉に映るナルシスを　醜い姿にしてしまえ！
見る影もない顔に
絶望した顔に！……

エコー　おに……　おに……

ナンフたち

ひっぱたけ！

ひっかけ　ひっこなせ……

一挙に仕返しすると清々(せいせい)する

自分自身の　神々の　〈自然〉の　片想いの敵討(かたきう)ち！……

ナルシス

なんと凶暴な……

ナンフたち

報いだ　思い上がった報いだ！……

涙をながすがいい

血をながすがいい！

ずたずたにして分け合ってやる！……

殴れ　引っ掻け　打ちのめせ！……　ねじあげて　かぶりついて　唾を吐け

鞭打って　打ち据えて　締め上げろ！……　切りつけ　皮をはぎ　引きちぎれ……

ナルシス

おお　わが身の美しさ……　わが肉体……　わが肌………

ああ　なんという美の不幸！

ナンフたち

ああ……　ああ……　ああ……　ああ！……

ナルシス　ナルシス……

恐れと苦しみによって　君は自分を否認する。

おお　暴力の奇跡　侮辱の威力！……

君の異様な愛[065]は　世の中にありふれた

あらゆる愛[066]に勝る　君はそう言っていた

でも　真の愛[067]は　悲運さえも揺るがせて

死に至る最期まで　変わらぬ愛を示すもの……

彼は黙ったまま！……

ナルシス

いや……　私は暴力を受けて死ぬのだ　卑劣な水の精どもよ……
死んでからもこれまでどおり　おまえたちを憎んでやる。
　おお　女であるにふさわしいナンフらよ
どんなに美しかろうが　夢みるナルシスには値しない
咬み傷ひとつない愛[068]を　水面（みなも）に見出す私には……
そうだ　この愛しい体の　傷さえも私は愛する
かつてその無傷の美を　崇めたのと同じように。

ナンフたち

　私たちに刃向い　私たちを辱め
　私たちのなすことを蔑む者め！……

（ナルシスのまわりで騒々しく踊りながら打擲する。）

第五場

第一のナンフ[069]、ナンフたち

第一のナンフ

もういいわ　ナンフたち　怒りをぶちまけるのはやめて。
そんなに手ひどくしたら　あなたたちの優美も台無し。
あなたたちの美しさは　あのひとの美をいたわらなくては。
あのひとの暴言は　苦しみのために吐かれたもの。
　我を忘れてしまったら　皆そうなるわ。
当然のことじゃない？　悪意に満ちた手に打たれれば
どんなにかたく閉ざした心も　人間らしく叫びをあげる[070]。
　ナルシスでさえ堪えかねて！
でももうやめて　いまはあのひとに救いの手を差しのべて

あなたたちを〈あなたたち〉に呼び戻す時!……　さあ行って、
花々のもとへ飛び立って　泣き濡れた彼をここに残して
　情け深い〈神々〉は　もしナルシスが受け入れるなら
私がナルシスの運命を　和らげるのを望んでいる……
さあ行って　いろいろな喜びのなかに消え去って!……
　森にはきっと〈ミューズたち〉がいることでしょう
　いまごろはみんな一緒に溶け合って
　歌うお方[071]も　詩を詠むお方[072]も
　踊るお方[073]も　このお方がいちばん幸せ!……
　あなたたちの愛の気まぐれを吹き払ってちょうだい
　宇宙[074]を摘みとる〈ミューズたち〉がそうするように……

（ナンフたち退場）

第六場

ナルシス、ナンフ

ナンフ　ナルシス……

ナルシス　いや。

ナンフ　ナルシス　聞いて……

ナルシス　誰だ　私を呼ぶのは？

誰であれ　消え失せろ！……　神々[075]も人間も厭（いと）わしい。
私はたったひとりで生きてきた　私以外を欲することなく。
ナンフらは殺さんばかりに私を打った……　なぜ？
私が何をした？　誰に？　なぜナルシスを痛めつける？
みずからの美しさゆえに　犠牲（いけにえ）となる定めなら
せめてこの世にまたとない　祭壇を立ててくれ
そこでとどめの一撃に　この完璧な体をくれてやる……

ナンフ

胸が張り裂けそう……　そう訴えるのも無理はない……
ああ　どうか　その痛々しい傷を私の手で洗わせて
そっと触れるから　この指で……　この友情を許して。
私の目を避けないで　憐れみでいっぱいの眼差しを
どうかこの誘いを嫌がらず　私の方を向いてちょうだい
君に傷を負わせてしまった　女とはどうか思わないで。

私は自分の確かな魅力に　自信をなくして苦しかった。
でも聞いて……　君の明日の運命がかかっているの。
神々[076]がお怒りなのよ　君が孤独を誇っているから
君は優美なその姿を　大地を飾るその華を
こんなに愛を撒き散らす美を　一体どうしてしまったことか？
君の罪はまわりの心を　ちっとも知らずにいること。
君は炎とその影を　私の魂に注いだの！
君は　そうと知らずに〈ナンフ〉を〈女〉[077]に変えてしまった
もの狂おしく君を想い　森のなか青ざめやつれ
愛してやまないひとの名を　風また風に叫んでいた
岩までもいつか覚えて　こだまを返してくれるほど……
私の血潮が　夜ごと　さざめき立てる[078]この名前
こんなにも甘美な名前　**ナルシス**……　香り立つよう
君はこの名をささやいていた　最愛のむなしいひとに
そして永遠に純粋な　その面（おもて）を覗き込んでいた

私には目もくれず　物思わしげな顔つきで。
恍惚とした君の姿は　燃えてゆらめく私の心に
完璧な大理石の美の　冷たい侮蔑を示していた……
どれほど涙に訴えても　不屈の石は揺るがなかった。
かつては元気な娘だった　私はどんより沈んでしまい
惨めな気持ちでぼんやりと　毎日をやり過ごすだけ……
忘れることも死ぬことも　かなわない身の私は
この永遠の若さを内心　呪わしく思っていた
私の胸は　女のように　高鳴っていたというのに！……
最後には　どうしようもなく　君にあたる気力も失せて
生まれてはじめて私は……　もの思う　ようになった！
奇妙な苦しみ……　心がわが身を苛もうとする……
でも神々[079]はこのような　心の乱れを知りもせず
ナンフは神々にとって　森の飾りでしかない
ただただ白く美しい　それがナンフの運命（さだめ）……

ナルシス
その神々[080]は何が望みだ？

ナンフ
神々は私を声とした。
心して聞くのよ
神々のお告げを思いめぐらし　心の準備を整えて。
神々の手が君の身に　投げかける影が見えるはず。

ナルシス
禍（わざわい）に満ちた手は　たしかに神々の手だ！
厳（いか）めしい怨恨が　神々の掟の魂だ……

ナンフ

お黙り！……　懲罰の雷を招かないで
天全体が君に向かって　海のように唸っている。
苦々しい心の内は　心の奥に秘めかくし
世を統べる〈天の種族〉の　仰せを受けるのよ。

　黄泉の河　黄泉の河　黄泉の河の名にかけて。
おのれ自身とは別の誰かを　愛により愛することが
ナルシスにできぬならば　ナルシスが望まぬならば
骨の髄までひとでなし。おのが美により断罪されよ
　その身もその美も　ふたたび自然に還るべし
　　神の命なり[081]。

頭を垂れよ　ナルシス　暗い天命にうちひしがれて。

ナルシス

おお〈天の裁き〉……　これほど酷い神々[082]の声は
純粋きわまるわが望みに　侮辱を受けたにちがいない……
澄みきったわが〈泉〉よ　神々はただ暗い河を
自分たちの全能の　闇の証(あかし)とするしかないのだ……
だが不撓不屈のわが魂は　神々よりももっと偉大で
　もっと素晴らしいのだ　わが本質は……

泉よ　わが泉よ　おお　透きとおった水の墓よ
君の砂には傷を負った　多くの鳥が埋まっている
わが魂は君の鏡に　捉えがたいナルシスを映し
その美の不幸を見つめつつ　痛切な思いをめぐらせる。
完璧な容姿(すがたかたち)は　罪ということなのか？
このうえなく誠実な愛[083]には　度重なる近親相姦(アンセスト)を
天に対して一度に贖(あがな)う　犠牲(いけにえ)が必要なのか？
ナンフよ！　この貴い運命(さだめ)の果てに私が

最後には振り向くなどと　期待してはならない……
神々を軽んじるのも　どうしようもないではないか。
私は私を愛している。私は私が愛する対象（もの）だ。
もしも私がナルシスを　他者の愛[084]の犠牲にしたら
私は一体誰を救うのか　私とは無縁の誰か以外に？
　おお　ナンフよ　私はこのうえない危険に瀕している
私自身を裏切らずに　あなたを愛することはできない……

ナンフ

裏切って！……　どうして裏切らないの　そのナルシスを？
いつまでも君の正気を奪う　その眼差しを断ち切って
水面から目を逸らしたら　目も和（やわ）らぐというのに？
見て　裏切りにぴったりの　なんて美しい夕べだこと！
滅びゆく日の神の　天翔ける変容（メタモルフォーズ）
金色の灰が降りそそぐ　万物の形のうえに

誇り高い太陽も　いまやなけなしの薔薇となり
　地平線に滅びゆく……
君の最愛のひとも　黒々とした枝影に消え
もうまもなく暗闇に　身をさらす君の泉には
はやくも夜の宝石が　おぼろげに見えている。
天高く　燦めく光が〈宇宙〉の存在を告げ
その凄まじい〈数〉は　神々[085]にも疎ましいほど……
でも刻々と深まる闇は　暗い以上に甘美なもので
夜のダイヤモンド以上に　欲望に満ちあふれ
芳香と魅惑とを　惜しみなく振り撒いている
夢まぼろしを　切なさを　暗闇の約束を
恋人たちの足音がふいに途切れる瞬間を。
生暖かく吹く風に　夜の思いの丈を打ち明ける
ナイアードたち　わが姉妹たちは　水がめの涙の落ちるまま
指からこぼれるその水を　永遠の彼方に注いでいる

純然たる倦怠を　永久に負わされた
純潔無垢の身からもれる　冷たい呻き声とともに。
分からないでしょう　ナルシスよ　被造物として生まれた君には
死ぬことのありえない　絶望がどれほどのものか……
おお　死ぬことのできる〈君〉は　不運をかこつことなどない
どんなに過酷な運命も　死すべき身には限りがあって
苦しみも肉体と同じく　儚(はかな)く消えてなくなるのだから。
でも終わりのない私たち　でも永遠の身の私は……
常(とこ)しえのこの心は　いつまでも君のもの。
ああ　なにもかも溶け合うような　こんなに甘美な夕暮れが
君に恋のため息を　吹き込んでくれたなら
君は私に応えてくれて　花となる運命(さだめ)[086]を免れるのに……
君はその夢の不幸を　もう汲み尽くしたはずじゃない？
森の恐怖と官能が　震えているのを感じるでしょう？
来て……　私にゆだねて　その実りない優美なからだを

思ってもみて　いまはもう私を嫌う時ではないのよ
ナルシス　どうか誘われるまま　君自身を裏切って……

ナルシス

ナルシスは自分だけのもの　このまま変わらず息絶える。

ナンフ

死にたいというのなら　私のからだをお墓にして！……
君の目のその眼差しを　この胸もとに埋めに来て
君自身からも神々[087]からも　逃れてこの腕にやって来て！

ナルシス

ナンフ　だめだ……　ナンフ　だめだ……　私を救い出そうという
　君の思惑に乗りはしない。
〈天〉が私を試すつもりなら

〈天〉の罪がことごとく　成し遂げられるがいい……
だが　おのれ自身とは別の誰かを　愛により愛することなど
ナルシスにできはしない　ナルシスは望まない。
暗い天命に　はっきりと打ち明けよう
「愛している！」　とささやく相手は自分だけ
見せかけの眼差しでも　かまいはしない。
ナルシスを　このうえなく脅かすのは
変わることしかできない　他人の心……
　でも聞いてくれ　危険な誘惑よ

おお〈震える〉　おお〈優しい〉[088]
神々しい森の精よ
あなたの声のその音色を
耳にするのは嫌ではない
あなたの魅力は嫌ではない[089]。

でもあなたの目に浮かぶ
　涙のほうが
私にはずっと好ましい……

たとえ　猛々しい色に染まる
〈蒼天〉の暗い〈主（ぬし）たち〉が
傲（おご）りを捨てないナルシスの
命を奪おうとしてもむだなこと
たとえ雷（いかづち）に物を言わせようと
この身を消して花にするぞと
脅（おど）すとしてもむだなこと
その運命（さだめ）も悪くはないだろう
時おり君が私を吸ってくれるなら
かぐわしい影は涙を待とう……

さらば　わが〈魂〉よ　いまや眠りに落ちるとき
時はついに　その変容の終わりに達して
力尽き　気高く移ろう姿も消えて……
そして〈美しい体〉よ　さやかな〈波の偶像〉よ
いまや　あなたの　この世最後の日がここに
清らかなものは　ただ世の刹那を飾るだけ……

（彼は消える）

最終第七場[090]

コーラス
ナンフたち　生き生きとしたナンフたち　等々。

第一のナンフ
〈波の薔薇〉……

コーラス
むなしい！……　むなしい！……

第一のナンフ
〈孤独〉〈偶像〉〈沈黙〉……

コーラス（声量をおさえて（メッザ・ヴォーチェ））

彼女はもはや　ナルシスの声でしかない。

第一のナンフ

ナル　シス……　ナル　シ　ス！

あるナンフ

おお　生暖かく深い〈夜〉
星影ひとつ水面（みなも）に映り　〈波〉の姿が浮かび出る。
森のほうへ惑わし誘う　この妙なる香りは何かしら？
そのせいで胸が高鳴る　そのせいで声がふるえる……
悦び（デリス）　悦び（デリス）……

コーラス

悦び（デリス）……
等々。

格言

日時計に
光（ルクス）——導き手（ドウクス） 091

図書館に
読む（リール）より選ぶ（エリール）べし

夢想に
好ましくあれ、さもなくば消えよ

微笑んで黙っている者は

目に見えない砂時計を見つめている。

回想

私の人生のある状況下において、詩作が「世界」から自分を切り離す手段になるということがあった[092]。ここで「世界」と私が呼んでいるのは、あらゆる種類あらゆる強度の出来事、命令、尋問、懇請の総体のことであり、そうしたものは精神を驚かすけれども精神内部にひらめきを与えることはなく、戸惑わせながら揺さぶり、精神を最も重要なものから最も重要でないものの方へ向かわせるものだ……ある人々が、話題沸騰中のニュースや、未曾有の大惨事（カタストロフィ）や、自分自身の命などよりも、小数点以下はるかに長い桁数の値やコンマの位置を決定することに一層の重要性と価値を認める力を持っているのは悪いことではない[093]。

この点に関して私は、詩句を組み立てるにあたって慣習的な型を遵守する利点のひとつは、この規範のおかげで細部に対する注意力が著しく高まることにあると思う――もっとも、この規範は、途絶えることのない音楽性と揺るぎない完璧さの魅惑とを生みだすためにあり、それこそ（ある人々の所感によれば）真の詩篇がもたらすべきものである。散文の不在がその結果として、つまり断絶の結果として生じる。恣意的なものから遠ざかること、偶発事や政治や脈絡のない出来事や変動してやまない流行といったものに左右されないこと、当初の予期を少しでも上回る傑作を自分自身から引き出そうと試みること、長きにわたって努力したあとでなければ満足しない気力、心を揺さぶりもするが他人の世界の産物である気晴らしや誘惑にあらがって、一般的には知覚できないほど微妙な解決の探究に情熱をかたむける気力をおのれのうちに見出すこと、私はそうしたことが好きだ。

毎日、きわめて厳格な詩法の諸問題を解決しようと試みて過ごした四年の歳月を、私はすこしも後悔していない。

あらゆる苦悩に満ちた時代、胸は締めつけられ、額は重く、精神は張りつめ、自分自身のうちに黙りこむか、あるいは情報や期待や失望やばかげた憶測によって心が荒む、そういう時代であった。そのような凄まじい状況下にあって、ただ耐え忍ぶことしかできず、狂乱期を迎えた世界の異常な興奮に対してどんな行動も取りえないような時、何をすべきか？

そのとき必要であったのはまさしく、おそらくは、さまざまな探究のうちでも最も空しくかつ最も精妙な探究、すなわち言語の複合的な価値、それも同時に構成される諸価値を細心の注意をはらって結びつけることに専念する探究であった。不安な待機がもたらすおそろしい作用、ばかばかしいことの反響や風聞や想像や伝染などから精神の一部を守り保っておくことのできる意志、そしてその意志を貫く執拗さ——この探究に必要不可欠のもの——を奮い起こさせるためには、そうせざるをえないのだった。

私は希望のない詩に取りかかったが、その営みはただ、毎日何時間かのあいだ、自分とともに生きるある種の生き方を成り立たせるという以外の目的はなく、それ以外の決まりもほとんどないようなものだった。私は期限を設けず、むしろ際限のない詩作の種を見出すのに十分な条件を課した。

このみずから同意した無限〔の行為〕から私は少なからぬ事を学んだ。作品は決して完成しない、それは疲労とか満足とか締切とか死などといったなんらかの偶発事によってしか終わらない、ということを私は心得ていた。というのも作品とは、それを作る人ないし生み出す事象の側から見れば、一連の内的変形の一状態にすぎないからだ。いましがた終わったとみなしたものをまた始めたくなることが何度あったことか！……　まもなく他人の目に示そうとしているものを、望みどおりの作品に必要な準備段階とみなしたことが何度あったことか。そのときはじめて作品は成熟可能なものとして、新たな期待と私の潜在可能性のうちに描かれる行為とのきわめて有望かつ好ましい果実として、見え始めたのである。実際に仕上がった作品はそれゆえ私には死すべき身体同然であり、変容した栄光の身体がそれに続かなければならないと思われた[094]。

そればかりでなく、私はこの反復と進展なき展開の体制というべき詩作をとおして、他人の嗜好についてあれこれ思いを巡らせるようなことからまったく離れた精神生活の体系がもたらす多大な効用を知った。詩の諸問題は、それが私の興味を引くためには、ちょうど幾何学においてそうであるように、あらかじめ熟慮され定められた諸条件を成し遂げることによって解決されるようなものでなければならなかった。そのため私は「効果」というもの（たとえば単独で味わえる「名句」）を求めず、それらの詩句を思いついたときも難なく捨てるようになった。私は却下する習慣を、そのほかいくつかの習慣を身につけた。とりわけ、しばらくすると、詩作する精神がおこなう操作の一風変わった逆転現象に慣れ親しむようになった。つまり哲学者たちが、よかれあしかれ思想の「内容」と呼んでいるもの（表現の内容と言うほうがいいだろう）を、形式を考察することによって明確にするということが頻繁に生じたのである。私は、いわば思想を「未知数[095]」とみなし、必要なだけ近似値を求めつづけることによって、徐々に「それ」に近づいていった。

人間なるもの（ユマニテ）

一

虚栄心の強い者、愚か者、心と精神の薄弱な者を地上から一掃してみよ。軽信者、臆病者、群れをなす魂の持ち主を絶滅し、偽善者を抹殺し、乱暴者を撲滅してみよ。そうしたらどんな社会も不可能になる。秩序が君臨するためには絶対に、栄誉や勲章を非常に気にかける人間が大勢いなければならない。自分の理解していない語を前にして、語調や言葉の暴力、約束、漠然とした大雑把なイメージ、言説の幻想や偶像といったものを前にして、無抵抗なままの人間が大勢いなければならない。また、秩序はある程度の非人間性を必要とするが、それを秩序にもたらすのに十分なほど非情な個人が一定数必要であり、このうえなく嫌な仕事をまったく嫌がらないような個人も一定数必要である。そして最後に、私利私欲で動く人々が多数存在し、卑怯が勇気よりも普通で、それゆえ政治的にいっそう有力であることが重要である。

だが、こうしたすべての不完全な輩が、彼らの不完全さそのものによって社会の生命に不可欠であるとすれば、なぜ、どのようにして、まさにその社会から発せられる世論によって、彼らはその人格をけなされ、悪評を受け、断罪されるのか。社会全体の安全、安定、繁栄は彼らの存在に依拠しているというのに。

二

この世で最も「深い」問い。
——どうして思いつかなかったの？
——君はどうして思いついたの？

三

「〈未来〉」はいまこの瞬間のひときわ感じられる一片だ。

四

このうえなく貴い手をしたエリーズであったが、しかしその指のなかに一本だけ、形と均斉の卑しいのがあった。彼女は時々、低俗な口調や衝動や「思考」が自分のうちにあるのを感じた。そんなとき彼女は、貴族の集まりに闖入した田舎者のようなその俗っぽい指を見て、自分の祖先には誰か卑しい血統の者がいたのではないかと思った。そして自分の人生には、素性の知れない男に対する弱みが、あさましく身を落とす情愛のひとときが不意に訪れるのではないか、ひょっとするとこの下等な血の一滴がそうしたことを予兆しているのではないか、と恐れて（あるいは望んで）いた。

五

精神は愚から愚へ飛び移る、ちょうど鳥が枝から枝へ飛び移るように。

そうすることしかできないのだ。

肝心なのは、どの枝にあっても落ち着いたと感じないことだ。

つねに安心せず、翼はいつでも、この最高かつ最後の命題から飛び立つ準備ができているように[096]。

取り憑かれた部屋 097

「この部屋からは海が見えます」と、鍵を持った〈男〉が私に言う。

嘘だ。海などではない。この部屋から見えるのは永遠の業火だ。太陽の光が、湾とおぼしき巨大な鏡から猛烈な勢いでここまで上がってきて窓ガラスを打ち叩き、金属やガラスのあらゆる点で再生し、闇への渇望をもたらす。

〈男〉はいなくなった。私は光に傷ついた眼で何かを見分けようと、なにもかも閉め切る。だが見えるものはなく、代わりに香りが感じられる。

この豪奢な部屋にはあまりに豊かな香りが沁みわたり住みついているのだ。最初はかすかな気配を感じた程度であったが、いつしか驚くばかりに、悩ましいほど立ちこめ、取り憑き、うっとりと魅了する。

とりわけ、化粧台の抽斗を開けるとくらくらするほどの強烈な匂いが立ちのぼり、鼻孔をふくらませ、身体内部の部屋を広げ、不在の間(ま)にただよう存在感を吸いこみ、その場に欠けているものを欲するようにうながす。こうしたものは女たちを、あるいは女の気配を創り出す。この抽斗から親密な地獄のエッセンスが出てくるのだ。

聖ベルナルドゥスの教えによれば、匂イハ思考ヲ妨ゲル[098]。彼は匂いに大きな誘惑を認めていた。香りは吸いこまれ、生気となり、生命活動に干渉するからだ。甘美な香りなら、命の息を吸うたびに繰り返しそれを空気に求めずにはいられない。香りの発生源を探り、それをさまざまなイメージに見出して、好ましいもの、不安をかきたてるもの、愛情に満ちたもの、ばかげたものを作り出さずにはいられない。

こうした匂いにつつまれて、それがあまりに生き生きとした素描を浮かび上がらせるなか、私は気が遠くなる。

室内[099]

大荒れ。暴風雨。

だが私は雨風に襲われる窓ガラスのこちら側にいて、壁にかこまれ、濡れもせずぬくぬくとしている。私の視線は、嵐を見つめたりそこから離れたりして、しばらくのあいだ精神の一点にとどまって内心の言葉を引き出し、それからまたどんよりした空に戻っていく。どれほど多くの事柄と困難の末に、思考は危険をまぬがれて持続し、柔軟になり、おのれを見失っては再び見出し、長く続くことが可能になったことか——強力なものとなって、わが身体を案じる懸念のあいまの束の間の気晴らしとは別のものになることが可能になったことか！

魔法

「目を閉じなさい」と男は言った。「よろしい。イルマを想像しなさい。強く、はっきりと。彼女が見えますか。よろしい。では、目を開けなさい！」

　イルマは彼の前にいた。

（幕）

夢

ひとりの女が私とともに明るい野原にいる。住む人のいなくなった建物が私たちに見える、明るくはっきりと。開け放たれた扉のほうへ水が流れてゆく。四角い踊り場を覆う明るい水は、敷居を越えるやいなや、階段をつたい、それを覆い隠して流れ落ちてゆく。女が私を連れてゆく。私たちはかなり深い水のなかを歩いて降りてゆく。流れにそって降りてゆくと、ある戸口のところでふたたび日の光のもとに出て、水が注ぎこむ広大な湖のほとりにたどり着く。湖は明るく、すばらしく澄みきっていて、とても深い。私たちはこの満々と明るい水をたたえた、とても明るい緑色の輝く湖のなかを泳ぐ。金色の光。泳ぐ人たちの身体が見える。両脚が驚くほど自由で白くなるこの明るい深さに私は恐怖をおぼえつつ、うっとりと魅了される。水底にはやわらかな陽光をあびて黄金に輝く緑色の国が、静かな金色の砂が見える。

詩人の店

ガラス窓の向こうに青い服を着た彼の姿が見える。その顔は天気のように変わりやすい。あるときは若々しく、あるときはめっきり老けこんで。

彼が仕事をしていると、人々は立ち止まって何時間もじっと眺めている……誰ひとり嘲弄するものはない。彼の背後には木彫りの大きな車輪があり、一方向に回ったり、別の方向に回ったり、あるときは車輪の輻(や)が見えなくなるほど速く、またあるときはとてもゆっくりと回っている。

それは言葉の車輪である。

彼の前に置かれた白紙の上を彼の手が移動し、手にした尖筆(スティール)が文字を記してゆくにつれて、彼の眼光が輝き、手の周囲を照らすのが見える。

彼が頭をゆらして拍子をとっているのが見える……

海景

一

ここで、海は無数のサイコロを拾い集めては、それをふたたび投げる。

二

海上に望遠鏡を向け、私は沖に波をみとめて敬礼する。第……番目の波？

(だが、この個性の番号と生涯の一部始終を知っているのは創造者だけだ。この個性は——私にとってはあっという間に消えてしまうが——それ自身ではきっと波の標準的な一生を生き終えたと思っていることだろう……)

ＸＹＺ座標空間上の点と海岸との間にあって、逃走する〈形〉は、自分を逃れようとして、いまこの点における自分の形と物質（マチエール）を他のものたちに残してゆく[100]。

「考える人」

自分自身と話す……
それはいつも面白いわけではない。
自分自身との会話を
　面白く、興味ぶかく、有益なものに
　思いがけないものにする
　それが——**考える人**になることだ……
内なる声の役割。

　哲学体系はこの**会話**の自然さと相性が悪く、

実は単なる書きものにすぎない[101]。

瞑想[102]

夜明け前に私が見出す希望以上に純粋な希望があるだろうか、それほどこの世の束縛から解放され、私自身を離れた希望が——とはいえこれほど完全な所有が——あるだろうか。私の力が示され統一されるこの最初の瞬間、その時にはただ精神の欲求だけがあらゆる個別の思考に先立ってあり、それらの思考を不意にとらえられる状態、いわば〔個々の思考、個々の愛よりも〕愛することを愛する状態を好んでいるように思われる。

魂は対象をもたないまままみずからの光を味わっている。魂の沈黙はみずからの言葉の総体であり、魂の力の総和がこの休息をなしている。魂はあらゆる名とあらゆる形から自分が等しく遠ざかっているのを感じる。どんな形象もまだ魂を変質させたり、拘束したりしていない。ほんのわずかな判断さえ魂の完全さに染みをつけるだろう。

身体が休息したおかげで、私は潜勢力以外のものは知らず、何事かを待ち受ける私の予期はそれ自体で自足する悦びだ。それは考えられるすべてのことを想定しつつ、それを先送りにする。

普遍的な一瞬がひとりの人間を介して築かれ、あるひとりの生がこのわずかな永遠を発するとは、何という驚異だろう！

まさしくこのような超然とした状態において、人間はみずからの言語の最も神秘的で、最も大胆な言葉を発明したのではないか。

おお束の間のときよ、〈時間〉のダイヤモンドよ……　おまえを離れては、私は取るに足らぬ惨めな懸念にすぎない。

存在の最高点で、私は嵐の前の大気にみなぎる力のような、えも言われぬ力を呼吸する。私は切迫感をひしと感じる……　これから何が起ころうとしているのか知らないが、しかしいま起こっていることはよく分かっている。それは現に存在しているものをもっぱら可能性としてあり得るものに変えること、現に見えているものをもっぱら可能性として見えるものに還元すること、それこそが深奥な行為なのだ。

眼差し

眼差しの向かう所はあてどなく定まらず自由に動きまわり、身体よりも、さらには頭よりも、何倍も速くまた感度が高い。蝿のように引き寄せられ、追い払われ、飛び回り、蝿のように止まる。いろいろな形を好み、あちこち道を見つけ、離ればなれの対象を結びつける。これほどまでには動かない身体のとりわけよく動く部分である眼差しは、あるときは興味をそそるものすべてに身をゆだね、あるときは一存在に夢中になって、その存在と関係をもちながら世界中を駆けめぐり、また時折、ある対象に触れておのれを見失い、その対象を逃れておのれを取り戻す。

折々の景

一

ニース――星のまばらな空、とはいえひとつ、燦然と澄みきった大気に輝いている。何の星かは分からない。赤道に近いようだ。きっと惑星だろう。

まだ夜明けとはならない時分の夜の変化がある。

その光景（タブロー）は美しく気高い。

明滅するともし火、そのきらめく点によって浮かび上がる町の輪郭。

人間は自分の見るものの重さをはかり、それに重さをはかられる。

人間が天秤のもう一方の皿にあるものと釣り合うことも、またそれを逃れることもできないとき、そのものは美しい。

私は〈知性〉の詩を思い浮かべる。

二[103]

夜明け——夜明けではない。月が欠けてゆくのだ、蝕まれた真珠、溶けゆく氷[104]、消えかかる微かな光に生まれ出づる光が少しずつ入れかわってゆく——かくも純粋な、最後で最初のこの瞬間が私は好きだ。静けさと諦めと否定の混ざりあったもの。

なるがまま——うやうやしく夜がまた閉ざされる。夜はふたたび畳まれ、眠りにつこうとする。このうえなく独りきりの私の就寝とまどろみ。眠りがまもなく休息しようとする。夢想が現実の夢にその座を明けわたす。動揺と活気がまもなく生まれ出ようとする。筋肉が、器官がまもなく存在の国を侵略しようとする。現実はまだ〈明けきるのを〉ためらっているようだ。

ザインフ[105]が広げられ、ホイッスルの合図とともに、まもなく帆桁に、樹木に、屋根に掲げられ、満天を占めようとする。

三[106]

グラース——地面に薄く積もった雪——木々にはない——ブリューゲル風の効果[107]。地面は薄く塗られ、塗りつぶされてはいない。

今朝は、太陽。

寒々と金色に輝く印象——自分のなかに蘇る子どもの頃の感覚。興奮と憂鬱（メランコリー）の混ざりあったもの（メランジュ）。

四

グラース——十時十五分——突然、青と金色の美しい燕がいきなり私の部屋に飛び込んできて、三周し、小さな四角い窓[108]をまた見つけて逃げ去った——あたかも風景を突き破るかのように、この光の穴を通り抜けていったが、そこはさきほど舞い込んできたときは真っ暗な穴であったはずで、燕はただ方向転換するだけで、それを光に、別世界に変えてしまった……

もしかすると同じ窓だと気づいていなかったかもしれない。

五

木々があり、花々があり、犬が一匹、山羊が何頭か、太陽、百姓、私、そして遠くに海がある。そして私たちみんなの意見が一致する、過去はもう存在しないと。

六

私は自分流に自然を見る。オリーヴの木立のなかの大きな山羊を眺めながら、そう思う。山羊は草を喰(は)み、跳びはねる。ウェルギリウスだ、と私は思った。この山羊を描こうとか歌おうとかいう考えはかつて一度も私に浮かんだことはない。

ウェルギリウスはこの主題から何かを作り出せることを立証している。

それゆえ私は眺める。山羊はただちに山羊であることをやめ——オリーヴの木はオリーヴの木であることをやめる。ここに私が始まるのだ——すなわち私が定義してみたいと思う眼差しが。

婦人の顔

百万分の一の悩み。千分の二の問い。たくらみや欲深さのさまざまな痕跡。鼻はお高くとまっている。仮面(マスク)には色とりどりの感動の兆しが群れをなして、武装したりピン留めされたりしている。

どのようにして、いつ、どこで、こうしたものすべてにまとまりがつくのだろう？……　全体としては「美人」だ。

海景[109]

眠れる静けさのうえに海がただよっている……　耳を澄ませよ。静寂の均等性と時間の等価性を観察せよ。これらの緩慢な力が君をとらえる。君の体と手足は生気を失った重さで砂の上にのしかかる。君の眼差しは天頂に触れる。君の口は大きく開いたまま。

君は目の前に広がる万物に身も心も属してしまい、いつの間にか自分の記憶も自分の恋愛も自分の謎も忘れて自分自身と疎遠になってゆく。

寄せては返す穏やかな波のうねりの単調な反復が、君の魂の風変わりな凸凹を果てしなく摩滅させ研磨する――あたかも波にもまれて果てしなく摩滅し研磨される小石の大理石のように。

観念

……「観念日和」というような日々がある。

そういう日には、観念が突然、ごくささいなきっかけから生まれる、つまりは無(リヤン)から。

観念に先立ってそれを予兆し要求するようなものは何もない……

もしかすると、そうした観念は（その産出について言えば）、「局所的」な出来事にすぎず、もし（その日に）精神がしかじかの種類の発展可能性にいわば「感じやすく」なっていなかったなら、海面の水泡(みなわ)の輝きと同じく跡形もなく過ぎ去ってしまうものかもしれない。

もしかすると、なんらかの価値を受け取ること、つまり利用可能なものとして感知されることがありえないような知覚はないのかもしれない。たとえ、そのあと精神がそれを利用する術を、この萌芽がよく育つような体系――明確な行為とその行為が及ぼす作用の推測からなる体系――を探し求め、組み立てる必要があるとしても。

私の観念日和とはそれゆえ、まだ不確定の、誰のものでもない富が——考える存在の状態に満ちあふれているような日々と言えよう——ちょうど、じっとしていられずその場で足踏み（ピアッフェ）する馬の体内に、自由な利用可能エネルギーがあり余るほど漲っているのと同じように。

神なるもの（ディヴィニテ）

太陽神は自分に敬意を表させるためにくしゃみを発明した。

……この世の終わり……

神が振り向いて言う。「夢を見た。」

「結局」とユピテルはエホバに言う。「そなたは雷を発明しなかった！」

人間はある神の手を煩わせてわざわざ「創造」してもらうに値するか。

宗教において私が最も驚くこと、それは……不純さだ。歴史、伝説、論理、統制、詩と裁き、感情、社会的なものと個人的なもの……　そうしたものの混淆(メランジュ)、いや混淆以上のものだ。混ざり合っているだけでなく、組み合わされているのであり――まさしくそこに宗教の力がある――それが宗教をいっそう「自然」なもの、いっそう植生に似たものにする。それによって宗教はさまざまな人々につねになんらかの拠り所を提供するのだ。

ヨシャファトにて[110]

自分の「身体」から離れた「精神」は、おおテモテよ[111]、無数の他の身体から自分のものを見分けられるだろうか。

おまえはこの腕やこの頭蓋骨を覚えているだろうか、これほど長い間、自分のものとみなしてきたものだが。

またおまえの身に起きたことを覚えているだろうか。
他方で、人は言語を習得する以前に体験した頃のことを何であれ思い出すことができるものだろうか。

愛(アモル)

一

〈愛〉は私たちのなかに残っている「原始的な」ものを刺激する。原始人から可能なかぎり遠ざかったある存在のうちに——〈愛〉が忍びこみ、そのあらゆる儀式と迷信と奇妙な形成物を伴って——不純物を一掃した、鋭利にして弁別的な精神と共存しつつ——発展するさまを示してみたら、さぞかしおもしろいことだろう。

二

女は果実である。桃、パイナップル、ヘーゼルナッツ。さらに続けるには及ばない。明らかなことだ。好き者はたった一種類の果実しか摘まないという決心がつかない。果樹園の多様性のなかでおのれ自身を知ろうとする。

三

〈愛〉――〈愛する〉こと――それは真似ることだ。習得されるのだ。言葉、行為、「感情」さえも習得される。本と詩の役割。独創的な愛はきわめて稀有なものにちがいない[112]。

ここからちょっとした物語のアイデアを引き出すことができる。ある人の内部で意識と知性が愛の苦しみに抗う。愛の力は慣習的なものと伝統的なものに由来していると感じており、そう分かってもいる……　そしてこの人は自分で作り出したわけではないものは好きになれない。

四

生きているものであれ、そうでないものであれ――作品など――、何であれある対象に無限の価値を与えるのは、未知の要素である。

もしこの要素が消えてしまえば――たとえば「愛」において――、後に残るものとしては、もはや狩猟とか娯楽とかの限られた興味しかない――その持続や結末やその後はよくよく知られている。その後とは――

つまり零（ゼロ）だ。

五

究極の愛は、愛する存在が〈実在不可能〉だという感情である。この存在はそれほどまでに感動的で、魂を奪うものであり、また不可思議な歓喜や渇望をかき立てるものとして、対象の有限の姿をまとった神経的な無限、無尽蔵の感性の宝庫とでも言うべきものである。と同時に、現実に現れたこのありそうもない存在は神のごときものになる。官能の満足はもはや、偶像と偶像崇拝者の関係における多少とも幸運な状況にすぎないものとなり、本質的な出来事ではなくなる——通常の愛においてはそうなのだが。

「君が存在するなんてあり得るだろうか？　君はいる。これこそ信じられない驚異だ。君はいる、そのことが私の全存在を驚かせ、あらゆる価値を変換し、君のまわりにある石ころを黄金に変え、死んだような無価値なものに生彩をあたえ、君のほうへ向かっていく歩みと疲れを吹き飛ばし、君のそばにいる時間と君から離れている時間をまったく別の尺度で測るのだ。一切は君を軸として秩序立てられる。君の額にただよう君の気分は、あらゆるものを変容させ、その日一日を曇らせたり照らしたりする大気現象だ。などなど……

　君のうちのいったい何がこれほどまでの力を君に与えるのか。答えはない。君は醜い女（または男）だけれど、美しい女（または男）だ。君は普通のことしか言わないけれど、君の口から発せられるほんのわずかな一言にもまして私に多くを語りかける天才はいない。」[113]

このようにして見知らぬ力が〈愛する者〉のなかに生まれ、組織化され、いわばあらゆる原因に先立つものとなる。どんな想像上の原因も、どんな正当化も、この力に追いつき、それを有限の説明によって置き換えることはできない……　犬が自分の影を追いかけるのと同じように、愛する対象が現前し、それに接触し、それを所有することは、そうした現前や接触や所有を渇望する心には到底及ばない。

相手の観念、相手のイメージが、当の相手以上に現実のものになったのだ。

「君は存在する……　君はいる」と〈愛〉は言い、その目のすみずみに驚嘆の表情を浮かべる。絶対的に希求され切望された必然的な存在が実在するなんて、しかも存在であると同時に観念でもあり、おのれ自身が創造したものであると同時に運命の贈り物でもあるなんて信じられないという表情を。そして人は次のような奇妙なことに気づくのだ。幻想（ファンタスム）にすぎないもの、希望あるいは絶望の所産にすぎないものになんらかの実体と力を与えるためには信が必要であるのと同じように、存在するものを信じるためにも、このうえなく貴重な対象が実在し現前することを受け入れるためにも信が必要なのだ、ということを。

六

精神と生命の混淆(メランジュ)にもまして、精神の自由および創意と生命維持にかかわる機能的活動との混淆(メランジュ)にもまして甘美なものはない。両者はつねに切り離され、対立するものと考えられがちである。しかし、言葉と思考に活気づく素晴らしい食事は、私たちを神々に似た（もしかすると神々を凌(しの)ぐ）存在にする。愛と精神の混淆(メランジュ)についても同様である。

七

〈愛〉と〈精神〉の混淆(メランジュ)は最も酔わせる飲みものだ。年齢はそれに奥深い苦味を、暗い明晰さを添え――この刹那のしずくに無限の価値を与える。

八

愛！　同じ群像を形づくる永遠の彫刻家！

〔牡蠣〕[114]

牡蠣(かき)が殻をひらくさまは、さながら含羞草(おじぎそう)[115]のよう、驚いた人の口のよう。

詩篇(プソーム)X〔Z〕[116]

私の満足は幻だ。おまえは決してそれに到達することはできないだろう。
まさしく〈永遠なる神〉がみずからを侮辱する者を創造したのではないか。
神がみずからの意にかなう予知からこの者を引き出したのではないか。

神がこの者を楽園に呼び入れたのではないか。

神がこの者をさらによく知ろうとして肉体をひとつ手に取ったのではないか。

おまえの眼差しと身のこなしは蛇を魅惑する蛇のものであった。

薔薇の香りがその頬骨と薄織物に満ちていた。

彼らは夜の奥深いところにいた。

静寂へと、彼らは吐息を捧げた。

彼らは自分たちの手足を絡ませあう姿態によって、終わる一日を生まれ出る一日に結び合わせた。

彼らは自分たちが一体となるのを知った。彼らは自分たちの力を交えた。彼らは長いあいだ互いに吸いあった。

それでも彼らはいつまでも互いを知らないままだろう。

詩篇(プソーム)Y 117

突然、私の手はおまえに襲いかかるだろう、素早く力強く。
私はおまえの豊かな丸い夜をつかむだろう、
知と意志のいしずえ、魂と精神のあいだを。
私はおまえの反抗的な頭の支柱を、
おまえの知性の光の中軸(ピボット)を握りしめるだろう。
私はおまえを駆り立てるだろう、
私が望み、おまえは望まないものの方へ、
私がおまえに望ませたいと思っているものの方へ。
私は疲れはてた美しいおまえを足下に置き、愛しているとおまえに言うだろう。
そして私はおまえの首をねじ伏せてやろう、おまえが私を理解し、よくよく理解し、

　完全に理解しきるまで、
私はおまえの〈主（しゅ）〉でありおまえの〈主（あるじ）〉なのだから。
おまえは泣くだろう、おまえは呻くだろう。
おまえは私の眼差しにかすかに光る弱みを探し求めるだろう。
おまえは両手を上げ、その哀願する手をよじるだろう、切に哀願する美しい手を、
　おまえの澄んだ瞳に鎖でつながれたようなその白い手を。
おまえは青ざめるだろう、おまえは赤らむだろう、
おまえは微笑み、そのあらわな腕に私の堅い両脚をかき抱くだろう。
おまえは私を愛するだろう、おまえは私を愛するだろう、
私はおまえの〈主（しゅ）〉でありおまえの〈主（あるじ）〉なのだから。

幸運〔精神の考える幸運〕[118]

私が幸運に求めようとするのは、もっぱら精神の自由を保つための物理的および化学的な条件だけだ――暖かさ、涼しさ、静けさ、空間、時間、運動――そういうものを必要なだけ。開けたり閉めたりすると、孤独あるいは人々が、山あるいは森が、海あるいは女が、流れ出てくるような蛇口。それに仕事道具。

贅沢というものに私は興味がない。私は「すてきなもの」を眺めない。私の関心を引くのは、そうしたものを作ること、想像すること、実現することだ。ひとたび作られてしまえば、それらはがらくたである[119]。私たちのがらくたを糧にするがいい。無秩序を秩序に変えること。だが、ひとたび秩序が生み出されてしまえば、私の役割はおしまいだ。私ハ生キタ[120]。芸術作品は私にいろいろな観念や教訓を与えるが、喜びを与えてくれはしない。というのも私の喜びは作ることにあって、受けることにはないからだ。とはいえ、私にいやおうなく喜びを味わせ、その気ままな意向を押しつけるような作品には、畏敬の念、戦慄の念、そして到底及ばぬ力という印象を抱く。

ある物語（コント）のアイデア（ヴィリエ風に）[121]

五十代のイギリス人（あるいはオランダ人）の男、赤毛に青目、堂々として体格もよく、有無を言わせない様子、等々。ある晩、男は話の勢いで愛について語りだす。（酔っていたのだ。）しまいに彼は財布から、なにやら靴底の端切れのようなものを取り出す――黒く、ひどく汚らしい――そこには金文字でイニシャルが刻印されている。そして男は自分に惚れこんだ女（ひと）の話を聞かせ、彼女に撃たれたと言う。軽傷だった。が、「彼女は首をつったのです、みなさん、あの嫉妬の化身のような女は。彼女を失ってしまったことは取り返しがつきません。――これですか？――これは、あなた、彼女の舌ですよ。相当高い買い物でした。彼女の舌です、あなた、彼女の舌、彼女の舌なんです！」

〔運用の問題〕[122]

若くたくましい男が「自分の生」を白日の下でじっと眺めていた。天気はよく暑かった。陽光を浴びた彼の活力のすべてが全身に漲(みなぎ)っていた。彼は胸いっぱいに呼吸していた。隆々とした筋肉のうちに充溢するおのれの力を、またくつろいで休息する姿勢のうちに潜む原動力を感じていた。心も浮き立って、自分の荒々しい力強さに、また自分の腕や腰、すばやい眼差しと判断力のもつ可能性に思いを馳せていた。身にも心にもあり余るほど自由な時間があった。彼は、微笑を浮かべつつ、自分の生を、地平線を、自分に可能なことすべてを、今この瞬間の自分の状態をじっと眺めていた――あたかも手にした名刀を陽光に照らして見つめるように。

こうしたものすべてを何に活かすか。

情念（パトス）

一

足もとに、私がいまにも手放そうとしている物の未来の姿がある。足もとに壺の破片が見える。

二

生命は絶えまなく焼き尽くすものを絶えまなく備え蓄える。
生命は、全体としては複数の存在を、細部としては存在の一部を焼き尽くす。
生命は存在の一部を焼き尽くす。

三

何も聞こえないのに耳を澄ますことができる。

沈黙……

沈黙は聴覚の宇宙において役割をになう。沈黙によって示される時刻があり景色がある。

耳はこうした音の空隙のなかでますます研ぎ澄まされ、目覚めてゆく。

音楽はそれをしかるべく配置する術を心得ている。

他にもさまざまな沈黙がある。ある状況の宇宙における沈黙の機能がある。会話中に突然なんらかの返答に窮するとき、恋が芽生えるとき、希望が崩れ落ちるとき……

四

すべてはあたかも存在するものの大部分が存在していないかのように行われる。ある人を定義する際、その人にとって存在しないものによって定義する……

五

蛾——光り輝くグラスの上での乱舞。

それから蛾の群れが絶望したように火に飛び込むと、無数の灰がきらきらと立ち昇る……

六

苦痛としての観念。

私たちの身を貫く苦痛が私たちに特有のものでありながら異質なものでもあるように、私たちの観念は私たちに特有かつ異質なものである。

七

円盤型信号機の前で停車し、不動のまま煙をあげ、その場で燃料を燃やしつつ黒々と輝く汽車は、待機の完璧なイメージだ。

生体＝精神の政治

一

私の身体が感じることは国是（レゾンデタ）である。

各自の属人法[123]のなかには、一種の国家が、自己の全般的利益という存在あるいは感情が形成される。

たとえば食事をとること、休息すること——は国事である。

政府（それ相応の価値はある）とは、国家を管理し、これを統治していると信じる精神現象である——この信用が認められるのは、もっぱらそれらの用務が容易なものであり習慣的なものである等々の場合にかぎられる。政府は事情にほとんど通じていない。そして政府には単純なメッセージが必要だが、他方で国はおそろしく複雑である。非恒久的な国事もある。恋愛や、企図や、虚栄の問題など。

国事とは、それに対して存在がどれほど深く敏感に反応するかということによってその重要性が決定されるような用務である。感性の各省庁が、ほんのわずかな徴候にも覚醒し、それに共振するべく同調するような事態。——そればかりではない。この徴候の最小限はかぎりなくわずかであり得るため、一切のことが——〈私〉だけにしか関係がないような衝撃や〈私〉のどんな知覚でさえ——敏感な観念を呼び覚まし、いわば自発的に変調を引き起こし、強烈な存在感を示すほどだ……

すべてはあたかも私たちのうちに第二の人格がいるかのように行われる。もっぱらこのような用務にあたり、万事に対して絶大な権力をふるう第二の人格、——それは瞬間というものだ……

二

看護する。手当てを施す。それもまたひとつの政治である。これは厳しくなされることもあり得るが、優しさが不可欠の覆いとしてその厳しさを包みこんでいる。生命に対するこのうえない注意力をもって看病をし、夜を徹して見守る。不断の正確さ。ふるまいの優雅さといったもの、存在感と軽やかさ、予見、ほんのわずかな徴候にも気づくようなきわめて覚醒した知覚。

それは聡明な心づかいが作り出す一種の作品、詩である（いまだかつて書かれたことはないけれども）。

口

身体は私たちが食べることを欲し、この液汁ゆたかな口の劇場を築いたうえ、私たちが味を感じられるように味蕾（みらい）と神経叢の照明をほどこした。そのうえには、この味覚の神殿[124]のシャンデリアさながら、鼻腔の濡れて餓（かつ）えた奥ゆきが広がっている。

口腔の空間。生き物の最も奇妙な発明のひとつ。舌の住居。さまざまな反射と持続が君臨する場。不連続の味覚地帯。複合的な仕組み（マシーン）。泉や家具がある。

そしてこの深淵の奥には、油断のならない落とし穴、瞬間装置、危険な神経過敏が備わっている。閾（いき）にして行為――この毛皮のような繊毛が苛立つと、〈咳の嵐〉だ。

これは古代人の地獄の入り口だ。物質を入れるこの洞穴を直接的な名称を用いることなく描写してみたら、なんと幻想的（ファンタスティック）な物語になることか！

そして最後に〈話すこと〉……　このとてつもない現象がその内部で起こるのだ、震動、回転、破裂、震える変形を伴って……

うわのそらの女（ひと）[125]

どうか　ロールよ[126]　また雨の季節ともなれば
かぐわしいその姿　その足音をじっと待つ
この私の愛情に　肩をもたせかけるひとよ
ロール　見るともなしにながめやる　とても美しい眼差しよ
どうか　大きな瞳で　大空をさまよう顔よ
夢見心地の足どりで　沼に向かうその足が
泥濘（ぬかるみ）に点々と浮かぶ　明るい鏡につかるとき
どうか　いとしいひとよ　自分の言葉に耳を澄まして……

道徳（モラリテ）なるもの

一

私は人間を率直に見る。率直に、公正に、留保なしに。動物として――変わりやすく、教育可能な動物――状況という真の主人によって教育されうる動物として。

二

個人は互いに似ているかぎりにおいて対立しあう。競争は要求の一致の結果として生じる。

だが、手段の一致は（それが存在する範囲内で）、個人が集結することを可能にする。

個人は働くために集結し、消費するために競い合う。

三

三人集まれば、自分たちは同じものを見ていると互いに言うことができる。また同様に、自分たちは同じものを見てはいないと言い合うこともできる。それは精密さの度合い次第だ。

四

私たちが抱く恐れのなかには、仮に私たちがまったくの別人であったとしたら、私たちが誰かに加えるかもしれない虐待やむごい仕打ちの裏返し（その結果を想像すること）にすぎないようなものがある。私たちは凸型でするかもしれないことを凹型で想像するのだ。

五

行ないが善く、考えが悪い人間ほど危険なものはない。偽善者の反対あるいはそれと対称をなすもの[127]はきわめて恐ろしい。

六

ヤヌス[128]。——言葉（パロール）はヤヌスである。〈自己〉に向けられているとともに〈他者〉に向けられている。〈私〉に語るとともに〈君〉に語る。

七

理解することと**反応すること**のいずれかを選ばなければならない。理解するほうに身を捧げることは世界から身を引くことだ。が、「理解すること」は最終的にはすべての事象に同意することになる——すべての事象からそれらの相対的な不平等に基づくあらゆる力が取り除かれるのだ。砂糖、塩、善、悪といった**語**のあいだにもはや区別がなくなる。

八

私たちの抱える矛盾が私たちの精神活動の実体をなしている。

自我（モワ）は憎むべきものである[129]……　だがそれは他の人々の自我のことだ。

精神は自分が羨ましいと思わないようなものすべてを排斥する。
私たちが嫌悪感を抱くものを嫌悪しない人は、私たちに嫌悪を催させる。
人生、、……　このあらまし。

雪[130]

なんという静寂、を破るシャベルの一撃！……
目が覚める　真っさらなこの雪が待ちぶせるなか
わが身のいとしい温もりが残る　窪みの中を襲われて。

淡くもきつい日の光が　私の目に差し込んで
この無垢の光景に　けだるい体はふるえおののく。
おお！　どれほどのわた雪が　心地よいわが不在の間に
夜を徹して暗い空を　失うさだめであったことか！
なんと純粋な寂寥が　音もなく闇から降りそそぎ
恍惚にひたる大地の面立ちを消し去って
しんしんと降り積もる　このおびただしい純白を
顔もなく声もない　どこかの場所に溶かしたことか
さまよえる眼差しに　屋根がいくつか目にとまる
いつもの暮らしの宝ものを　覆い隠すその屋根から
あるかなきかに立ちのぼる　おぼろげな煙の祈り。

人間（ユマニテ）なるもの

一

勝者たちに——みずからの態度、振舞、流儀を貫き、どんな事態が生じても、それらを一変させてしまうことのないようにせよ。勝者たるもの、思わず敗北を喫するとも、見苦しく顔色と言葉遣いを変えてしまうことのないように。

二

貧しい者が裕福になろうが、権力者が落ちぶれようが、それによって一方が以前よりも思い上がったり、他方がへりくだったりすることのないように。

歳を重ねるにつれて、私たちに当初備わっていた果敢さ、独自性、可能性の数々は食い尽くされてゆく……

三

たった一言、ただひとつの身ぶり、ほんの一瞥だけで、諸関係からなる一体系全体が、ひとつの命あるいはふたつの命が、一作品、一信仰が、滅びてしまうことがあり得る。それらと同じものを創り出すためにそれほどわずかで事足りるなどということは滅多に起こらない。が、ときとして起こる。

四

――素朴なこと以外に何を望むことができるだろう？　それに素朴でなかったら、望む力も出てこないだろう。

――素朴だって？

――そうとも！　だって、自分の望むことが結果として招くことまで望むような人間がいるかい？　誰だって、自分の望むことが結果として招くことまで望みたいとは思わないだろうし、そんなことはできもしないだろう！

五

人はみな絶えず、自分の父祖をどう見ているかということに左右されている。そして自分自身がなしうる行為のうち、自分を産み出した者の行為以上に、自分にとって多大な影響を及ぼしうる行為はない。

六

人はみな絶えず、最もはっきり見えているものに、しかもそれと結びついた最もおぼろげにしか見えていないものに左右されている。

七

幸せな人とは、目を覚ましたとき喜んで自分と再会し、まさにそうありたいと思う姿を自分に認めるような人である。

八

ある男はある党派に属していた。が、生来の奇妙ないたずら心から、彼には始終、自分の党派に対するこのうえなく辛辣で、このうえなく真っ当な皮肉が思い浮かぶのだった[131]。

九

〈某〉氏はあなたが知っている人だけでなく、あなたが知らない人でもあり、この後者には氏自身もいまだ知らない未来の氏が含まれている。

十

ある精神の長所のひとつひとつは、現実を表象するときに誤謬をおかす特殊な可能性（チャンス）をもたらす。
もし君が素早いなら、ゆっくりしたものを見落とす。

禍言（まがごと）

一

「あいつを好きにしゃべらせておけ」と〈悪魔〉は言う。「おまえは今に見るだろう、あいつがわれとわが身を滅ぼすのを、その精神の偉大さゆえに、わが身の利害をこえたところへ導かれ、自分を引き渡し、自分の弱みと過ちを華々しくさらけ出すのを、そうしたら俺たちはただそれをあいつ自身に見せつけてやったらいい。」

二

悪魔は自分の勝ちだと見ると、あるいはそう思いこむと、愛想のいい、素朴な、お人好しになる!……

それに悪魔を讃えて言うべきことには、悪魔は何ひとつ不可能なことを要求したりはしない。

三

人間が共食いするためには互いに憎しみを抱かざるをえないが、これは動物にくらべて人間が負っている大きな不利である。動物は荒々しく互いに食いあうが、憎しみを抱きはしない。動物には無駄がまったくない。

四

正しき人は永遠のうちにあって、みずからの復讐をうっとりと見つめている。

（これこそ悪魔が善人たちの悪しき感情についてのオードで表現しうることだろう。――誰かに敵対する〈真理〉への欲望。）

五

——おまえの精神を黙らせろ！　もしもあの〈強者〉に聞きつけられてしまったら！

——でもどうしたらいい？　事物を目にして思い浮かぶことを抑えこむ手段を何か知っているのか？

六

大勢の人に情動的な力を及ぼした人間はみな、神経および精神の欠陥に苦しんだ、あるいはそれに恵まれていた人々であり、そうした欠陥の外部に及ぼす作用が彼らの力となったのである。欠陥のある人すべてがそうであるわけではない。そのような人々のなかで、自分の欠陥を意識し、そこに自分の特異性の徴候をみとめる人がそうなるのだ。

彼らは自分の弱点を教義とし、自分の性向を雄弁に語る。

欠陥のある特殊性という意識を抱くことによって彼らは狡猾になり、公然と罪を告白したり、みずからをおとしめたりするようになる。

「誠実さ」の利用。これをどう利用するか。レトリックの力をそこから受け取ったり、それに与えたりする。

七

道理にかなった人の悪意。「道理にかなった」人、「権利のある」人、「正」あるいは「真」を手にしている人は——それを所有していることから利益を引き出そうとする誘惑——「〈真理〉あるいは〈正義〉のために」……ごく自然な悪意のほうに向かおうとする誘惑に駆られてやまない。

八

世界は少数の性悪者たちの仕業によって変わったのだが、そのうち最も古くから知られている者は、フォースフォロス、ルキフェル、サタン[132]など、次々と名を変えながら大いに盛名をはせた。

これらの性悪者が鋭敏な知性と野心に満ちた勇猛さを非難がましくねたみ深い性分に結び合わせるとき、その破壊力は絶大となる。この者たちがいなければ、一切は平常のまま、革命など起こらないだろう。最も大胆な思想も、通俗化という堕落や実践にともなう試練を恐れることなく、ひそかに展開してゆくだろう。奴隷たちは自由を思いつきもしないだろう。主人たちは驚くほど金のかかるものを躍起になって建てるだろう。人間は高みに向かって大きくなるだろう。

権力者たちは、真に恐るべき人間が自分たちのなかに潜んでいることを理解せず、彼らを見分け、手遅れにならないうちに同化する必要があることを理解しなかった。この点を理解した〈教会〉は、数世紀にわたってかなり広く力を及ぼした。

九

人間は自分のうちに自分を卑小なものとするのに必要な一切を持っている。教父たちと神学者たちはこの点につけこんだ。

十

「精神」とはもしかすると、〈宇宙〉ができるだけ早くおしまいにするためにみずから見出した手段のひとつかもしれない。

十一

破壊する力は構築する力をはるかに上回ることを認めなければならない。というのも、それは世界で最も強力な法則と完全に一致しているからだ。

十二

事物をあるがままに見る能力ほど、ひとりの人間を恐るべき者、冷徹な者、……な者にするものはない。

十三

私の神さま！（*Mon* Dieu！　*Mein* Gott！　Dio *mio*！……）と言う信者たちの傲慢さ。あたかも私の帽子とか私のカフェオレとか言うように。

——この〈私の〉ほど本心の言葉があるだろうか。ある〈神〉とある〈私〉のあいだに他人の入る余地はない……

偉大さ

一

大家とは、不可能の領域において何が可能かを私たちに示す人々である。

二

道理にかなおうとする人を恐れなさい。そういう人は真実とわが身のあいだにとりわけ緊密な関係を想像し、「道理」を自分の妻とみなし、嫉妬ぶかく独占しようとする。しかし、この妻は誰かのものになればなるほど、ますます道理から遠のくことになる。

バルクとトロフィモ[133]は道理にかなおうとし——誰に対しても——道理をわがものにしようとする——彼らの「所有物(もの)」。彼らはそれを利用するのだ。

三

人間の教化。――ふたつの道による以外には考えられない。第一に――諸々の〈理念〉の選択によって。第二に――実践、展開、訓練によって。

四

精神は、私たちが栄誉と威光に輝く状態にあるときも、凡庸な状態のしがない身の上にあるときと同じく、そうした状態から私たちを守らなければならない。

五

人間は自分を消滅させてしまうようなある眼差しを宿している。自分もその他一切も、諸々の存在も、地も、天も、消滅させてしまうような眼差し。それは時間を脱したいっとき、焦点が定まるような眼差しだ。

六

知識人とは？――すこしも価値のないものに価値を与える人々。

七

凱旋門をくぐることは、槍門（そうもん）をくぐること[134]でもある。

八

半ば身を潜めていなければならない……

おのれひとりとともに

一

自分がひとりであり、おのれであり、本当にそうであることを知るのは、思考の無頓着さと脈絡のなさによってであり、そういうときは、他者とであれ、ある不測の事態とであれ、考えの浮かぶままそれを伝え合おうという気はまったく起きない。

そのとき人はあるがままの存在、つまり局地的な一事象であり、まるで犬が本をながめるかのように自分自身を見る（あるいは表象する）ことができる。

二

ナルシス。鏡に映った自分を見つめることは、死を思うことではないか。そこに儚い自分を見るのではないか。不死のものがおのれの死すべき姿をそこに見る。鏡は私たちに、自分の皮膚から、自分の顔から抜け出るように仕向けるのだ。

自分の複製に耐えられるものは何もない。

自分の言葉を三度繰り返してみるがいい。

三

悲しく苦しいとき君の血液から生じる涙、どれほどの代価が払われたかも知らずに君の顔をつたい落ちる涙に、精神は驚く。この変換の原因も生成も想像がつかないまま……

というのも精神の特性は、生命について、みずからの活動に無用と思われるもの一切を無視することなのだから。

気をつけろ！　君の心のなかでしゃべっている奴は、君以上によく分かっているわけではない。

四

幻視者（ヴィジョネール）

天使が私に一冊の本を渡して、こう言った。「この本には君が知りたいと望む可能性のあることがすべて記されている。」天使は消えた。

私はさほど分厚くもないその本を開いた。

本は見知らぬ文字で書かれていた。

学者たちがこれを翻訳したが、訳者はそれぞれ互いにまったく異なる訳文を示した。

また、そもそも読む方向について彼らの意見は分かれた。どちらが上でどちらが下かについても、どこが始まりでどこが終わりかについても意見は一致しなかった。

この幻の光景が消えかかるころ、本は溶けてなくなり、私たちを取り巻く世界と一体になるようだった。

奇妙なこと

一

ある男は、似たものなどない、何ごとも二度起こることはなく互いに等しくなることはない、と考えていた、あるいはそう感じていた。リキュールを二口飲んでまったく同じ味がするということはなかった。彼に見出されるのは独特のものばかりだった。三と四には何の関係もなく、一の二倍には何の意味もないと思っていた。そのつど、まったく新しく、はじめてなのだ。——なにか思い出すことがあると、彼はそれを創造行為として感じとるのだった。その独自性を感じとっていた——この点で、思い出は過去ではなく、現在の行為である。おそらくこのようにして「自然」は生成変化するのだろう。自然にとって、過去はなく、繰り返しもなく、似たものもない。そうしたものを私たちが認めるのは私たちの知覚が粗雑なためであり、私たちの手段が乏しく、私たちが単純化を必要とするからだ。

だが、この貧しさとこの必要とこの偽造がなかったなら、知性も、類比も、普遍性も存在しないだろう。

二

今朝、私の目にはこのうえなく奇妙に見える。事物がこういう具合になっていること、「物体が落ちる」こと、「法則」らしきものやなんらかの脈絡や恒常性や周期性があること、推論がかなりの頻度で有効であり得ること……

この奇妙な感覚は目覚めたとき私に生じたものだ……　存在するもの、というか、再び＝存在しようとするもの〈すなわち目覚めたばかりの自分〉に対する応答なのだ――まるで私がまったく別の世界を期待していたかのように。ということは、――私にはそういうことも可能なのだ。

こうした目覚めがあり、驚きがあるとしたら。目覚めたとき、最も大きな驚きとはどのようなものだろう。

三

ある物体が、ある日、落ちなかった。その種のものでただそれだけが、地上一メートルのところで浮いた

まま宙にとどまった。

誰にもさっぱりわからない。この物体を取り囲むように神殿が建てられた。

四

二種類の狂気。論理ゆえの狂気と、非論理ゆえの狂気。

五

「心地よいものとは何と奇妙なものだろう！」

この香り、――このミルククリーム――この首まわり。そして肩から胸へ、さらに胴の立体的な輪郭にそって降りてゆく私の両手の感触。途切れることのない感触の心地よさにしたがって、また指で押したり撫でたりする力の入れ具合に抑揚をつけながら。そうすることによって魂は創造的になり、ここからあそこへ、ますます心地よさをまして、この手の動きに身をゆだねるものを生み出してゆく。私は君を生み出す、幾度も君を生み出す。私はこの最高の動作を手放すことができない、私の手がうたうこの歌を失うことができない……

人間（ユマニテ）なるもの

一

この世にあり得る最大の詩人——それは神経系だ。
あらゆるものの発明者——というよりむしろ唯一の詩人。

二

〈人間〉について、最も低俗なことが最も真実なことだと主張する者が一人にとどまらない。だが、この判断は（それとして価値はあるが）わが身に跳ね返ってくるものであり、これを人に押しつける者はこれを被り、これを与える者はこれを受ける。

私たちは自分の心のなかに現れるものしか他人の心に与えることはできない。

三

人々の通俗さは、その生涯のさして重要ではない端々(はしばし)に現れる。
作家の通俗さは、その著作の「効果」的ではない箇所に。

四

人間は、苦しみ、笑い、あくび、感動、神秘的な宙吊り状態、性的快楽のさなかに一体となり、――見分けのつかないものとなる。
だが、どういう点で人々は異なるのか。

五

汝ラ神ノゴトクナラン[135]。――人間が**分別をもって**望むことができるのはたった一つのことだ。つまり、自分を取り巻く環境と自分の存在に対して働きかける行動手段を発見し、それによって自分自身と自分の生を作り変え、みずからの悪の支配者に、また享楽と歓喜の創造者になること……
――人間は身を暖めるすべを覚えた。

六

私は子どもが好きだ、子どもは遊ぶときは遊び、泣くときは泣くから。しかもそうしたことは造作なく相次いで起こる。

子どもは笑顔と泣き顔を混ぜたりしない。それぞれの相（ファーズ）は他の相に染まらず純粋だ。

それにひきかえ私たちは……

審美家

一

時おり私は、ある建造物を彫像や生き物の表象で飾るのを野蛮で異様なことだと感じる。

そういうものを求めなかったアラビア人のことが分かる。そうした装飾的世界においては、石は力学的な役割を果たすのではなく演劇的な変装をするのだが、そのようにして際立つ形式と素材のコントラストは私にはほとんど苦痛のように感じられる。

壁や丸天井（ヴォールト）を建てるのと、壁龕（へきがん）に聖人を置くのとは、同じ関心にもとづく行為ではないと思う。

パルテノン神殿のようなものは、事物の観察に何ひとつ負っていない諸関係の産物である。人物を住まわせたり、葉飾りの縁取りを施したりするのは、その後のことだ。

私はむしろ、目がこの石の堆積に何の姿も認めず、外面的な類似に依拠することなく、ただ新しい物体だけを見出すようであってほしい。あたかも目が自分自身の法則をいつまでも眺めるためにみずから創造したかのように感じられる物体を。

二

装飾、目を放心した状態（ディストレ）にみちびく気晴らし（ディストラクション）の行為。

均整は姿を見せずに作用しなければならない。

三

肖像画が表現ゆたかなのは、十八世紀だけだ。顔の瞬間の表情が捉えられている。

詩篇（プソーム）〔S〕[136]

はじめに〈驚き〉があった
次に〈対比〉がやって来た
その後、〈振動〉が現れた
それとともに〈分配〉が、
　次に〈純粋〉という
　〈終わり〉が。

鳥 137

おびただしい数の小鳥が嵐の空に現れる。南西風により、低い密雲が凄まじい勢いで流れてゆく。この無数の鳥の大群は、どこから来たのか、いくつかの群れに分かれつつ全体として一隊をなし、高速度で飛翔する集合体となって、奥ゆきや集団のまとまりという印象を与えながら見事な軌道を描く。さながら地面のない急流、あるいは煙の大河のように、8の字を描きながら空の四分の一を占め、いくつかの部隊に分かれてはまた結集する。閉曲線をなすこの軍事演習、この閲兵の目的は想像もつかない。

このような動物のデモンストレーションを前に自分自身を観察する者は、自分の単純さにふと気づくことがあるかもしれない。自分が動物の行動を人間流に解釈し、それに計画や理屈や集団内に定められた慣習などを付与していることに思い至るかもしれない。といって、他にどうすればよいだろう。

ある日、ノルマンディーで、大きな木々のやさしく風に揺れている高みで、鳥の結婚が議論され、取り決められ、挙式がおこなわれるのを私は見た。このたいそう賑やかな空中の舞台にこれとは別の意味を与えることなど不可能だった。そこには二家族、未来の舅と姑、未来の夫婦、おばたちといとこたちがいた。この連中がみな、かあかあ鳴き、文句をつけ、異議を唱え、反駁していた。大気はこれによって破れんばかりであった。時々、ひと群れが飛び立って、青空のなかへ密談をしに行き、ふたたび婚約劇の演じられている枝に舞い降りるのだった。ついに話がまとまったらしい。まもなく若いカップルが、ものすごい喚声のただなかに出立したが、これは私たちの言葉で言うなら、祈願であり、助言であり、感動的な別れの言葉であり、祝福であって、私たちが特別な機会に際して、しばらくの間あるいは永久に旅立つ人々に向けるあの餞別(はなむけ)の言葉であるだろう。

目覚め

目が覚めると、精神の野原に点在する観念の家の三つ四つに明かりがともる。
誰とも知れぬもの[138]はどこに駆けつけるべきかわからない。

詩篇（プソーム）〔T〕[139]

万物のなかで最も懐疑的なのは
〈時間〉だ、
〈ノー〉で〈イエス〉を、
憎しみで愛を作る、
またその逆もなす。
川がその源に遡ることはないとしても、
りんごが跳ね返って
もとの枝に戻ることがないとしても、
おまえがそう信じるのは根気がないからだ！

涙

一

顔によって、声によって。――〈生命〉は言うのだった。「我悲し、ゆえに我泣く」
すると〈音楽〉は言うのだった。「我泣く、ゆえに我悲し。」

二

さまざまな次元の涙。――涙は苦痛から、無力から、屈辱から、つねになんらかの欠如からこみ上げてくる。だが神聖な種類のものもあり、それは魂の神々しい対象を支える力、その神髄に伍してそれを汲み尽くすだけの力が欠如しているために生じる涙である。

物語、パントマイム、舞台劇は、人生の哀れな事柄を模倣することによって涙を誘うことができる。

だがもし、見た目には人間に似たところのまったくない建築（あるいはなにか他の調和(ハーモニー)あるもの、あまりにも調和が正確なために不協和音と同じほど悲痛な感覚をもたらすもの）が君を涙ぐませるとしたら、君自身にも分からない奥深いところからこみ上げてきて、いまにもあふれ出ようとしているのが感じられるその涙には、計り知れない値打ちがある。というのも、それは君に教えてくれるからだ——自分の身の上、自分の歴史、自分の利害、自分を死すべきものとして限定するありとあらゆる事柄や状況、そうしたものすべてに一切関係がなく役にも立たないものに、君は感動できるということを。

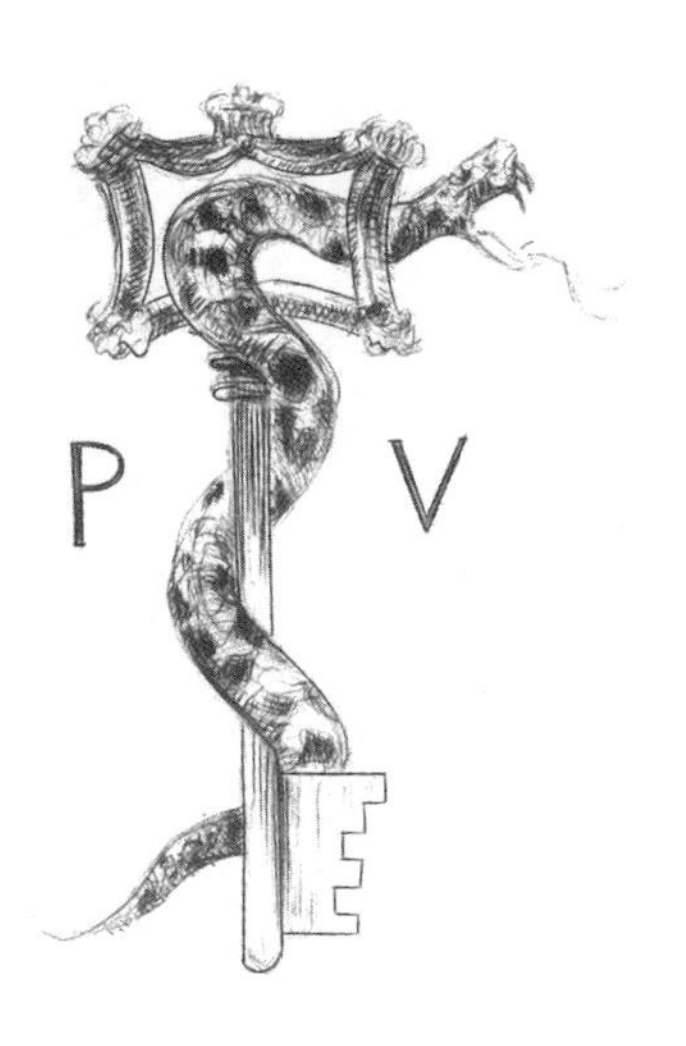
P
V

註

001——この「はしがき Avis au lecteur」は一九三九年初版にはなく、一九四一年版以降に加えられた。

002——初版のタイトルは『散文と詩(ポエジー)のメランジュ *Mélange de prose et de poësie*』であり、散文と詩が混在する本書を「アルバム」と称する点は、マラルメの『詩(ヴェール)と散文のアルバム *Album de vers et de prose*』(一八八七年)やヴェルレーヌの同題名の詩文集(一八八八年)を想起させる。なお同じタイトルを掲げる両詩人の作品はともに、アルベール・ド・ノセ編「フランス・ベルギー作家の現代名作集」叢書の一環として刊行された。

003——「災厄」は一九〇九年作(その後一九一七年と一九二一年に推敲)、「ナルシスのカンタータ」は一九三八年作である。

004——定型十二音節詩句(アレクサンドラン)と八音節詩句からなる韻文詩。初版では特殊な活字体で組まれ、再版以降はイタリック体で表記されている。

005——原語 Polydore はギリシア語の男性名ポリュドーロス(Πολύδωρος)をフランス語式に転記したもので「多くの賜物に恵まれた者」を意味する。ここでは男性という設定だが、Polydore は女性名ポリュドーラー(Πολυδώρα)にも対応し、ヴァレリーは『邪念その他』の「E」では女性に対して用いている。またヴァレリーが最晩年の愛人ジャン・ヴォワリエことジャンヌ・ロヴィトンに宛てた手紙や詩にも Polydore の名が頻繁に見られる。たとえば一九四二年十月二十三日の手紙の一節を参照。「どこにいるの、わが大輪の椿よ! ポリドール、わが美しきポリドール。(実際、君は[Πολύδωρο]〔ママ〕――多くの賜物だ!)/ああ! その賜物を僕にもちょうだい。」(*Lettres à Jean Voilier*, Gallimard, 2014, p. 334.)

006——原語 Esôn はギリシア神話の英雄イアーソーンの父アイソーン(Αἴσων, Aeson)を連想させるが、詳細は不明。なお、新版『ヴァレリー作品集』の編者ミシェル・ジャルティはこの名について「私は生きていた je vivais」を意味するギリシア語の動詞 ἔζων(ζῆν の一人称単数未完了過去形)をフランス語式に転記したものと解釈している(Paul Valéry, *Œuvres*, éd. Michel Jarrety, 3 volumes, La Pochothèque, 2016, t. III, p. 26)。

007——旧約聖書「イザヤ書」四六章一二節におけるヤハウェの言葉「わたしに聞け、心のかたくなな者よ」(新共同訳)を踏まえているか。

008——一九三九年初版には未収録、一九四一年版で増補されたテクスト。

009——定型十二音節詩句（アレクサンドラン）のソネットで、脚韻構成はいわゆる「フランス式」(abba abba ccd ede) の定型を遵守している。『メランジュ』では韻文詩と自由詩がイタリック体で組まれ、散文および散文詩と区別されているが、この詩のみローマン体で組まれている。

010——アンブロワーズはヴァレリーのファーストネーム「アンブロワーズ・ポール・トゥサン・ジュール」の最初のもの。

011——実際は一九二四年頃の作だが、「一六四四年」作と称する原詩には古風な綴りが散見する。日本語訳に旧仮名遣いを採用した所以である。

012——「イレーヌ」はヴァレリーが片思いの愛の対象ルネ・ヴォーチエに与えた呼び名のひとつであり、一九三一年九月初旬推定の手紙は封筒に「イレーヌ夫人 Madame Irène」と記され、手紙末尾の署名「A.」はヴァレリーのファーストネーム Ambroise の頭文字となっている (*Lettres à Néère*, Éd. de la Coopérative, 2017, p. 27, 220)。また一九三二年の『カイエ』でも、ルネの呼称として「ネエール Néère」や「エイレーネ Eiréné」と並んで「イレーヌ」が用いられている (C, XV, 527)。

013——イタリック体で表記された自由詩。

014——『カイエ』に初稿が見られる (C, XIII, 171-172 [1928])。

015——『カイエ』に初稿が記された散文詩、プレイヤッド版『カイエ』では「詩および小抽象詩 *Poèmes et PPA*」に分類されている (C, XII, 187 [1927] ; *C2*, 1285 ; *Poésie perdue*, p. 178)。初出は一九四〇年六月「ヴェルヴ」誌第八号、「海の幸」という総題のもと『メランジュ』所収の他のテクスト（「取り憑かれた部屋」、「海景I・II」「海景」）および『邪念』所収の「港のコンポジション」）とともに掲載された。

016——『カイエ』に初稿が記された散文詩、プレイヤッド版『カイエ』では「詩および小抽象詩」に分類されている (C, XII, 212 [1927] ; *C2*, 1285-1286 ; *Poésie perdue*, p. 180-181)。

017——ジャルティによれば、これはヴァレリーの思い違いであり、メーテルランクが二十世紀初頭に冬を過ごした家「四つの道 Les Quatre Chemins」はさらに遠方、カンヌとグラースの中間に位置するペゴマ街道の交差点にあった。

018——イタリック体で表記された自由詩。

019——原語は Arbre de *Judée* であり、南欧から西南アジアにかけて自生する西洋花蘇芳は通称「ユダヤの木」と呼ばれ、イスカリオテのユダが首吊りに使った木と言い伝えられる。

020——『カイエ』に第二段落の初稿が見られる散文詩 (C, XII, 168

[1927] ; *Poésie perdue*, p. 178)。

021——原文は英語表記（Tiger）。『カイエ』に初稿が記された散文詩、プレイヤッド版『カイエ』では「詩および小抽象詩」に分類されている（*C*, XII, 423 [1927] ; *C2*,1287 ; *Poésie perdue*, p. 182-183)。

022——一九三九年初版には未収録、一九四一年版で増補されたテクスト。

023——『カイエ』に初稿が記された散文詩、プレイヤッド版『カイエ』では「詩および小抽象詩」に分類されている（*C*, XIII, 444 [1929] ; *C2*, 1291 ; *Poésie perdue*, p. 191)。

024——ヴァレリーの哲学的試論「人と貝殻 L'Homme et la Coquille」（一九三六年）においても「誰が作ったのか」という問いが問題となっている（*Œ*, III, 732)。

025——イタリック体表記の定型韻文詩（六音節詩句）。初出は一九三九年六月「新フランス評論」であり、「一九二〇年」作と称し「楽曲化されるために作られた旧作」という副題を伴っていた。一九四二年版『詩集』の「拾遺詩篇 Pièces diverses」に再録。またヴァレリーがジャン・ヴォワリエに捧げた私的な詩集『コロナ／コロニラ』にも収められている。*Corona & Coronilla. Poèmes à Jean Voilier*, Editions de Fallois, 2008, p.148-149.

026——プーランクへの献辞は一九三九年六月「新フランス評論」初出や『メランジュ』初版にはなく、一九四一年版で加えられた。

027——ジャルティが指摘しているように、ヴァレリーの母方の祖父でイタリア人のジュリオ・グラッシは一八七四年八月十一日セットで死去した。孫のポールは当時三歳に満たず、ここで語られているエピソードはそれ以前の出来事と想定される。

028——ロシアバレエ団のエトワール、タマーラ・カルサヴィナ（一八八五－一九七八）。ジャルティによれば、ヴァレリーは一九一〇年六月三十日、オペラ座で彼女のバレエを観劇し、幕間に舞台へ招かれ、ニジンスキーとともにカルサヴィナと面識を得た。ヴァレリーは未刊行の妻への手紙で、彼女を「チュチュ姿、小柄で筋肉質、めずらしい真珠の肌」と形容している。カルサヴィナは『回想録』第八章で、イタリアのバレリーナ、ピエリーナ・レニャーニ（一八六三－一九三〇）を次のように評しており、ヴァレリーは彼女の言葉をほぼそのまま引き写している。サンクトペテルブルクに十年近く滞在したレニャーニの離れ業は「三十二回フェッテ」であり、「目もくらむばかりのピルエットの滝、驚くほど明確で、ダイヤモンドのカット面のように輝く」ものであった。*Ballets russes : les souvenirs de Tamar* [sic] *Karsavina*, trad. D. Clairouin, préface de Jean-Louis Vaudoyer, Plon, 1931.

029——全反射が起こる角度は臨界角と呼ばれ、空気に対する水の臨界角が約四九度に対し、ダイヤモンドの臨界角は約二五度である。

030——一九三九年初版では単独の見出しを掲げていたこの断章は、一九四一年版以降、直前の詩「ダイヤモンド」の「三」という位置づけに変更される。

031——一九三九年初版では、直前の詩「美……」と対をなすように「精神……」と表記されていたが、一九四一年版以降この中断符は消去される。

032——イタリック体で表記された自由詩。

033——一九三九年初版のタイトルは「日常生活 Vie courante」、一九四一年版以降「虚空と充満 Le vide et le plein」に改題。

034——イタリック体表記の定型韻文詩（十音節詩句）。一九四二年版『詩集』の「拾遺詩篇 Pièces diverses」および一九五〇年の『選集 Morceaux choisis』増補版に再録。

035——初版では詩全体が黒字のイタリック体で、この最終詩句のみ赤字のローマン体であったが、一九四一年版以降すべて黒字イタリック体に統一され、最終句のみ全大文字表記に変更される。

036——イタリック体表記の定型韻文詩（十二音節詩句）。一九二四年に書かれ、「わが友フランソワ・モーリヤックに」贈られた写真に添えられた詩。

037——「苦しみ tourments」を「哀しみ chagrins」とするヴァージョンがある。Franz Rauhut, *Paul Valéry, Geist und Mythos*, München, Max Hueber Verlag, 1930, p. 43.

038——イタリック体表記の定型韻文詩（十音節詩句）。一九二九年のクリスマスにド・マルテル夫人（二カ月前にヴァレリー夫人の手術を行なった著名な外科医ティエリー・ド・マルテルの妻）に贈られた詩。一九四一年版以降、「ある扇に」と改題される。

039——イタリック体表記の定型韻文詩（八音節詩句）。ヴァレリーは一九二四年五月にマドリッドで講演を行ったが、これに出席できなかったヒメネス（のちにノーベル文学賞を受賞するスペインの詩人）は「沈黙とともに六輪の薔薇を 6 rosas con silencio」という言葉を添えて花束を贈り、翌日ヴァレリーは返礼としてこの詩をヒメネスに送った。タイトルと日付はスペイン語で記されている。なお両詩人の手稿複写が *Hommage des écrivains étrangers à Paul Valéry*, A Bussum, chez A. A. M. Stols, 1927, p. 106-107 に見られる。

040——「ナルシス断章」（『魅惑』所収）の第一二二－一二七行。次に続く「ナルシスのカンタータ」のエピグラフとしてここに掲げられている。

041──この詩はまず一九三九年に非売品として著者と友人たちのために刷られた後、同年『メランジュ』所収となり、一九四一年一月「新フランス評論」に掲載された。タイトルは当初、定冠詞付きのLa Cantate du Narcisseであった(『メランジュ』初版および「新フランス評論」)が、のちに定冠詞Laが削除される(一九四一年版『メランジュ』)。他方、一九四二年にロール・アルバン＝ギヨによる写真を添えたアルバム『ナルシスのカンタータ』が刊行されたが、こちらは冠詞付きのタイトルを掲げている(*La Cantate du Narcisse*, vingt images photographiques de Laure Albin-Guillot, Impr. Arta, 1942)。この詩の配置について、一九三九年初版では詩文集のほぼ中央に位置しているが、一九四一年以降の『メランジュ』増補版においては巻末に配置されることになる。また詩型はさまざまな伝統的韻律を組み合わせた混淆詩句 vers mêlés であり、ラ・フォンテーヌの詩風に通じるものがある。

042──「台本」という言葉と「ジャン・ヴォワリエに」という献辞は初版には見られず、一九四一年版以降に付け加えられた。献辞の相手はヴァレリー最晩年の愛人ジャンヌ・ロヴィトン(一九〇三－一九六)の筆名。

043──初版では単に「ナンフたち」。

044──初版では「森の中の明るく開けたところ、〈泉〉」。

045──初版では「〈姉さんたち〉」(頭文字大文字のSœurs)。

046──初版では「〈君〉」(頭文字大文字のToi)。

047──初版では「〈ただひとり〉」(頭文字大文字のSeul)。

048──初版では「君」(全大文字のTOI)。

049──同前。

050──初版では「私自身の愛の掟に従うのみ À la loi de mon propre amour」であり、この詩行のあと一行分の行白あり。

051──初版では「美」(小文字)。

052──初版では「私の目によって君の目に Par mes yeux dans tes yeux」。

053──初版では「何か言ってくれ」(小文字)。

054──初版ではこの詩行のあと一行分の行白あり。

055──初版ではこの詩行の前に「カンタービレ *Cantabile*」という指示がある。

056──原語は ta puissance maîtresse であり、「司る」と訳した maîtresse には「情婦・愛人」の含意も読み取れる。

057──初版では「光」(小文字)。

058──初版ではこの詩行の前に「アリア *Aria*」という指示がある。

059──初版ではこの詩行の前に「アリア *Aria*」という指示がある。

060──この詩行以降の二十行余りにおよぶ詩句のタイプ原稿(決定稿の第一三〇－一五三行に相当する詩句でかなりの異同を含

む）が、一九三八年八月末のジャン・ヴォワリエ宛の手紙に添えられている。*Lettres à Jean Voilier*, p. 55-56.

061——初版では「愛」は異例の女性単数形une amourであったが、一九四一年版以降、通常の男性単数形un amourに変更される。

062——「混じりけのない愛 une amour sans mélange」は異例の女性単数形。

063——初版では「〈神々〉」(頭文字大文字のDieux)。

064——「このうえなく深い愛 L'amour la plus profonde」は異例の女性単数形。

065——「君の異様な愛 ta singulière amour」は異例の女性単数形。

066——「あらゆる愛 Toutes les amours」は女性複数形で、一般的な用法。

067——「真の愛 l'amour véritable」は女性単数形（次行のelleで受けられる）。

068——「咬み傷ひとつない愛 une amour sans morsures」は異例の女性単数形。

069——初版では他の章と同じくLa Première Nympheという表記だが、一九四一年版以降この章においてのみLa Prime Nympheと表記が変わる。「第一の」という意味を強調したものと思われる。

070——ヴァレリーはこの二行（« Quoi de plus naturel ? Sous de méchantes mains / Le cœur le plus fermé s'éclate en cris humains », vers 319-320）を一九三九年五月二十四日ジャン・ヴォワリエ宛の手紙に記している。*Lettres à Jean Voilier*, p. 104.

071——原語はl'uneで、初版では頭文字大文字（l'Une）。

072——原語はl'autreで、初版では頭文字大文字（l'Autre）。

073——同前。

074——初版では「〈宇宙〉」(頭文字大文字のl'Univers)。

075——初版では「〈神々〉」(頭文字大文字のDieux)。

076——同前。

077——原語Nymphe [nɛ̃f] とFemme [fam] は音韻上も響きあう。

078——原語bruire（音を立てる）の他動詞的用法は破格。

079——初版では「〈神々〉」(頭文字大文字のDieux)。

080——同前。

081——この神託の部分は全大文字表記で、初版ではさらに赤字で印刷されている。

082——初版では「〈神々〉」(頭文字大文字のDieux)。

083——「このうえなく誠実な愛 la plus sincère amour」は異例の女性単数形。

084——この「他者の愛 l'amour étranger」(ナルシス自身とは無縁の愛）は通常の男性単数形。

085——初版では「〈神々〉」(頭文字大文字のDieux)。

086——ナルシスは死後、水仙の花と化したという変身譚を踏まえる。

087——初版では「〈神々〉」(頭文字大文字のDieux)。

088——初版ではこの詩行の前に「アリア *Aria*」という指示がある。なお、一九四〇年六月推定のジャン・ヴォワリエ宛の手紙末尾にこの詩句の出だし(Ô palp...)が記されており、さらに一九四五年四月二十四日の手紙では、ヴァレリーは二行目の「神々しい森の精Divinité des bois」を「神々しい私のひと Divinité de *Moi*」に変奏している。*Lettres à Jean Voilier*, p. 202 et p. 478.

089——原詩はJe ne hais point vos charmesであり、コルネイユ『ル・シッド』の有名な一句「行って、あなたのことが嫌いじゃないからVa, je ne te hais point」(第三幕第四場、ロドリーグに対するシメーヌの有名な緩叙法（リトート）)の反響を読み取る解釈がある。Valéry, *Poésies*, éd. Jean-Michel Maulpoix, Flammarion, 2018, p. 237.

090——一九三九年初版は第六場で終わっており、第七場が加筆されたのは一九四一年版以降である。

091——原文はLVX—DVX(ラテン語のluxとduxの大文字表記)。

092——ジャルティの指摘するように、第一次世界大戦中の『若きパルク』制作が念頭に置かれている。

093——ジャルティはこの一節を一九一五年にヴァレリーがアルベール・コストに宛てた手紙の文言と関連づけている。「私は昔の詩句を繕い、塗り替え、それにニスを塗っています。ややこしく、ばかばかしいことですが、伝統的なことでもあります。おぞましい人の世にはいつでも、あるムッシューが街の片隅に座って文章を練り、真珠に糸を通すような暇つぶしをする姿がつねに見られたものです……」(*Lettres à quelques-uns*, Gallimard, 1952, p. 104)。

094——「栄光の身体」とはイエス・キリストのように復活した身体のことであり、「霊の体」「朽ちないもの」と形容される。新約聖書「コリントの信徒への手紙 一」十五節や「フィリピの信徒への手紙」三章二十一節などを参照。

095——原語inconnueは「未知のもの」とも訳せるが、直後の「近似値 approximation」とともに数学的な含意が読み取れる。

096——ほぼ同じ一節が『テル・ケルII』(*Œ*, III, 624-625)にある。

097——初出は一九四〇年六月「ヴェルヴ」誌第八号。註015を参照。

098——原語はラテン語Odoratus impedit cogitationemであり、十二世紀フランスの神学者クレルヴォーの聖ベルナルドゥスの言葉として伝えられる。ヴァレリーはこの言葉を好み、一九一六年の『カイエ』(*C*, VI, 14)、「ベルト・モリゾ」(*Œ*, I, 1327)、「コレージュ・ド・フランス「詩学」開講講義」(*Œ*, III, 967)などでも引用している。ところで、かつては聖ベルナルドゥス作とされたが、実際には彼の著作に精通していた別の聖職者Pseudo-Bernardの作と推定されるラテン語散文『人間の状態の認識をめぐる敬虔な随想 *Meditationes Piissimae de Cognitione Humanae Conditionis*』第一二章に、語順の異なる同様の表現が見られる。「我が神なる主よ、私を助けたまえ。私の敵たち――肉体、現世、悪魔――が私の霊魂を取り囲んでいる。〔…〕現世は私を取り囲んで包囲し、五つの門――つまり、視覚、聴覚、味覚、嗅覚、触覚からなる肉体の五感――から矢を放って私を傷つける。そして死が窓から私の霊魂のなかに入り込む。目が見て、霊魂の感覚を歪め、耳が聴いて、心の情熱を捻じ曲げる。においが思考を妨げ（Odoratus cogitationem impedit）、口は言葉を発し過ちを犯す。触覚により、些細なきっかけから欲望の熱情が刺激される。」（松田隆美訳、「12世紀ラテン語散文 Meditationes Piissimae.（訳）上・下」、『慶應義塾大学日吉紀要 言語・文化・コミュニケーション』第三巻七二－八三頁および第五巻一－二六頁、一九八八－一九八九年）。

099――『カイエ』に初稿が記された散文詩、プレイヤッド版『カイエ』では「詩および小抽象詩 *Poèmes et PPA*」に分類されている（*C*, XIV, 785 [1930]; *C2*, 1294; *Poésie perdue*, p. 197）。

100――初出は一九四〇年六月「ヴェルヴ」誌第八号。註015を参照。

101――レイアウトの異質な断章。ただし、最後の段落の二行は一九三九年初版ではインデントされておらず、このような配置になったのは一九四一年版以降のことである。

102――このテクストは一九三九年初版ではこの位置に置かれたが、一九四一年版以降「思考の前の瞑想 Méditation avant pensée」の「二」として増補セクション「生のままの詩 Poésie brute」の巻頭に移される。初出は一九三二年一月一日「ラ・ルヴュ・ド・フランス」誌であり、「あらゆるものの前に Avant toute chose」と題する四篇の「小抽象詩 Petits poèmes abstraits」の冒頭に置かれた。このテクストはさらに散文詩集『アルファベット』の「E」とも関連が深い（*Œ*, II, 1055-1056）。

103――『カイエ』に初稿が記された散文詩、プレイヤッド版『カイエ』では「詩および小抽象詩」に分類されている（*C*, VII, 732 [1920-1921]; *C2*, 1272; *Poésie perdue*, p. 142-143）。

104――未完の散文詩集『アルファベット』の「C」に同じイメージが見られる。「月はこの溶けていく氷の断片だ」（*Œ*, II, 1052）。

105――古代カルタゴの女神タニット（アスタルテに相当する月と豊穣の女神）の聖なるヴェール。フローベール『サラムボー』の次の一節を参照。「それはマントのように神像の顔の下に垂れ、後ろに広がって壁をのぼり、上でその端を留めてあった。夜のように青みを帯び、同時に暁のように黄色く、太陽のように緋色。律動と階調に満ち、透き通って光り輝き、いかにも軽やかな、それこそは女神の衣、誰も決して見てはならない聖なるザインフだった。」(中條屋進訳、岩波文庫、上、二〇一九年、一四三頁)。なお『フランス語宝典』によれば、原語 Zaïmph はフローベールが「女性のヴェール」を意味する旧約聖書のヘブライ語をもとに造った語であるが、作家自身はアテナイオスをはじめ古代作家の資料に典拠があると述べている。

106——『カイエ』に初稿が記された散文詩、プレイヤッド版『カイエ』では「詩および小抽象詩」に分類されている（*C*, XVIII, 566 [1935]; *C2*, 1299; *Poésie perdue*, p. 213-214)。

107——『雪中の狩人』(一五六五年) をはじめ、ブリューゲルは雪をはじめて前景に描いた画家として知られる。

108——『カイエ』にこの小さな窓を描いた水彩画が見られる（*C*, XII, 187 [1927])。

109——『カイエ』に第一段落の初稿が記された散文詩、プレイヤッド版『カイエ』では「詩および小抽象詩」に分類されている (*C*, XVII, 249 [1934]; *C2*, 1297; *Poésie perdue*, p. 206)。初出は一九四〇年六月「ヴェルヴ」誌第八号。註015を参照。

110——ヨシャファトの谷は最後の審判が行われる場所。旧約聖書「ヨエル書」四章一－二節を参照。「見よ、ユダとエルサレムの繁栄を回復するその日、その時。／わたしは諸国の民を皆集め、ヨシャファト（主の裁き）の谷に連れて行き／そこで、わたしは彼らを裁く。」(新共同訳)。なお新改訳聖書ではヨシャパテ。

111——新約聖書「テモテへの手紙」の名宛人（差出人はパウロとされる）、聖パウロの伝道修行に同行した弟子テモテのことか。

112——ジャルティはこの一節をラ・ロシュフーコーの次の箴言と関連づけている。「愛という言葉を一度も聞いたことがなかったならば、一度も愛することはなかったであろう人々がいる。」(La Rochefoucauld, *Maximes*, CXXXVI)。

113——原文には閉じ括弧が欠落しているが、ここに補う。

114——この断章は、一九三九年初版では直前の詩「愛 Amor」の「九」という位置づけであったが、一九四一年版以降、単独で「牡蠣」というタイトルを付与された。

115——原語 *pudica mimosa* はマメ科オジギソウ属の植物。葉がきわめて敏感でちょっと触れるだけでもすばやく閉じ、その後ゆっくりと開いてもとの状態に戻る。

116——イタリック体で表記された自由詩。初版のタイトルは「詩篇（プソーム）X」、一九四一年版以降「詩篇（プソーム）Z」に改題され、「詩篇（プソーム）Y」の後に置かれる。

117——イタリック体で表記された自由詩。

118——初版のタイトルは「幸運」、一九四一年版以降「精神の考える幸運」に改題。

119――フレデリック・ルフェーヴルとの対談における次の発言を参照。「作品というものは、打ち明けて言ってしまえば、創造者の生命活動の死んだ残滓のように私には思われます。」(*Très au-dessus d'une pensée secrète : entretiens avec Frédéric Lefèvre*, Fallois, 2006, p. 98)。

120――原語はラテン語Vixiである。

121――一九三九年初版にのみ収録され、一九四一年版以降は消去されたテクスト。

122――一九三九年初版には未収録であり、一九四一年版で増補されたテクスト。

123――原語statut personnelは「人法」とも訳される。十三世紀頃、ルネサンス期のローマ法研究から生まれた法規分類説によれば、法規を物に関する「物法」と人に関する「人法」に分け、「物法」は属地的効力のみを有し、当該法域ではつねに適用されるが所属法域外では適用されないのに対し、「人法」は人に属し、人がどこにいても適用される、という区別が設けられた。

124――ジャルティは「味覚の神殿 temple du goût」という表現をヴォルテールの著作『趣味の神殿』(Voltaire, *Le Temple du Goût*, 1733) と関連づけている。なお原語goûtには「味覚」と「趣味」の両義がある。

125――イタリック体表記の定型韻文詩(十二音節詩句)。一九四二年版『詩集』の「拾遺詩篇」に再録。

126――「ロール Laure」という名はイタリア語の「ラウラ」に相当し、ペトラルカの詩のミューズを想起させるほか、ヴァレリーの母方の伯母の名ロール・ド・グラッシ、さらにはヴァレリーがカトリーヌ・ポッジに付与した名のひとつでもある。実際、カトリーヌ・ポッジはこの名に自分の姿を認めていた (Michel Jarrety, *Paul Valéry*, Fayard, p. 913-914)。一九三一年二月五日のポッジの日記を参照。「ある日私のベットに届けられていた「ル・フィガロ」に、「新フランス評論」に載った散文詩風の詩の抜粋があった。彼が私に宛てた詩だ。／おお、これが私のものだと誰が知ろう！　でもどうして知らずにいられよう、明確な印があるのに――ロールという名についての詩なのだ。何度ロールであったことか、何度ペトラルカのソネットであったことか。腐り切った文学が私の足もとに。〔…〕彼はわざわざそれと分かるささやかな印を入れた、秋のグローレの枯葉。」(Catherine Pozzi – Paul Valéry, *La Flamme et la cendre. Correspondance*, Gallimard, 2006, p. 648-649)。

127――原語le symétriqueには数学用語で「逆元」の意味もある。

128――ローマ神話の双面神ヤヌスは、反対方向を向いた二つの顔をもつ姿で表象される。

129——パスカル『パンセ』の一句—— « Le moi est haïssable. »

130——イタリック体表記の定型韻文詩（十二音節詩句）。一九四二年版『詩集』の「拾遺詩篇」に再録の際、「ジャクリーヌ・パストゥール・ヴァレリー＝ラド夫人へ」の献辞が付された。

131——ジャルティはこの一節を、ヴァレリーが『リュシアン・ルーヴェン』への序文のエピグラフに掲げたスタンダールの文章と関連づけている。「党派を問わず、才気煥発な人ほど自分の党派に属さない、とりわけ差し向かいで話を聞くときはそうだ」（『ナポレオン伝』序文）。

132——ギリシア語の phosphoros (Φωσφόρος) はラテン語の Lucifer と同じく「光をもたらすもの」の意で「明けの明星」を指し、松明を手にした青年の姿で表わされる。「ルキフェル」の名が見出されるのは、聖ヒエロニュムスによるラテン語訳聖書『ウルガータ』であり、旧約聖書「イザヤ書」十四章十二節「ああ、お前は天から落ちた、明けの明星、曙の子よ」（新共同訳）に基づき、堕天使の長であるサタンと同一視されるようになった。文学的造形としては、ダンテ『神曲』やゲーテ『ファウスト』（メフィストフェレスはルキフェルの一族）がある。他方、「サタン」の名は「誹謗する者」の意のヘブライ語とそのギリシア語への音訳に由来する。

133——「バルク Baruch」は預言者エレミヤの弟子にして旧約聖書の続編ないし外典「バルク書」の著者名、「トロフィモ Trophime」は聖パウロに同行したエフェソ出身の聖人で新約聖書に三度言及される人物の名（「使徒言行録」二十章四節、二十一章二十九節および「テモテへの手紙　二」四章二十節）であるが、「道理にかなう＝正しい avoir rairon」ことを求める点との関連は不明。この表現はむしろ「ヨブ記」に散見する。

134——古代ローマにおいて勝者は敗者に屈服の証として槍門（槍を鳥居形に組んだ門）をくぐらせた。

135——原文はラテン語 Er eritis sicut Dii であり、「創世記」三章五節で蛇がエヴァに言うせりふ。「神汝等が之を喰ふ日には汝等の目開け汝等神の如くなりて善悪を知るに至るを知り給ふなり」（文語訳）。ジャルティが指摘しているように、ヴァレリーはこの聖書の言葉を一八九一年一二月五日付ジッド宛の手紙やヴィリエ・ド・リラダンについての講演（*Œ*, I, 322）など若い頃から引用しており、後年もゲーテについての演説（*Œ*, II, 671）、『邪念その他』（*Œ*, III, 320）、『わがファウスト』（*Œ*, III, 1119）などで言及している。

136——イタリック体で表記された自由詩。初版のタイトルは「詩篇（プソーム）」、一九四一年版以降「S」の文字が添えられる。

137――『カイエ』に初稿が記された散文詩、プレイヤッド版『カイエ』では「詩および小抽象詩 *Poèmes et PPA*」に分類されている（*C*, XVIII, 622 [1935] ; *C2*, 1299-1300 ; *Poésie perdue*, p. 214)。

138――原文の主語は不定代名詞 *On*（イタリック体）であり、いまだ「私」という自己意識が目覚める前の状態を指していると思われる。

139――イタリック体で表記された自由詩。初版のタイトルは「詩篇（プソーム）」、一九四一年版以降「T」の文字が添えられる。

ヴァレリーの『作品集』『カイエ』その他の略号表記

C, I ~ *C*, XXIX : *Cahiers*, édition intégrale en fac-similé, Paris, CNRS, 1957-1962, 29 vol.

C1, *C2* : *Cahiers*, anthologie éditée par Judith Robinson-Valéry, Paris, Gallimard, « Bibliothèque de la Pléiade », 1973-1974, 2 vol.

Œ, I ~ *Œ*, III : *Œuvres*, éd. Michel Jarrety, Paris, Librairie Générale Française, « Le Livre de poche / La Pochothèque », 2016, 3 vol.

Œ1, *Œ2* : *Œuvres*, éd. Jean Hytier, Paris, Gallimard, « Bibliothèque de la Pléiade », 1957-1960, 2 vol.

Poésie perdue : *Poésie perdue. Les poèmes en prose des Cahiers*, éd. Michel Jarrety, Paris, Gallimard, « Poésie », 2000.

Lettres à Jean Voilier : *Lettres à Jean Voilier. Choix de lettres 1937-1945*, postface de Martine Boivin-Champeau, Paris, Gallimard, 2014.

ポール・ヴァレリー［1871–1945］年譜

▼——世界史の事項　●——文化史・文学史を中心とする事項　**太字ゴチの作家『タイトル』**——〈ルリユール叢書〉の既刊・続刊予定の書籍です

一八七一年

十月三十日、南仏の港町セットに生まれる。父バルテレミーはコルシカ出身の税関主任監督官、母ファニーはイタリア・ジェノヴァの旧家の出、その父ジュリオ・グラッシはセット駐在のイタリア領事の職にあった。八歳年長の兄ジュールがいる。

▼パリ・コミューン成立［仏］▼ドイツ帝国成立［独］▼廃藩置県［日］●ゾラ〈ルーゴン・マッカール〉叢書『ルーゴン家の誕生』（〜九三）［仏］●『現代パルナス』（第二次）［仏］●オルコット『小さな紳士たち』［米］●E・ブルワー＝リットン『来るべき種族』［英］●ヴェルガ『山雀物語』［伊］●ギマラー、「ラ・ラナシェンサ」誌発刊［西］●ベッケル『抒情詩集』、『伝説集』［西］●ペレーダ『人と風景』［西］●E・デ・ケイロースとオルティガン、文明批評誌「ファルパス」創刊（〜八二）［ポルトガル］●シュリーマン、トロイの遺跡を発見［独］●ブランデス『十九世紀文学主潮』（〜九〇）［デンマーク］

一八七四年［三歳］

セットの公園の池に落ち、溺れかける（本書所収の「白鳥のいた幼年期」を参照）。

▼英のマレー統治始まる。ロンドン女子医学校設立［英］▼王政復古のクーデター［西］●ヴェルレーヌ『歌詞のない恋歌』［仏］●フローベール『聖アントワーヌの誘惑』［仏］●ユゴー『九三年』［仏］●マラルメ、「最新流行」誌を編集［仏］●ゾラ『プラッサンスの征服』［仏］●バルベー・ドールヴィイ『悪魔のような女たち』［仏］●J・トムソン『恐ろしい都市の夜』［英］●ヴェルガ『ネッダ』［伊］●アラルコン『三角帽子』［西］●**シュトルム『従弟クリスティアンの家で』**、**『三色すみれ』**、**『人形つかいのポーレ』**、**『森のかたすみ』**［独］●**ラーベ『ふくろうの聖霊降臨祭』**［独］

一八七六年［五歳］

ドミニコ会神父の経営する初等学校に入学。

▼四月蜂起［ブルガリア］▼セルビアとモンテネグロの対トルコ戦争［欧］●マラルメ『半獣神の午後』［仏］●ゾラ『ウージェーヌ・ルーゴン閣下』［仏］●ベル、電話機を発明［米］●フィラデルフィア万国博覧会［米］●マーク・トウェイン『トム・ソーヤーの冒険』［米］●メルヴィル『クラレル』［米］●H・ジェイムズ『ロデリック・ハドソン』［米］●オルコット『花ざかりのローズ』［米］●L・キャロル『スナーク狩り』［英］●ハーディ『エセルバータの手』［英］●ロンブローゾ『犯罪人論』［伊］●自由教育学院の創立（～一九四〇）［西］●ペレス・ガルドス『ドニャ・ペルフェクタ』［西］●コッホ、炭疽菌を発見［独］●ヴァー

グナー《ニーベルングの指環》四部作初演〔独〕●シュトルム『水に沈む』〔独〕●ヤコブセン『マリーイ・グルベ夫人』〔デンマーク〕

一八七八年〔七歳〕

十月、セットの初等学校（コレージュ）に入学。

▼ベルリン条約（モンテネグロ、セルビア、ルーマニア独立）〔欧〕●ドガ《踊りの花形》〔仏〕●ゾラ『愛の一ページ』〔仏〕●H・マロ『家なき子』〔仏〕●H・ジェイムズ『デイジー・ミラー』〔米〕●オルコット『ライラックの花の下』〔米〕●S・バトラー『生命と習慣』〔英〕●ハーディ『帰郷』〔英〕●ニーチェ『人間的な、あまりに人間的な』〔独〕●フォンターネ『嵐の前』〔独〕●ネルダ『宇宙の詩』、『小地区の物語』〔チェコ〕●フェノロサ、来日〔日〕

一八八三年〔十二歳〕

ユゴーやネルヴァルを愛読する。

▼クローマー、エジプト駐在総領事に就任〔エジプト〕●ヴィリエ・ド・リラダン『残酷物語』〔仏〕●モーパッサン『女の一生』〔仏〕●ゾラ『ボヌール・デ・ダム百貨店』〔仏〕●スティーヴンソン『宝島』〔英〕●G・A・ヘンティ『ドレイクの旗の下に』〔英〕●コッローディ『ピノッキオの冒険』〔伊〕●ダヌンツィオ『間奏詩集』〔伊〕●メネンデス・イ・ペラーヨ『スペインにおける美的観念の歴史』（〜八九）〔西〕●ニーチェ『ツァラトゥストラかく語りき』（〜八五）〔独〕●リーリエンクローン『副官の騎行とその他の詩集』〔独〕●**フォンターネ『梨の木の下に』**（〜八五）、『シャッハ・フォン・ヴーテノー』〔独〕●エミネスク『金星』

［ルーマニア］●ヌシッチ『国会議員』［セルビア］●ビョルンソン『人の力の及ばぬところ』［ノルウェー］●フェート『夕べの灯』（〜九一）［露］●ガルシン『赤い花』［露］

一八八四年［十三歳］

一月から用い始めた『セット手帖 *Cahier de Cette*』に詩を書き始め、三月には兄に脚韻辞典を所望。一年間で十篇の詩を記す。

十月、モンペリエの高等中学校に入学。ギュスターヴ・フルマンと親しくなる。

十一月、一家はモンペリエに転居。

ゴーティエとボードレールを発見する一方、ヴィオレ＝ル＝デュックの『フランス中世建築事典』やオーウェン・ジョーンズの『装飾の文法』にも夢中になる。

▼アフリカ分割をめぐるベルリン会議開催（〜八五）［欧］▼甲申の変［朝鮮］●**ヴェルレーヌ『呪われた詩人たち』**、『往時と近年』［仏］●ユイスマンス『さかしま』［仏］●ウォーターマン、万年筆を発明［米］●マーク・トウェイン『ハックルベリー・フィンの冒険』［米］●バーナード・ショー、〈フェビアン協会〉創設に参加［英］●エコゥト『ケルメス』［白］●A・ジロー『月に憑かれたピエロ』［白］●アラス『裁判官夫人』［西］●R・デ・カストロ『サール川の畔にて』［西］●ブラームス《交響曲第４番ホ短調》（〜八五）［独］●シェンキェーヴィチ『火と剣によって』［ポーランド］●カラジャーレ『失われた手紙』［ルーマニア］●ビョルンソン『港に町に旗はひるがえる』［ノルウェー］●三遊亭円朝『牡丹燈籠』［日］

一八八五年［十四歳］

詩作とともに絵を描くようになる。

▼インド国民会議［インド］●セザンヌ《サント＝ヴィクトワール山》［仏］●**ヴェルヌ『シャーンドル・マーチャーシュ 地中海の冒険』**［仏］●ゾラ『ジェルミナール』［仏］●モーパッサン『ベラミ』［仏］●マラルメ『リヒャルト・ヴァーグナー、あるフランス詩人の夢想』［仏］●ハウエルズ『サイラス・ラパムの向上』［米］●スティーヴンソン『子供の歌園』［英］●H・R・ハガード『ソロモン王の洞窟』［英］●ペイター『享楽主義者マリウス』［英］●メレディス『岐路にたつダイアナ』［英］●R・バートン訳『千一夜物語』（～八八）［英］●エドゥアール・ロッド『死への競争』［スイス］●ジュンケイロ『永遠なる父の老年』［ポルトガル］●ルー・ザロメ『神をめぐる闘い』［独］●リスト《ハンガリー狂詩曲》［ハンガリー］●ヘディン、第一回中央アジア探検（～九七）［スウェーデン］●イェーゲル『クリスチアニア＝ボエーメンから』［ノルウェー］●コロレンコ『悪い仲間』［露］●坪内逍遥『当世書生気質』、『小説神髄』［日］

一八八六年［十五歳］

中世、ビザンティン、ギリシアの美術に興味を示す。

▼ベルヌ条約成立［欧］●バーネット『小公子』［米］●オルコット『ジョーの子供たち』［米］●H・ジェイムズ『ボストンの人々』、『カサマシマ公爵夫人』［米］●スティーヴンソン『ジキル博士とハイド氏』［英］●ハーディ『カスターブリッジの市長』

〔英〕●ケラー『マルティン・ザランダー』〔スイス〕●ランボー『イリュミナシオン』〔仏〕●ヴェルレーヌ『ルイーズ・ルクレール』、『ある寡夫の回想』〔仏〕●ヴィリエ・ド・リラダン『未来のイヴ』〔仏〕●モレアス「象徴主義宣言」〔仏〕●ゾラ『制作』〔仏〕●ロティ『氷島の漁夫』〔仏〕●デ・アミーチス『クオーレ』〔伊〕●パルド・バサン『ウリョーアの館』〔西〕●レアル『反キリスト』〔ポルトガル〕●ニーチェ『善悪の彼岸』〔独〕●クラフト＝エビング『性的精神病理』〔独〕●イラーセック『狗頭族』〔チェコ〕●H・バング『静物的存在たち』〔デンマーク〕●トルストイ『イワンのばか』、『イワン・イリイチの死』〔露〕

一八八七年〔十六歳〕

三月、父バルテレミー死去。兄ジュールが父権代行者となる。
七月、大学入学資格試験（バカロレア）の第一次試験に合格。
《ローエングリン前奏曲》をはじめて聴き、ヴァーグナーに傾倒。

▼仏領インドシナ連邦成立〔仏〕▼ブーランジェ事件（〜八九）〔仏〕▼独露再保障条約締結〔独・露〕●**モーパッサン『モン＝オリオル』**、『オルラ』〔仏〕●ロティ『お菊さん』〔仏〕●オルコット『少女たちに捧げる花冠』〔米〕●ドイル『緋色の研究』〔英〕●H・R・ハガード『洞窟の女王』、『二人の女王』〔英〕●C・F・マイヤー『ペスカーラの誘惑』〔スイス〕●ヴェラーレン『夕べ』〔白〕●ペレス＝ガルドス『ドニャ・ペルフェクタ』〔西〕●テンニェス『ゲマインシャフトとゲゼルシャフト』〔独〕●ニーチェ『道徳の系譜』〔独〕●ズーダーマン『憂愁夫人』〔独〕●フォンターネ『セシル』〔独〕●**H・バング『化粧漆喰』**〔デンマーク〕●ストリンドバリ「父」初演〔スウェーデン〕●ローソン『共和国の歌』〔豪〕●リサール『ノリ・メ・タンヘレ』〔フィリピン〕●二葉亭四迷『浮雲』（〜九一）〔日〕

一八八八年〔十七歳〕

七月、大学入学資格(バカロレア)試験の第二次試験に合格。

モンペリエ大学法学部に入学。

二十篇余りの詩を書く一方、気に入った詩人の作をノートに筆写する。三年後には六十篇近くに及ぶこのノートには、エレディア、ヴェルレーヌ、マラルメの詩をはじめ、ルネ・ギル、エミール・ヴェラーレン、スチュアート・メリル、さらにはテオドール・オーバネルなどのプロヴァンス語の詩も見える。

▼ヴィルヘルム二世即位(～一九一八)〔独〕●ヴェルレーヌ『愛』〔仏〕●ドビュッシー《二つのアラベスク》〔仏〕●ロダン《カレーの市民》〔仏〕●デュジャルダン『月桂樹は伐られた』〔仏〕●バレス『蛮族の眼の下』〔仏〕●ベラミー『顧りみれば』〔米〕●H・ジェイムズ『アスパンの恋文』〔米〕●E・デ・ケイロース『マイア家の人々』〔ポルトガル〕●ニーチェ『この人を見よ』、『反キリスト者』〔独〕●シュトルム『白馬の騎者』〔独〕●フォンターネ『迷い、もつれ』〔独〕●ストリンドバリ『痴人の告白』(仏版)、『令嬢ジュリー』〔スウェーデン〕●**ヌシッチ『不審人物』**〔セルビア〕●チェーホフ『曠野』、『ともしび』〔露〕●ダリオ『青……』〔ニカラグア〕

一八八九年〔十八歳〕

四月、兄が見つけて雑誌に送った詩「夢 Rêve」がマルセイユの雑誌に載る(初の作品掲載)。以後、みずから自作の詩を各種雑誌に送るようになる。詩作は活発で、一年で八十篇以上にのぼり、エドガー・アラン・ポーの詩論の影響が顕著な「文学の技術について Sur la technique littéraire」を書く。

ボードレール『悪の花 *Les Fleurs du Mal*』やマラルメ『詩と散文のアルバム *Album de vers et de prose*』を購入。

ユイスマンスの小説『さかしま *À rebours*』を耽読。散文詩「古い路地 Les Vieilles Ruelles」をこの作家に献じる。

夏、モンペリエの名家の夫人マダム・ド・ロヴィラに遭遇する。直接言葉を交わすことのなかったこの年上の未亡人への一方的な恋情が数年後の危機（「ジェノヴァの夜」）の引き金となる。

十一月、学業を中断し、一年間の兵役につく（モンペリエ駐屯歩兵隊に配属）。

▼パン・アメリカ会議開催［米］▼第二インターナショナル結成［仏］●パリ万博開催、エッフェル塔完成［仏］●ベルクソン『意識に直接与えられているものについての試論』［仏］●ヴェルレーヌ『並行して』［仏］●E・シュレ『偉大なる秘儀受領者たち』［仏］●ブールジェ『弟子』［仏］●ハウエルズ『アニー・キルバーン』［米］●J・K・ジェローム『ボートの三人男』［英］●L・ハーン『チタ』［英］●ギッシング『ネザー・ワールド』［英］●ダヌンツィオ『快楽』［伊］●ヴェルガ『親方・貴族ジェズアルド』［伊］●パラシオ＝バルデス『サン・スルピシオ修道女』［西］●G・ハウプトマン『日の出前』［独］●マーラー《交響曲第一番》初演［ハンガリー］●エミネスク歿、『ミンナ』［ルーマニア］●H・バング『ティーネ』［デンマーク］●ゲレロプ『ミンナ』［デンマーク］●W・B・イェイツ『アシーンの放浪ほかの詩』［愛］●トルストイ『人生論』［露］●森田思軒訳ユゴー『探偵ユーベル』［日］

一八九〇年［十九歳］

五月、モンペリエ大学創立六百周年記念祭の折、パリから来たピエール・ルイスと出会う。意気投合した二人は文通をはじめ、自作の詩を送って評しあう。ルイスはパリの文壇状況をヴァレリーに伝え、マラルメの詩「エロディアード Hérodiade」の抜粋を筆写して送ったり、アンリ・ド・レニエの詩集『古(いにしえ)のロマネスクな詩 *Poèmes anciens et romanesques*』を贈ったりする。

十月、マラルメにはじめて手紙を送り、二篇の詩を添えて助言を請う。

十一月、兵役を終え、学業に復帰。このころ高踏派の美学から象徴派の美学への移行を意識し、「ナルシス語る Narcisse parle」(ソネット)をルイスに送る。

十二月、友人ルイスの紹介でアンドレ・ジッド来訪、モンペリエの植物園にある「ナルシッサ」の墓に腰かけて語り合う。ジッドは当時執筆中の『アンドレ・ヴァルテールの手記 *Les Cahiers d'André Walter*』の一節をヴァレリーに読み聞かせ、ヴァレリーはその後「友愛の森 Le Bois amical」をジッドに捧げる。ジッドはヴァレリーのためにランボーの詩「虱をとる女たち Les Chercheuses de poux」を筆写したり、マラルメの「エロディアード」全詩行を書き送ったりする。生涯にわたる交流の始まり。

このころプロヴァンス語再興を謳う「フェリブリージュ」運動にも加わる。

▼フロンティアの消滅〔米〕▼普通選挙法成立〔西〕▼第一回帝国議会開会〔日〕●ドビュッシー《ベルガマスク組曲》〔仏〕●ヴェルレーヌ『献辞集』〔仏〕●ヴィリエ・ド・リラダン『アクセル』〔仏〕●クローデル『黄金の頭』〔仏〕●ゾラ『獣人』〔仏〕●ブリュンチエール『文学史におけるジャンルの進化』〔仏〕●ギュイヨー『社会学的見地から見た芸術』〔仏〕●W・ジェイムズ『心理学原理』〔米〕●H・ジェイムズ『悲劇の女神』〔米〕●**ショパン『過ち』**〔米〕●ハウエルズ『新しい運命の浮沈』〔米〕●J・G・

フレイザー『金枝篇』（〜一九一五）〔英〕●W・モリス、ケルムコット・プレスを設立〔英〕●ウィリアム・ブース『最暗黒の英国とその出路』〔英〕●L・ハーン『ユーマ』、『仏領西インドの二年間』〔英〕●ズヴェーヴォ『ベルポッジョ街の殺人』〔伊〕●ヴェラーレン『黒い炬火』〔白〕●ゲオルゲ『讃歌』〔独〕●フォンターネ『シュティーネ』〔独〕●プルス『人形』〔ポーランド〕●イプセン『ヘッダ・ガブラー』〔ノルウェー〕●ハムスン『飢え』〔ノルウェー〕●森鷗外『舞姫』〔日〕

一八九一年〔二十歳〕

三月、ルイスが創刊した詩誌「ラ・コンク」第一号に「ナルシス語る」（ソネットを五十三行の詩に発展させたもの）が載る。以後ほぼ毎月同誌に詩を発表。「レルミタージュ」誌に「建築家の逆説 Paradoxe sur l'architecte」（ソネットを秘め隠した詩的散文）が載る。

四月、「ジュルナル・デ・デバ」誌に「ナルシス語る」を賞賛する批評が載る。

七月、ロヴィラ夫人宛の恋文をしたためるが、投函せず抽斗にしまう。

九月、母とともに兄のいるパリに行く（約一カ月滞在）。内務省に勤務するユイスマンスを訪問、またルイスに伴われてマラルメ宅を訪れる。

十一月、アルチュール・ランボー死去。この年、ヴァレリーは「酔った船 Le Bateau ivre」を筆写しており、年末にはヴェルレーヌの序文を付したヴァニエ版『ランボー詩集』を入手、散文詩『イリュミナシオン *Illuminations*』に感銘を受ける。またこのころポーの『ユリイカ *Eureka*』に熱中する。

▼全ドイツ連盟結成〔独〕●ヴェルレーヌ『幸福』、『詩選集』、『わが病院』、『彼女のための歌』〔仏〕●ユイスマンス『彼方』〔仏〕●シュオッブ『二重の心』〔仏〕●モレアス、〈ロマーヌ派〉樹立宣言〔仏〕●ジッド『アンドレ・ヴァルテールの手記』〔仏〕●ビアス『いのちの半ばに』〔米〕●ハウエルズ『批評と小説』〔米〕●ノリス『イーヴァネル――封建下のフランスにおける伝説』〔米〕●メルヴィル歿、『ビリー・バッド』〔米〕●H・ジェイムズ『アメリカ人』〔米〕●ドイル『シャーロック・ホームズの冒険』〔英〕●W・モリス『ユートピアだより』〔英〕●ワイルド『ドリアン・グレイの画像』〔英〕●ハーディ『ダーバヴィル家のテス』〔英〕●ギッシング『三文文士』〔英〕●バーナード・ショー『イプセン主義神髄』〔英〕●パスコリ『ミリーチェ』〔伊〕●クノップフ《私は私自身に扉を閉ざす》〔白〕●ホーフマンスタール『昨日』〔墺〕●ヴェーデキント『春のめざめ』〔独〕●S・ゲオルゲ『巡礼』〔独〕●G・ハウプトマン『さびしき人々』〔独〕●ポントピダン『約束の地』(〜九五)〔デンマーク〕●ラーゲルレーヴ『イエスタ・ベルリング物語』〔スウェーデン〕●トルストイ『クロイツェル・ソナタ』〔露〕●マルティ『素朴な詩』〔キューバ〕●マシャード・デ・アシス『キンカス・ボルバ』〔ブラジル〕●リサール『エル・フィリブステリスモ』〔フィリピン〕

一八九二年〔二十一歳〕

二月、モンペリエの市庁舎でヴィリエ・ド・リラダンについての講演をする。この講演を依頼した人類学者ヴァシェ・ド・ラプージュのもとでヴァレリーは多数の頭蓋骨の重さや寸法を測ったという。

三月、散文詩「純粋な劇 Purs drames」が「政治文学対談（アントレテイアン・ポリテイツク・エ・リテレール）」誌に掲載される。

五月、自筆自撰詩集「彼の詩 Ses vers」を編み、ルイスとジッドに贈る（詩作放棄の予兆）。

七月、法学部の課程を修了。

九月、家族とともにジェノヴァに行き、母方の伯母の家に滞在。十月四日から五日にかけての嵐の夜（「ジェノヴァの夜」）、人生を左右する危機を体験し、文学放擲の決意をしたと言われるが、実際には一夜の「回心」ではなく、翌年の冬まで極度の緊張をはらむ内面の危機がつづく。

▼メキシコ、カリフォルニア、アリゾナで地震被害［北米］▼パナマ運河疑獄事件［仏］●ヴェルレーヌ『私的典礼』［仏］●ブールジェ『コスモポリス』［仏］●シュオッブ『黄金仮面の王』［仏］●メーテルランク『ペレアスとメリザンド』［白］●ロデンバック『死都ブリュージュ』［白］●ズヴェーヴォ『ある生涯』［伊］●ダヌンツィオ『罪なき者』［伊］●ノブレ『ひとりぼっち』［ポルトガル］●〈ミュンヘン分離派〉結成［独］●S・ゲオルゲ、文芸雑誌「芸術草紙」を発刊（～一九一九）、『アルガバル』［独］●フォンターネ『イェニー・トライベル夫人』［独］●G・ハウプトマン『同僚クランプトン』［独］●ガルボルグ『平安』［ノルウェー］●アイルランド文芸協会設立、ダブリンに国民文芸協会発足［愛］●チャイコフスキー《くるみ割り人形》［露］●ゴーリキー『マカール・チュドラー』［露］●カサル『雪』［キューバ］●森鷗外訳アンデルセン『即興詩人』［日］

一八九三年［二十二歳］

文学から遠ざかる一方、マクスウェル『電磁気学』、トムソン（ケルヴィン卿）『科学講演と談話――物質の構成』、ランゲ『唯物論史』などの科学書・哲学書を読み出す。

▼世界初の女性参政権成立［ニュージーランド］●デュルケーム『社会分業論』［仏］●ヴェルレーヌ『彼女への頌歌』、『悲歌集』、

『わが牢獄』、『オランダでの二週間』［仏］●ドヴォルザーク《交響曲第九番「新世界から」》［米］●S・クレイン『街の女マギー』［米］●ビアス『怪奇な物語』［米］●ギッシング『余計者の女たち』［英］●プッチーニ《マノン・レスコー》初演［伊］●ヘゼッレ『時代の花環』［白］●シュニッツラー『アナトール』［墺］●ディーゼル、ディーゼル機関を発明［独］●カール・ベンツ、二人乗りの四輪車ヴィクトリア発表［独］●G・ハウプトマン《織工たち》初演、『ビーバーの毛皮』［独］●O・E・ハルトレーベン独訳『月に憑かれたピエロ』［独］●ヴァゾフ『軛の下で』［ブルガリア］●ムンク《叫び》［ノルウェー］●イェイツ『ケルトの薄明』［愛］●チェーホフ『サハリン島』（〜九四）［露］

一八九四年［二十三歳］

三月、パリ五区のゲイ・リュサック街に小部屋を借り、一人暮らしを始める。数式で埋められた黒板とリジエ・リシエによる骸骨の複製のみを装飾とする簡素な部屋であった。

六月、ロンドンに旅し、ジョージ・メレディスを訪ねる。イギリスの商業、金融業の活発さに強い印象を受ける。

八月、モンペリエに帰省し、「テスト氏との一夜 La Soirée avec Monsieur Teste」を書き出す。

この年『カイエ』開始。以後、死ぬ直前まで五十年余りにわたって書き続けられる。

▼二月、グリニッジ天文台爆破未遂事件［英］▼ドレフュス事件［仏］▼日清戦争（〜九五）［中・日］●ドビュッシー《「牧神の午後」への前奏曲》［仏］●ヴェルレーヌ『陰府で』、『エピグラム集』［仏］●**マラルメ『音楽と文芸』**［仏］●**ゾラ『ルルド』**［仏］●P・ルイス『ビリチスの歌』［仏］●ルナール『にんじん』［仏］●フランス『赤い百合』、『エピキュールの園』［仏］●「イエロー・ブック」

誌創刊〔英〕●キップリング『ジャングル・ブック』〔英〕●ハーディ『人生の小さな皮肉』〔英〕●L・ハーン『知られぬ日本の面影』〔英〕●ダヌンツィオ『死の勝利』〔伊〕●フォンターネ『エフィ・ブリースト』（〜九五）〔独〕●ミュシャ《ジスモンダ》〔チェコ〕●イラーセック『チェコ古代伝説』〔チェコ〕●ジョージ・ムーア『エスター・ウォーターズ』〔愛〕●バーリモント『北国の空の下で』〔露〕●ペレツ『初祭のための小冊子』（〜九六）〔イディッシュ〕●ショレム・アレイヘム『牛乳屋テヴィエ』（〜一九一四）〔イディッシュ〕●シルバ『夜想曲』〔コロンビア〕●ターレボフ『アフマドの書』〔イラン〕

一八九五年〔二十四歳〕

五月、ユイスマンスの勧めで陸軍省文書官試験を受ける（六月に合格通知、任用は二年後）。

八月、評論「レオナルド・ダ・ヴィンチ方法序説 L'Introduction à la méthode de Léonard de Vinci」が「ラ・ヌーヴェル・ルヴュ」誌に掲載される。

日清戦争に感化され、東西文明論を素描する（後に『現代世界の考察』所収となる「鴨緑江 Le Yalou」）。

▼キューバ独立戦争〔キューバ〕●リュミエール兄弟による最初の映画上映〔仏〕●ヴェルレーヌ『告白』〔仏〕●D・バーナム《リライアンス・ビル》〔米〕●S・クレイン『赤い武功章』、『黒い騎士たち』〔米〕●トウェイン『まぬけのウィルソン』〔米〕●モントリオール文学学校結成〔カナダ〕●ロンドン・スクール・オブ・エコノミクス設立〔英〕●オスカー・ワイルド事件〔英〕●ウェルズ『タイム・マシン』〔英〕●ハーディ『日陰者ジュード』〔英〕●G・マクドナルド『リリス』〔英〕●コンラッド『オルメイヤーの阿房宮』〔英〕●L・ハーン『東の国から』〔英〕●ヴェラーレン『触手ある大都会』〔白〕●マルコーニ、無線電信を

発明〔伊〕●ペレーダ『山の上』〔西〕●ブロイアー、フロイト『ヒステリー研究』〔墺〕●シュニッツラー『死』、《恋愛三昧》初演〔墺〕●ホフマンスタール『六七二夜の物語』〔墺〕●レントゲン、X線を発見〔独〕●パニッツァ『性愛公会議』〔独〕●ナンセン、北極探検〔ノルウェー〕●パタソン『スノーウィー川から来た男』〔豪〕●樋口一葉『たけくらべ』〔日〕

一八九六年〔二十五歳〕

一月、ヴェルレーヌ死去、葬儀に参列。

二月、アンリ・ルアール家で画家のドガに会う。「テスト氏」をドガに献呈しようとして断られる。

三月、ロンドンに赴き、セシル・ロード卿の主宰するチャータード・カンパニーの仕事（ローデシア問題に関する記事の翻訳）に従事。滞在中に知り合った「ザ・ニュー・レヴュー」誌の編集長の依頼に応じて「ドイツ的制覇 La Conquête allemande」を書く（翌年一月号に掲載）。

五月、「ル・サントール」誌創刊号に二篇の詩「夏 Été」「ながめ Vue」が掲載される。

十月、同誌第二号に「テスト氏との一夜」が掲載される。

マルセル・シュオッブ、ヴィエレ＝グリファン、エレディアなどと親交を深める。

▼マッキンリー、大統領選勝利〔米〕▼アテネで第一回オリンピック大会開催〔希〕●ベックレル、ウランの放射能を発見〔仏〕●ベルクソン『物質と記憶』〔仏〕●ルナール『博物誌』〔仏〕●ジャリ《ユビュ王》初演〔仏〕●プルースト『楽しみと日々』〔仏〕●ラルボー『柱廊』〔仏〕●スティーグリッツ、「カメラ・ノート」誌創刊〔米〕●ギルバート＆サリバン《大公》〔英〕●大衆的日

刊紙「デイリー・メール」創刊［英］●ヘンティ『ロシアの雪の中を』［英］●ウェルズ『モロー博士の島』、『偶然の車輪』［英］●スティーヴンソン『ハーミストンのウィア』［英］●コンラッド『島の流れ者』［英］●ワイルド《サロメ》上演［英］●ハウスマン『シュロップシャーの若者』［英］●L・ハーン『心』［英］●プッチーニ《ラ・ボエーム》初演［伊］●シェンキェーヴィチ『クオ・ヴァディス』［ポーランド］●H・バング『ルズヴィスバケ』［デンマーク］●フレーディング『しぶきとはためき』［スウェーデン］●チェーホフ《かもめ》初演［露］●ダリオ『希有の人びと』、『俗なる詠唱』［ニカラグア］●ブラジル文学アカデミー創立［ブラジル］

一八九七年［二十六歳］

三月、マラルメ五十五歳の誕生日を祝して、若い詩人たちが私家版共作詩集を献呈。ヴァレリーは詩「ヴァルヴァンValvins」を寄せる（翌年二月「ラ・クープ」誌掲載）。またこのころ文学を言語事象一般から説明しようとする「マラルメ試論Essai sur Mallarmé」を書く一方、マラルメから「賽の一振りUn Coup de dès」の校正ゲラを示され、意見を求められる。

四月、陸軍省文書官として任用され、五月には砲兵局へ配属。

▼バーゼルで第一回シオニスト会議開催［欧］▼女性参政権協会全国連盟設立［英］▼ヴィリニュスで、ブンド（リトアニア・ポーランド・ロシア・ユダヤ人労働者総同盟）結成［東欧］●マラルメ『骰子一擲』、『ディヴァガシオン』［仏］●フランス『現代史』（〜一九〇一）［仏］●**ジャリ『昼と夜』**［仏］●ジッド『地の糧』［仏］●ロスタン『シラノ・ド・ベルジュラック』［仏］●バレス『根こそぎにされた人々』［仏］●H・ジェイムズ『ポイントンの蒐集品』、『メイジーの知ったこと』［米］●テイト・ギャラリー開館［英］

●H・エリス『性心理学』(～一九二八)[英]●**ハーディ『恋の霊　ある気質の描写』**[英]●ウェルズ『透明人間』[英]●ヘンティ『最初のビルマ戦争』[英]●コンラッド『ナーシサス号の黒人』[英]●ロデンバック『カリヨン奏者』[白]●ガニベ『スペインの理念』[西]●クリムトら〈ウィーン・ゼツェッシオン(分離派)〉創立[墺]●K・クラウス『破壊された文学』[墺]●シュニッツラー『死人に口なし』[墺]●S・W・レイモント『約束の土地』(～九八)[ポーランド]●プルス『ファラオ』[ポーランド]●ストリンドバリ『インフェルノ』[スウェーデン]●B・ストーカー『ドラキュラ』[愛]

一八九八年［二十七歳］

一月、旧友フルマン宛の手紙で「普遍数学」について語る。

「アガート Agathe」(「テスト氏の夜の内部」として構想された「特異な短篇(コント)」)に着手。

「メルキュール・ド・フランス」誌一月号に言語学者ミシェル・ブレアル著『意味論』の書評、同誌三月号にユイスマンスを論じた「デュルタル」が掲載される。

七月十四日、ヴァルヴァンにマラルメを訪ねる(期せずしてこれが最後となる)。

九月九日、マラルメ死去。埋葬式で弔辞を求められるも、ほとんど言葉にならなかったという。

十二月、友人ユジェーヌ・ルアールの結婚披露宴に列席。ドガからベルト・モリゾの娘ジュリーと姪のゴビヤール姉妹ポールとジャニーを紹介され、交際が始まる。

▼アメリカ、ハワイ王国を併合[米]▼米戦艦メイン号の爆発をきっかけに米西戦争開戦、スペインは敗北[米・西・キューバ・

フィリピン］●キュリー夫妻、ラジウムを発見［仏］●ゾラ、「オーロール」紙に大統領への公開状「われ弾劾す」発表［仏］●H・ジェイムズ『ねじの回転』［米］●ノリス『レディ・レティ号のモーラン』［米］●ウェルズ『宇宙戦争』［英］●コンラッド『青春』［英］●ハーディ『ウェセックス詩集』［英］●H・クリフォード『黒人種の研究』［英］●ブルクハルト『ギリシア文化史』（～一九〇二）［スイス］●ズヴェーヴォ『老年』［伊］●文芸誌「ビダ・ヌエバ」創刊（～一九〇〇）［西］●ガニベ自殺［西］●リルケ『フィレンツェ日記』［墺］●T・マン『小男フリーデマン氏』［独］●S・ヴィスピャンスキ《ワルシャワの娘》［ポーランド］●S・ジェロムスキ『シジフォスの苦役』［ポーランド］●カラジャーレ『ムンジョアラの宿』［ルーマニア］●H・バング『白い家』［デンマーク］●イェンセン『ヘマラン地方の物語』（～一九一〇）［デンマーク］●ストリンドバリ『伝説』、『ダマスカスへ』（～一九〇一）［スウェーデン］●森鷗外訳フォルケルト『審美新説』［日］

一八九九年［二十八歳］

一月、ドレフュス事件に際して、アンリ中佐未亡人と遺児のための募金に応じる。反ドレフュスの立場をとったヴァレリーは何人かの友人と疎遠になる。

この年、ニーチェの著作やカントール『超限集合論の基礎』を読む。

▼米比戦争（～一九〇二）［米・フィリピン］▼ドレフュス有罪判決、大統領特赦［仏］▼第二次ボーア戦争勃発（～一九〇二）［英・南アフリカ］●ラヴェル《亡き王女のためのパヴァーヌ》［仏］●**ジャリ『絶対の愛』**［仏］●ミルボー『責苦の庭』［仏］●**ノリス『マクティーグ　サンフランシスコの物語』**［米］●ショパン『目覚め』［米］●コンラッド『闇の奥』、『ロード・ジム』（～一九〇〇）

［英］●A・シモンズ『文学における象徴主義運動』［英］●H・クリフォード『アジアの片隅で』［英］●ダヌンツィオ『ジョコンダ』［伊］●シェーンベルク《弦楽六重奏曲「浄夜」》［墺］●シュニッツラー《緑のオウム》初演［墺］●K・クラウス、個人誌「ファッケル（炬火）」創刊（〜一九三六）［墺］●ホルツ『叙情詩の革命』［独］●ストリンドバリ『罪さまざま』、『フォルクングのサガ』、『グスタヴ・ヴァーサ』［スウェーデン］●アイルランド文芸劇場創立［愛］●イェイツ『葦間の風』、《キャスリーン伯爵夫人》初演［愛］●チェーホフ《ワーニャ伯父さん》初演、『犬を連れた奥さん』、『可愛い女』［露］●トルストイ『復活』［露］●ゴーリキー『フォマ・ゴルデーエフ』［露］●ソロヴィヨフ『三つの会話』（〜一九〇〇）［露］●レーニン『ロシアにおける資本主義の発展』［露］●クロポトキン『ある革命家の手記』［露］

一九〇〇年 ［三十九歳］

二月、ジャニー・ゴビヤールと婚約。

五月、サン＝トノレ＝デロー教会で結婚式（エルネスト・ルアールとジュリー・マネの結婚式と合同挙式）。市庁舎での婚姻届にはジッドが、教会での挙式にはルイスが証人として付き添う。

七月、陸軍省を退職。アヴァス通信社の重役エドゥアール・ルベーの個人秘書となる。以後ルベーの死にいたるまで二十年余り、毎日数時間を秘書の仕事に費やし、残りの時間をみずからの探求にあてるという生活が続く。ルイス宅でドビュッシーと会食、共作バレエを構想するが実現せず。

『今日の詩人たち *Poètes d'aujourd'hui*』（ポール・レオトーとアドルフ・ヴァン・ブヴェール共編、メルキュール・ド・フランス社刊）

にヴァレリーの詩七篇が収録される。

▼労働代表委員会結成〔英〕▼義和団事件〔中〕●ベルクソン『笑い』〔仏〕●ジャリ『鎖につながれたユビュ』〔仏〕●コレット『学校へ行くクローディーヌ』〔仏〕●ドライサー『シスター・キャリー』〔米〕●ノリス『男の女』〔米〕●L・ボーム『オズの魔法使い』〔米〕●L・ハーン『影』〔英〕●ウェルズ『恋愛とルイシャム氏』〔英〕●シュピッテラー『オリュンポスの春』（〜〇五）〔スイス〕●プッチーニ《トスカ》初演〔伊〕●フォガッツァーロ『現代の小さな世界』〔伊〕●ダヌンツィオ『炎』〔伊〕●フロイト『夢判断』〔墺〕●シュニッツラー『輪舞』、『グストル少尉』〔墺〕●プランク、「プランクの放射公式」を提出〔独〕●ツェッペリン、飛行船ツェッペリン号建造〔独〕●ジンメル『貨幣の哲学』〔独〕●S・ゲオルゲ『生の絨毯』〔独〕●シェンキェーヴィチ『十字軍の騎士たち』〔ポーランド〕●S・ジェロムスキ『家なき人々』〔ポーランド〕●ヌシッチ『血の貢ぎ物』〔セルビア〕●イェンセン『王の没落』（〜〇一）〔デンマーク〕●ベールイ『交響楽（第一・英雄的）』〔露〕●バーリモント『燃える建物』〔露〕●チェーホフ『谷間』〔露〕●マシャード・デ・アシス『むっつり屋』〔ブラジル〕

一九〇一年［三十歳］

グルックのオペラ《オルフェとユリディス》を鑑賞して感動する。

▼マッキンリー暗殺、セオドア・ローズベルトが大統領に〔米〕▼ヴィクトリア女王歿、エドワード七世即位〔英〕▼革命的ナロードニキの代表によってSR結成〔露〕▼オーストラリア連邦成立〔豪〕●ラヴェル《水の戯れ》〔仏〕●シュリ・プリュドム、ノーベル文学賞受賞〔仏〕●ジャリ『メッサリーナ』〔仏〕●フィリップ『ビュビュ・ド・モンパルナス』〔仏〕●ノリス

『オクトパス』〔米〕●キップリング『キム』〔英〕●ウェルズ『予想』、『月世界最初の人間』〔英〕●L・ハーン『日本雑録』〔英〕●ヘンティ『ガリバルディとともに』〔英〕●マルコーニ、大西洋横断無線電信に成功〔伊〕●ダヌンツィオ「フランチェスカ・ダ・リーミニ」上演〔伊〕●バローハ『シルベストレ・パラドックスの冒険、でっちあげ、欺瞞』〔西〕●フロイト『日常生活の精神病理学』〔墺〕●T・マン『ブッデンブローク家の人々』〔独〕●H・バング『灰色の家』〔デンマーク〕●ストリンドバリ『夢の劇』、『死の舞踏』〔スウェーデン〕●ヘイデンスタム『聖女ビルギッタの巡礼』〔スウェーデン〕●チェーホフ《三人姉妹》初演〔露〕

一九〇二年〔三十一歳〕

四月、ドビュッシーのオペラ《ペレアスとメリザンド》の初演を鑑賞。

七月、パリ十六区ヴィルジュスト街四十番地（エルネスト・ルアール夫妻の持ち家の四階）に転居、以後終生ここに住む。

この年に刊行された『科学と仮説』をはじめ、アンリ・ポアンカレの著作に傾倒。

▼独・墺・スイス共通のドイツ語正書法施行〔欧〕▼ロックフェラー、全米の石油の九〇%を独占〔米〕▼日英同盟締結〔英・日〕▼コンゴ分割〔仏〕▼アルフォンソ十三世親政開始〔西〕▼キューバ共和国独立〔米・西・キューバ〕●ジャリ『超男性』〔仏〕●ジッド『背徳者』〔仏〕●スティーグリッツ、〈フォト・セセッション〉を結成〔米〕●W・ジェイムズ『宗教的経験の諸相』〔米〕●H・ジェイムズ『密林の獣』、『鳩の翼』〔米〕●J・A・ホブソン『帝国主義論』〔英〕●「タイムズ文芸付録」刊行開始〔英〕●ドイル『バスカヴィル家の犬』〔英〕●L・ハーン『骨董』〔英〕●ベネット『グランド・バビロン・ホテル』〔英〕●ロラント・ホルスト＝ファン・デル・スハルク『新生』〔蘭〕●クローチェ『表現の科学および一般言語学としての美学』〔伊〕●ウナムー

ノ『愛と教育』［西］●バローハ『完成の道』［西］●バリェ＝インクラン『四季のソナタ』（〜〇五）［西］●アソリン『意志』［西］●ブラスコ＝イバニェス『葦と泥』［西］●レアル・マドリードCF創設［西］●リルケ『形象詩集』［墺］●シュニッツラー『ギリシアの踊り子』［墺］●ホフマンスタール『チャンドス卿の手紙』［墺］●モムゼン、ノーベル文学賞受賞［独］●インゼル書店創業［独］●ツァンカル『断崖にて』［スロヴェニア］●レーニン『何をなすべきか？』［露］●ゴーリキー『小市民』、《どん底》初演［露］●アンドレーエフ『深淵』［露］●クーニャ『奥地の反乱』［ブラジル］●アポストル『わが民族』［フィリピン］

一九〇三年［三十二歳］

八月、長男クロード誕生。

▼エメリン・パンクハースト、女性社会政治同盟結成［英］▼ロシア社会民主労働党、ボリシェビキとメンシェビキに分裂［露］●ドビュッシー交響詩《海》［仏］●J＝A・ノー『**敵なる力**』（第一回ゴンクール賞受賞）［仏］●ロマン・ロラン『ベートーヴェン』［仏］●スティーグリッツ、「カメラ・ワーク」誌創刊［米］●ノリス『取引所』、『小説家の責任』［米］●ロンドン『野性の呼び声』、『奈落の人々』［米］●H・ジェイムズ『使者たち』［米］●G・E・ムーア『倫理学原理』［英］●G・B・ショー『人と超人』［英］●S・バトラー『万人の道』［英］●ウェルズ『完成中の人類』［英］●ハーディ『覇王たち』（〜〇八）［英］●ギッシング『ヘンリー・ライクロフトの私記』［英］●プレッツォリーニ、パピーニらが「レオナルド」創刊（〜〇七）［伊］●ダヌンツィオ『マイア』［伊］●A・マチャード『孤独』［西］●ヒメネス『哀しみのアリア』［西］●バリェ＝インクラン『ほの暗き庭』［西］●リルケ『ロダン論』（〜〇七）、『ヴォルプスヴェーデ』［墺］●ホフマンスタール『エレクトラ』［墺］●T・マン『トーニオ・クレー

ガー』［独］●デーメル『二人の人間』［独］●クラーゲス、表現学ゼミナールを創設［独］●ラキッチ『詩集』［セルビア］●ビョルンソン、ノーベル文学賞受賞［ノルウェー］●アイルランド国民劇場協会結成［愛］●永井荷風訳ゾラ『女優ナヽ』［日］

一九〇四年［三十三歳］

精神科学アカデミーの懸賞論文のために「注意論」を未完のまま送付。

七月、マラルメ未亡人に夕食に招かれ、遺稿「イジチュール Igitur」の草稿を見せてもらう。ヴァレリーは難航していた「アガート」との類縁性を看取する。

▼英仏協商［英・仏］▼日露戦争（～〇五）［露・日］●ミストラル、ノーベル文学賞受賞［仏］●J＝A・ノー『青い昨日』［仏］●ロマン・ロラン『ジャン・クリストフ』（～一二）［仏］●コレット『動物の七つの対話』［仏］●ロンドン『海の狼』［米］●H・ジェイムズ『黄金の盃』［米］●**コンラッド『ノストローモ』**［英］●L・ハーン『怪談』［英］●シング『海へ騎り行く人々』［英］●チェスタトン『新ナポレオン奇譚』［英］●リルケ『神さまの話』［墺］●プッチーニ《蝶々夫人》［伊］●ダヌンツィオ『エレットラ』、『アルチヨーネ』、『ヨーリオの娘』［伊］●エチェガライ、ノーベル文学賞受賞［西］●バローハ『探索』、『雑草』、『赤い曙光』［西］●ヒメネス『遠い庭』［西］●フォスラー『言語学における実証主義と観念主義』［独］●ヘッセ『ペーター・カーメンツィント』［独］●S・ヴィスピャンスキ《十一月の夜》［ポーランド］●S・ジェロムスキ『灰』［ポーランド］●H・バング『ミケール』［デンマーク］●チェーホフ『桜の園』［露］

一九〇五年［三十四歳］

二月、モンテヴェルディのオペラ《オルフェオ》と、再びグルックの《オルフェとユリディス》を鑑賞。

この頃レオナルド・ダ・ヴィンチへの関心が再度高まり、草稿の翻訳などを試みる。

▼ノルウェー、スウェーデンより分離独立［北欧］▼第一次ロシア革命［露］●ロンドン『階級戦争』［米］●キャザー『トロール・ガーデン』［米］●ウォートン『歓楽の家』［米］●バーナード・ショー《人と超人》初演［英］●チェスタトン『異端者の群れ』［英］●ウェルズ『キップス』、『近代のユートピア』［英］●E・M・フォースター『天使も踏むを恐れるところ』［英］●ベネット『五つの町の物語』、『都市の略奪品』［英］●H・R・ハガード『女王の復活』［英］●アインシュタイン、光量子仮説、ブラウン運動の理論、特殊相対性理論を提出［スイス］●ラミュ『アリーヌ』［スイス］●ブルクハルト『世界史的考察』［スイス］●クローチェ『純粋概念の科学としての論理学』［伊］●マリネッティ、ミラノで詩誌「ポエジーア」を創刊（～〇九）［伊］●ダヌンツィオ『覆われたる灯』［伊］●アソリン『村々』、『ドンキホーテの通った道』［西］●ガニベ『スペインの将来』［西］●ドールス『イシドロ・ノネルの死』［西］●リルケ『時禱詩集』［墺］●フロイト『性欲論三篇』［墺］●M・ヴェーバー『プロテスタンティズムの倫理と資本主義の精神』［独］●A・ヴァールブルク、ハンブルクに〈ヴァールブルク文庫〉を創設［独］●ドレスデンにて〈ブリュッケ〉結成（～一三）［独］●T・マン『フィオレンツァ』［独］●モルゲンシュテルン『絞首台の歌』［独］●シェンキェーヴィチ、ノーベル文学賞受賞［ポーランド］●ヘイデンスタム『フォルクング王家の系図』（～〇七）［スウェーデン］●ルゴーネス『庭園の黄昏』［アルゼンチン］●夏目漱石『吾輩は猫である』［日］●上田敏訳詩集『海潮音』［日］

一九〇六年〔三十五歳〕

一月、「テスト氏との一夜」がポール・フォール主宰の「詩と散文（ヴェール・エ・プローズ）」誌に再掲載される。

三月、長女アガート誕生。未完の作品「アガート」は「脳漿で見出された手記 Le manuscrit trouvé dans une cervelle」と改題。

『現代フランス詩人選集 *Anthologie des poètes français contemporains*』（ジェラール・ワルク編、ドラグラーヴ社刊）にヴァレリーの「紡ぐ女 La Fileuse」「ナルシス語る」とともに「詩のアマチュア L'Amateur de poèmes」が収録される。

▼サンフランシスコ地震〔米〕▼一月、イギリスの労働代表委員会、労働党と改称。八月、英露協商締結（三国協商が成立）〔英〕●ロマン・ロラン『ミケランジェロ』〔仏〕●J・ロマン『更生の町』〔仏〕●クローデル『真昼に分かつ』〔仏〕●ロンドン『白い牙』〔米〕●ビアス『冷笑家用語集』（一一年、『悪魔の辞典』に改題）〔米〕●ゴールズワージー『財産家』〔英〕●シュピッテラー『イマーゴ』〔スイス〕●カルドゥッチ、ノーベル文学賞受賞〔伊〕●ダヌンツィオ『愛にもまして』〔伊〕●ドールス『語録』〔西〕●ムージル『寄宿者テルレスの惑い』〔墺〕●ヘッセ『車輪の下』〔独〕●モルゲンシュテルン『メランコリー』〔独〕●H・バング『祖国のない人々』〔デンマーク〕●ビョルンソン『マリイ』〔ノルウェー〕●ルゴーネス『不思議な力』〔アルゼンチン〕●ターレボフ『人生の諸問題』〔イラン〕●島崎藤村『破戒』〔日〕●内田魯庵訳トルストイ『復活』〔日〕●岡倉天心『茶の本』〔日〕

一九〇七年［三十六歳］

二月、この年にルーヴル所蔵となったマネの《オランピア》を見に行く（一九八六年にオルセー美術館蔵）。

十月、ニーチェの『反時代的考察』を読む。訳者アンリ・アルベールへの礼状においてドイツを「ヨーロッパ中央の暗雲」と危惧。

▼英仏露三国協商成立［欧］▼第二回ハーグ平和会議［欧］●グラッセ社設立［仏］●ベルクソン『創造的進化』［仏］●クローデル『東方の認識』、『詩法』［仏］●コレット『感傷的な隠れ住まい』［仏］●デュアメル『伝説、戦闘』［仏］●ロンドン『道』［米］●W・ジェイムズ『プラグマティズム』［米］●キップリング、ノーベル文学賞受賞［英］●コンラッド『密偵』［英］●シング《西の国のプレイボーイ》初演［英］●E・M・フォースター『ロンゲスト・ジャーニー』［英］●R・ヴァルザー『タンナー兄弟姉妹』［スイス］●ピカソ《アヴィニヨンの娘たち》［西］●A・マチャード『孤独、回廊、その他の詩』［西］●バリェ゠インクラン『紋章の鷲』［西］●リルケ『新詩集』（～〇八）［墺］●S・ゲオルゲ『第七の輪』［独］●レンジェル・メニヘールト《偉大な領主》上演［ハンガリー］●ストリンドバリ『青の書』（～一二）［スウェーデン］●ペレツ『旧市場の夜に』［イディッシュ］●アッシュ『復讐の神』［イディッシュ］●M・アスエラ『マリア・ルイサ』［メキシコ］●夏目漱石『文学論』［日］

一九〇八年［三十七歳］

三月、エルンスト・マッハの『認識と誤謬』仏訳を読み、自分固有のものと信じていた考えがすでに活用されているのを知り、知的な危機に陥る。

この年、『カイエ』の標題別分類に着手。

ラヴェルが来訪。ドガやモネと親交を深める。

このころから数年間、妻ジャニーの体調が悪化する。

▼優生教育協会発足〔英〕▼ブルガリア独立宣言〔ブルガリア〕●ドビュッシー《子供の領分》〔仏〕●ラヴェル《マ・メール・ロワ》（〜一〇）〔仏〕●ソレル『暴力論』〔仏〕●ガストン・ガリマール、ジッドと文学雑誌「NRF」（新フランス評論）を創刊（翌年、再出発）〔仏〕●J・ロマン『一体生活』〔仏〕●ラルボー『富裕な好事家の詩』〔仏〕●フォードT型車登場〔米〕●ロンドン『鉄の踵』〔米〕●モンゴメリー『赤毛のアン』〔カナダ〕●F・M・フォード「イングリッシュ・レヴュー」創刊〔英〕●A・ベネット『老妻物語』〔英〕●チェスタトン『正統とは何か』、『木曜日の男』〔英〕●フォースター『眺めのいい部屋』〔英〕●メーテルランク『青い鳥』〔白〕●プレッツォリーニ、文化・思想誌「ヴォーチェ」を創刊（〜一六）〔伊〕●クローチェ『実践の哲学――経済学と倫理学』〔伊〕●バリェ゠インクラン『狼の歌』〔西〕●ヒメネス『孤独の響き』〔西〕●G・ミロー『流浪の民』〔西〕●シェーンベルク《弦楽四重奏曲第2番》（ウィーン初演）〔墺〕●K・クラウス『モラルと犯罪』〔墺〕●シュニッツラー『自由への道』〔墺〕●ヴォリンガー『抽象と感情移入』〔独〕●オイケン、ノーベル文学賞受賞〔独〕●S・ジェロムスキ『罪物語』〔ポーランド〕●バルトーク・ベーラ《弦楽四重奏曲第1番》〔ハンガリー〕●レンジェル・メニヘールト《感謝せる後継者》上演（ヴォジニッツ賞受賞）〔ハンガリー〕●ヘイデンスタム『スウェーデン人とその指導者たち』（〜一〇）〔スウェーデン〕

一九〇九年［三十八歳］

マラルメを読み直し、「きわめて複雑な」思いにとらわれる。

二月、ジッドが中心となり「新フランス評論」を再創刊、ジッドの『狭き門 *La Porte étroite*』の連載開始。ヴァレリーは十二月に「エチュード Études」(「夢についてのエチュードと断章 Études et fragment sur le rêve」)を発表。

▼モロッコで反乱、バルセロナでモロッコ戦争に反対するゼネスト拡大「悲劇の一週間」、軍による鎮圧［西］●G・ブラック《水差しとヴァイオリン》［仏］●ジッド『狭き門』［仏］●コレット『気ままな生娘』［仏］●F・L・ライト《ロビー邸》［米］●スタイン『三人の女』［米］●E・パウンド『仮面』［米］●ロンドン『マーティン・イーデン』［米］●ウィリアム・カーロス・ウィリアムズ『第一詩集』［米］●ウェルズ『アン・ヴェロニカの冒険』、『トノ・バンゲイ』［英］●マリネッティ、パリ「フィガロ」紙に『未来派宣言』(仏語)を発表［伊］●バローハ『向こう見ずなサラカイン』［西］●リルケ『鎮魂歌』［墺］●カンディンスキーらミュンヘンにて〈新芸術家同盟〉結成［独］●T・マン『大公殿下』［独］●**レンジェル・メニヘールト**《颱風》上演［ハンガリー］●ラーゲルレーヴ、ノーベル文学賞受賞［スウェーデン］●ストリンドバリ『大街道』［スウェーデン］●セルゲイ・ディアギレフ、「バレエ・リュス」旗揚げ［露］●ペレツ『黄金の鎖』［イディッシュ］●M・アスエラ『毒草』［メキシコ］

一九一〇年［三十九歳］

トマス・アクイナスの『神学大全』に関するユルトー神父の講義に通う。

一月、マラルメの記念碑設置に際してヴァルヴァン再訪。

四月、ペール・ラシェーズ墓地で執り行われたジャン・モレアスの火葬に参列。

八月、母のいるジェノヴァへ赴く（十五年ぶりの再訪）。

九–十月、夏から患っていた百日咳の治療のためル・メニルに滞在中、マラルメとドガの頭像を蠟をこねて作る。

▼エドワード七世歿、ジョージ五世即位［英］▼ポルトガル革命［ポルトガル］▼メキシコ革命［メキシコ］▼大逆事件［日］●ペギー『ジャンヌ・ダルクの愛徳の聖史劇』［仏］●ルーセル『アフリカの印象』［仏］●アポリネール『異端教祖株式会社』［仏］●クローデル『五大賛歌』［仏］●バーネット『秘密の花園』［米］●ロンドン『革命、その他の評論』［米］●ロンドンで〈マネと印象派展〉開催（R・フライ企画）［英］●ラッセル、ホワイトヘッド『プリンキピア・マテマティカ』（〜一三）［英］●E・M・フォースター『ハワーズ・エンド』［英］●A・ベネット『クレイハンガー』［英］●**ウェルズ**『ポリー氏』、『〈**眠れる者**〉**目覚める**』［英］●ボッチョーニほか『絵画宣言』［伊］●ダヌンツィオ『可なり哉、不可なり哉』［伊］●G・ミロー『墓地の桜桃』［西］●K・クラウス『万里の長城』［墺］●リルケ『マルテの手記』［墺］●H・ワルデン、ベルリンにて文芸・美術雑誌「シュトルム」を創刊（〜三二）［独］●ハイゼ、ノーベル文学賞受賞［独］●クラーゲス『性格学の基礎』［独］●モルゲンシュテルン『パルムシュトレーム』［独］●ルカーチ・ジェルジ『魂と形式』［ハンガリー］●ヌシッチ『世界漫遊記』［セルビア］●フレーブニコフら〈立体未来派〉結成［露］●谷崎潤一郎『刺青』［日］

一九一一年［四十歳］

二月、アルベール・ティボーデから翌年刊行される『マラルメの詩 *La Poésie de Stéphane Mallarmé*』を送られる。ヴァレリーは返礼の手紙でマラルメに対するアンビヴァレントな感情を打ち明ける。

七月、「新フランス評論」出版部門を立ち上げたジッドから、昔の作品をまとめて出版しないかと提案される。

▼イタリア・トルコ戦争（〜一二）［伊・土］●ロマン・ロラン『トルストイ』［仏］●J・ロマン『ある男の死』［仏］●ジャリ『フォーストロール博士の言行録』［仏］●ラルボー『フェルミナ・マルケス』［仏］●ロンドン『スナーク号航海記』［米］●ドライサー『ジェニー・ゲアハート』［米］●ウェルズ『ニュー・マキャベリ』［英］●A・ベネット『ヒルダ・レスウェイズ』［英］●コンラッド『西欧の目の下に』［英］●チェスタトン『ブラウン神父物語』（〜三五）［英］●ビアボーム『ズーレイカ・ドブスン』［英］●N・ダグラス『セイレーン・ランド』［英］●メーテルランク、ノーベル文学賞受賞［白］●プラテッラ『音楽宣言』［伊］●ダヌンツィオ『聖セバスティアンの殉教』［伊］●バッケッリ『ルドヴィーコ・クローの不思議の糸』［伊］●バローハ『知恵の木』［西］●S・ツヴァイク『最初の体験』［墺］●ホフマンスタール『イェーダーマン』、『ばらの騎士』［墺］●**M・ブロート『ユダヤの女たち——ある長編小説』**［独］●フッサール『厳密な学としての哲学』［独］●ウンセット『イェンニー』［ノルウェー］●セヴェリャーニンら〈自我未来派〉結成［露］●アレクセイ・N・トルストイ『変わり者たち』［露］●A・レイェス『美学的諸問題』［メキシコ］●M・アスエラ『マデーロ派、アンドレス・ペレス』［メキシコ］●西田幾多郎『善の研究』［日］●青鞜社結成［日］●島村抱月訳イプセン『人形の家』［日］

一九一二年［四十一歳］

一月、ガストン・ガリマール来訪、マラルメ『詩集』の出版に協力（翌年刊行）。

五‐七月、ジッドとガリマールから再三にわたり作品集出版を促され、当初は躊躇逡巡していたヴァレリーもついに承諾。「詩と散文を混ぜ合わせた本」という案もあったが、詩集を編むこととし、旧作の詩を推敲し直すと同時に、新しい詩に着手する。『若きパルク *La Jeune Parque*』執筆開始。

五月、サン＝ジョン・ペルス来訪。

▼ウィルソン、大統領選勝利〔米〕▼タイタニック号沈没〔英〕▼中華民国成立〔中〕●キャザー『アレグザンダーの橋』〔米〕●W・ジェイムズ『根本的経験論』〔米〕●ロンドンで〈第二回ポスト印象派展〉開催（R・フライ企画）〔英〕●コンラッド『運命』〔英〕●D・H・ロレンス『侵入者』〔英〕●ストレイチー『フランス文学道しるべ』〔英〕●ユング『変容の象徴』〔スイス〕●サンドラール『ニューヨークの復活祭』〔スイス〕●デュシャン《階段を降りる裸体、No・2》〔仏〕●ラヴェル《ダフニスとクロエ》〔仏〕●フランス『神々は渇く』〔仏〕●リヴィエール『エチュード』〔仏〕●クローデル『マリアへのお告げ』〔仏〕●ボッチョーニ『彫刻宣言』〔伊〕●マリネッティ『文学技術宣言』〔伊〕●ダヌンツィオ『ピザネル』、『死の瞑想』〔伊〕●チェッキ『ジョヴァンニ・パスコリの詩』〔伊〕●A・マチャード『カスティーリャの野』〔西〕●アソリン『カスティーリャ』〔西〕●バリェ＝インクラン『勲の声』〔西〕●シュンペーター『経済発展の理論』〔墺〕●シェーンベルク《月に憑かれたピエロ》〔墺〕●シュニッツラー『ベルンハルディ教授』〔墺〕●カンディンスキー、マルクらミュンヘンにて第二回〈青騎士〉展開催（～一三）、年刊誌『青騎士』発行（一号のみ）〔独〕●G・ハウプトマン、ノーベル文学賞受賞〔独〕●T・マン『ヴェネツィア客死』〔独〕●M・ブロート『アーノルト・ベーア』〔独〕●ラキッチ『新詩集』〔セルビア〕●アレクセイ・N・トルストイ『足の不自由な公爵』〔露〕●ウイドブロ『魂のこだま』〔チリ〕●石川啄木『悲しき玩具』〔日〕

一九一三年［四十二歳］

四月、シャンゼリゼ劇場落成。ヴァレリーは同劇場での初演を欠かすことなく、五月にはストラヴィンスキーの《春の祭典》初演を鑑賞。

▼第二次バルカン戦争（〜八月）［欧］▼ベイリス裁判［露］▼マデーロ大統領、暗殺される［メキシコ］●G・ブラック《クラリネット》［仏］●リヴィエール『冒険小説論』［仏］●J・ロマン『仲間』［仏］●マルタン・デュ・ガール『ジャン・バロワ』［仏］●アラン＝フルニエ『モーヌの大将』［仏］●プルースト『失われた時を求めて』（〜二七）［仏］●アポリネール『アルコール』、『キュビスムの画家たち』［仏］●ラルボー『A・O・バルナブース全集』［仏］●ニューヨーク、グランドセントラル駅竣工［米］●ロンドン『ジョン・バーリコーン』［米］●キャザー『おゝ開拓者よ！』［米］●ウォートン『国の慣習』［米］●フロスト『第一詩集』［米］●ショー《ピグマリオン》（ウィーン初演）［英］●ロレンス『息子と恋人』［英］●サンドラール「シベリア鉄道とフランス少女ジャンヌの散文」（『全世界より』）［スイス］●ラミュ『サミュエル・ブレの生涯』［スイス］●ルッソロ『騒音芸術』［伊］●パピーニ、ソッフィチと「ラチェルバ」を創刊（〜一五）［伊］●アソリン『古典作家と現代作家』［西］●バローハ『ある活動家の回想記』（〜三五）［西］●バリェ＝インクラン『侯爵夫人ロサリンダ』［西］●シュニッツラー『ベアーテ夫人とその息子』［墺］●クラーゲス『表現運動と造形力』、『人間と大地』［独］●ヤスパース『精神病理学総論』［独］●フッサール『イデーン』（第一巻）［独］●フォスラー『言語発展に反映したフランス文化』［独］●カフカ『観察』、『火夫』、『判決』［独］●デーブリーン『タンポポ殺し』［独］●トラークル『詩集』［独］●シェーアバルト『小惑星物語』［独］●ルカーチ・ジェルジ『美的文化』［ハンガリー］●ストラヴィ

ンスキー《春の祭典》〔パリ初演〕〔露〕●シェルシェネーヴィチ、未来派グループ〈詩の中二階〉を創始〔露〕●マンデリシターム『石』〔露〕●マヤコフスキー『ウラジーミル・マヤコフスキー』〔露〕●**ベールイ『ペテルブルグ』**〔〜一四〕〔露〕●ウイドブロ『夜の歌』、『沈黙の洞窟』〔チリ〕●タゴール、ノーベル文学賞受賞〔印〕

一九一四年〔四十三歳〕

三月、アンドレ・ブルトン来訪。以後、ヴァレリーのアカデミー・フランセーズ入会まで親交が続く。

七月、「新フランス評論」に載ったジャック・リヴィエールのランボー論を読み、ジッド宛の手紙で痛烈に批判する。またヴァレリーは同じ手紙で「一八六〇年代のマラルメと六九‐七〇年のランボーとはほんのわずかしか隔たっていなかった」と述べている。

八月、第一次世界大戦勃発。妻の療養のためピレネー山中の温泉場に来ていたヴァレリー一家は、開戦とともに地中海沿岸のバニュルス＝シュル＝メールに移る。十月、単身パリに戻る。

▼サライェヴォ事件、第一次世界大戦勃発〔〜一八〕〔欧〕▼大戦への不参加表明〔西〕●ラヴェル《クープランの墓》〔仏〕●J＝A・ノー『かもめを追って』〔仏〕●ジッド『法王庁の抜け穴』〔仏〕●ルーセル『ロクス・ソルス』〔仏〕●ブールジェ『真昼の悪魔』〔仏〕●E・R・バローズ『類猿人ターザン』〔米〕●スタイン『やさしいボタン』〔米〕●ノリス『ヴァンドーヴァーと野獣』〔米〕●ヴォーティシズム機関誌「ブラスト」、「ニュー・リパブリック」、「リトル・レビュー」創刊〔英〕●ウェルズ『解放された世界』〔英〕●**ラミュ『詩人の訪れ』**、**『存在理由』**〔スイス〕●サンテリーア『建築宣言』〔伊〕●オルテガ・イ・ガセー『ドン・

キホーテをめぐる省察』［西］●ヒメネス『プラテロとわたし』［西］●ゴメス・デ・ラ・セルナ『グレゲリーアス』、『あり得ない博士』［西］●ベッヒャー『滅亡と勝利』［独］●ジョイス『ダブリンの市民』［愛］●ウイドブロ『秘密の仏塔』［チリ］●ガルベス『模範的な女教師』［アルゼンチン］●夏目漱石『こころ』［日］

一九一五年［四十四歳］

年齢のため動員されなかったヴァレリーは戦争の妄執に苛まれつつ詩作に没頭。戦時下、「失われるかもしれないフランス語の墓標」として『若きパルク』を彫琢する。

九月、「ドイツ的制覇」が「方法的制覇 Une conquête méthodique」と改題のうえ「メルキュール・ド・フランス」誌に再掲載され、大戦に対する先見の明が注目を浴びる。

▼ルシタニア号事件［欧］▼三国同盟破棄［伊］●ロマン・ロラン、ノーベル文学賞受賞［仏］●ルヴェルディ『散文詩集』［仏］●セシル・B・デミル『カルメン』［米］●グリフィス『国民の創生』［米］●キャザー『ヒバリのうた』［米］●D・H・ロレンス『虹』（ただちに発禁処分に）［英］●コンラッド『勝利』［英］●V・ウルフ『船出』［英］●モーム『人間の絆』［英］●F・フォード『善良な兵士』［英］●N・ダグラス『オールド・カラブリア』［英］●ヴェルフリン『美術史の基礎概念』［スイス］●アソリン『古典の周辺』［西］●カフカ『変身』［独］●デーブリーン『ヴァン・ルンの三つの跳躍』（クライスト賞、フォンターネ賞受賞）［独］●T・マン『フリードリヒと大同盟』［独］●クラーゲス『精神と生命』［独］●ヤコブソン、ボガトゥイリョーフら〈モスクワ言語学サークル〉を結成（～二四）［露］●グスマン『メキシコの抗争』［メキシコ］●グイラルデス『死と血の物語』、『水晶の鈴』［アルゼンチン］●芥川龍之介『羅生門』［日］

一九一六年［四十五歳］

六月、ヴェルダンの攻防がフランス軍に有利となる。

七月、次男フランソワ誕生。

十－十二月、『若きパルク』の「春」の断章が書かれる。戦況の好転と妻の妊娠出産がこの詩の生成に影響を及ぼしたと言われる。

▼スパルタクス団結成［独］●文芸誌「シック」創刊（〜一九）［仏］●バルビュス『砲火』［仏］●グリフィス『イントレランス』［米］●S・アンダーソン『ウィンディ・マクファーソンの息子』［米］●O・ハックスリー『燃える車』［英］●ゴールズワージー『林檎の樹』［英］●A・ベネット『この二人』［英］●ユング『無意識の心理学』［スイス］●サンドラール『リュクサンブール公園での戦争』［スイス］●ダヌンツィオ『夜想譜』［伊］●ウンガレッティ『埋もれた港』［伊］●パルド＝バサン、マドリード中央大学教授に就任［西］●文芸誌「セルバンテス」創刊（〜二〇）［西］●バリェ＝インクラン『不思議なランプ』［西］●G・ミロー『キリスト受難模様』［西］●アインシュタイン『一般相対性理論の基礎』を発表［墺］●クラーゲス『筆跡と性格』、『人格の概念』［独］●カフカ『判決』［独］●ルカーチ・ジェルジ『小説の理論』［ハンガリー］●レンジェル・メニヘールト、パントマイム劇「中国の不思議な役人」発表［ハンガリー］●ヘイデンスタム、ノーベル文学賞受賞［スウェーデン］●ジョイス『若い芸術家の肖像』［愛］●ペテルブルクで〈オポヤーズ〉（詩的言語研究会）設立［露］●M・アスエラ『虐げられし人々』［メキシコ］●ウイドブロ、ブエノスアイレスで創造主義宣言［チリ］●ガルベス『形而上的悪』［アルゼンチン］

一九一七年［四十六歳］

四月、『若きパルク』刊行（ガリマール社）。この詩の名声により一躍有名になったヴァレリーは以後各種サロンに出入りするようになる。社交生活の始まり。

六月、「ル・タン」紙にポール・スーデーによる好意的な記事が載る。

十月、詩「曙 Aurore」が「メルキュール・ド・フランス」誌に掲載される。

▼ドイツに宣戦布告、第一次世界大戦に参戦［米］▼バルフォア宣言［英・中東］▼労働争議の激化に対し非常事態宣言。全国でゼネストが頻発するが、軍が弾圧［西］▼十月革命、ロシア帝国が消滅しソヴィエト政権成立。十一月、レーニン、平和についての布告を発表［露］●ピカビア、芸術誌「391」創刊［仏］●ルヴェルディ、文芸誌「ノール＝シュド」創刊（〜一九）［仏］●アポリネール《ティレジアスの乳房》上演［仏］●M・ジャコブ『骰子筒』［仏］●ピュリッツァー賞創設［米］●E・ウォートン『夏』［米］●V・ウルフ『二つの短編小説』［英］●サンドラール『奥深い今日』［スイス］●ラミュ『大いなる春』［スイス］●**ウナムーノ『アベル・サンチェス』**［西］●G・ミロー『シグエンサの書』［西］●ヒメネス『新婚詩人の日記』［西］●芸術誌「デ・ステイル」創刊（〜二八）［蘭］●S・ツヴァイク『エレミヤ』［墺］●フロイト『精神分析入門』［墺］●モーリツ・ジグモンド『炬火』［ハンガリー］●クルレジャ『牧神パン』、『三つの交響曲』［クロアチア］●ゲレロプ、ポントピダン、ノーベル文学賞受賞［デンマーク］●レーニン『国家と革命』［露］●プロコフィエフ《古典交響曲》［露］●A・レイェス『アナウァック幻想』［メキシコ］●M・アスエラ『ボスたち』［メキシコ］●フリオ・モリーナ・ヌニェス、ファン・アグスティン・アラーヤ編『叙情の密林』［チリ］

●キローガ『愛と死と狂気の物語集』〔アルゼンチン〕●グイラルデス『ラウチョ』〔アルゼンチン〕●バーラティ『クリシュナの歌』〔印〕

一九一八年〔四十七歳〕

四月、戦局悪化に伴い家族を疎開させる。六月、ルベー氏に伴って英仏海峡沿岸のイール・マニエールに赴き、九月には家族の疎開先のブルターニュ地方に移る。十月、休戦前にパリに戻る（十一月休戦条約成立）。

この年、のちに『魅惑』所収となる詩を妻に送り、意見を求める。

▼一月、米国ウィルソン大統領、十四カ条発表▼二月、英国、第四次選挙法改正（女性参政権認める）▼三月、スペインインフルエンザ（スペイン風邪）が大流行（〜二〇）▼三月、ブレスト＝リトフスク条約。ドイツ、ソヴィエト＝ロシアが単独講和▼十月、「セルビア人・クロアチア人・スロヴェニア人」王国の建国宣言▼十一月、ドイツ革命。ドイツ帝政が崩壊し、ドイツ共和国成立。ヴィルヘルム二世、オランダに亡命▼十一月十一日、停戦協定成立し、第一次世界大戦終結。ポーランド、共和国として独立●ラルボー『幼ごころ』〔仏〕●アポリネール『カリグラム』、『新精神と詩人たち』〔仏〕●コクトー『雄鶏とアルルカン』〔仏〕●**ルヴェルディ『屋根のスレート』**、**『眠れるギター』**〔仏〕●デュアメル『文明』（ゴンクール賞受賞）〔仏〕●キャザー『マイ・アントニーア』〔米〕●O・ハックスリー『青春の敗北』〔英〕●E・シットウェル『道化の家』〔英〕●W・ルイス『ター』〔英〕●ストレイチー『ヴィクトリア朝偉人伝』〔英〕●トリスタン・ツァラ、ダダ宣言〔スイス〕●サンドラール『パナマあるいは七人の伯父の冒険』、『殺しの記』〔スイス〕●ラミュ「兵士の物語」（ストラヴィンスキーのオペラ台本）〔スイス〕●文芸

誌「グレシア」創刊（〜二〇）〔西〕●ヒメネス『永遠』〔西〕●シェーンベルクら〈私的演奏協会〉発足〔墺〕●シュピッツァー『ロマンス語の統辞法と文体論』〔墺〕●K・クラウス『人類最後の日々』（〜二二）〔墺〕●シュニッツラー『カサノヴァの帰還』〔墺〕●**デーブリーン『ヴァツェクの蒸気タービンとの戦い』**〔独〕●T・マン『非政治的人間の考察』〔独〕●H・マン『臣下』〔独〕●ルカーチ・ジェルジ『バラージュと彼を必要とせぬ人々』〔ハンガリー〕●ジョイス『亡命者たち』〔愛〕●**アンドリッチ**、「南方文芸」誌を創刊（〜一九）、**『エクスポント（黒海より）』**〔セルビア〕●M・アスエラ『蠅』〔メキシコ〕●キローガ『セルバの物語集』〔アルゼンチン〕●魯迅『狂人日記』〔中〕

一九一九年〔四十八歳〕

詩「巫女ピュティア La Pythie」（「レ・ゼクリ・ヌーヴォー」誌三月号）、「棕櫚 Palme」（「新フランス評論」誌六月号）、「ナルシス断章 Fragments du Narcisse」第一部（「パリ評論」誌九月号）、「蜜蜂 L'Abeille」（「新フランス評論」十二月号）が掲載される。

評論「精神の危機 La Crise de l'esprit」がロンドンの「アシーニアム」誌四－五月号に掲載される（八月「新フランス評論」誌に再掲載）。ガリマール社から『テスト氏との一夜』および『レオナルド・ダ・ヴィンチ方法序説』（付「追記と余談 Note et digressions」）刊行。

▼パリ講和会議〔欧〕▼合衆国憲法修正第十八条（禁酒法）制定、憲法修正第十九条（女性参政権）可決〔米〕▼アメリカ鉄鋼労働者ストライキ〔米〕▼ストライキが頻発、マドリードでメトロ開通〔西〕▼ワイマール憲法発布〔独〕▼第三インターナショナル（コミンテルン）成立〔露〕▼ギリシア・トルコ戦争〔希・土〕▼三・一独立運動〔朝鮮〕▼五・四運動〔中国〕●ガリマール社設立〔仏〕

●ブルトン、アラゴン、スーポーとダダの機関誌「文学」を創刊〔仏〕●ベルクソン『精神エネルギー』〔仏〕●ジッド『田園交響楽』〔仏〕●コクトー『ポトマック』〔仏〕●デュアメル『世界の占有』〔仏〕●パルプ雑誌「ブラック・マスク」創刊（〜五一）〔米〕●S・アンダーソン『ワインズバーグ・オハイオ』〔米〕●ケインズ『平和の経済的帰結』〔英〕●**コンラッド『黄金の矢』**〔英〕●V・ウルフ『夜と昼』、『現代小説論』〔英〕●T・S・エリオット『詩集――一九一九年』〔英〕●モーム『月と六ペンス』〔英〕●シュピッテラー、ノーベル文学賞受賞〔スイス〕●サンドラール『弾力のある十九の詩』、『全世界より』、『世界の終わり』〔スイス〕●ローマにて文芸誌「ロンダ」創刊（〜二三）〔伊〕●バッケッリ『ハムレット』〔伊〕●ヒメネス『石と空』〔西〕●ホフマンスタール『影のない女』〔墺〕●ホイジンガ『中世の秋』〔蘭〕●グロピウス、ワイマールにバウハウスを設立（〜三三）〔独〕●カフカ『流刑地にて』、『田舎医者』〔独〕●ヘッセ『デーミアン』〔独〕●クルティウス『新しいフランスの文学開拓者たち』〔独〕●ツルニャンスキー『イタカの抒情』〔セルビア〕●シェルシェネーヴィチ、エセーニンらと〈イマジニズム〉を結成（〜二七）〔露〕●アッシュ『殉教』〔イディッシュ〕●M・アスエラ『上品な一家の苦難』〔メキシコ〕●有島武郎『或る女』〔日〕

一九二〇年〔四十九歳〕

六月、詩「海辺の墓地 Le Cimetière marin」が「新フランス評論」誌に掲載。八月、エミール・ポール社刊。

同月、カトリーヌ・ポッジと出会い、九月にはドルドーニュ地方ラ・グローレにあるポッジの別荘で深い関係になる。

この滞在中、ラ・フォンテーヌ論「『アドニス』について Au sujet d'*Adonis*」を書く。

七月、「曙」「巫女ピュティア」「棕櫚」を一巻にまとめた『オード *Odes*』刊行（ガリマール社）。

十二月、『旧詩帖 *Album de vers anciens*』（主に青年期の詩に手を加えた詩集）がアドリエンヌ・モニエの「本の友の家」社から刊行。

この年、リュシアン・ファーブルの詩集『女神を識る』に序文（*Avant-propos à La Connaissance de la Déesse*）を寄せ、「純粋詩」について述べる。

▼国際連盟発足（米は不参加）［欧］●ピッツバーグで民営のKDKA局がラジオ放送開始［米］●マティス〈オダリスク〉シリーズ［仏］●アラン『芸術論集』［仏］●デュ・ガール『チボー家の人々』（〜四〇）［仏］●ロマン・ロラン『クレランボー』［仏］●コレット『シェリ』［仏］●デュアメル『サラヴァンの生涯と冒険』（〜三二）［仏］●フィッツジェラルド『楽園のこちら側』［米］●E・ウォートン『エイジ・オブ・イノセンス』（ピュリッツァー賞受賞）［米］●ドライサー『ヘイ、ラバダブダブ！』［米］●ドス・パソス『ある男の入門——一九一七年』［米］●S・ルイス『本町通り』［米］●パウンド『ヒュー・セルウィン・モーバリー』［米］●E・オニール《皇帝ジョーンズ》初演［米］●D・H・ロレンス『恋する女たち』、『迷える乙女』［英］●ウェルズ『世界文化史大系』［英］●O・ハックスリー『レダ』、『リンボ』［英］●E・シットウェル『木製の天馬』［英］●クリスティ『スタイルズ荘の怪事件』［英］●クロフツ『樽』［英］●H・R・ハガード『古代のアラン』［英］●チェッキ『金魚』［伊］●文芸誌「レフレクトル」創刊［西］●バリェ＝インクラン『ボヘミアの光』、『聖き言葉』［西］●R・ヴィーネ『カリガリ博士』［独］●ユンガー『鋼鉄の嵐の中で』［独］●デーブリーン『ヴァレンシュタイン』［独］●S・ツヴァイク『三人の巨匠』［墺］●**アンドリッチ『アリヤ・ジェルゼレズの旅』**、『**不安**』［セルビア］●ハムスン、ノーベル文学賞受賞［ノルウェー］●アレクセイ・N・トルストイ『ニキータの少年時代』（〜二二）、『苦悩の中を行く』（〜四一）［露］●アン＝スキ『ディブック』［イディッシュ］●グスマン

一九二一年〔五十歳〕

三月、「建築」誌の依頼で書かれた対話篇「ユーパリノス Eupalinos」を脱稿、「新フランス評論」誌に抜粋掲載。「コネサンス」誌の人気投票で、現代七大詩人の第一位に選ばれる。

四－五月、リルケがジッド宛の手紙でヴァレリーを激賞。

七月、詩「蛇の素描 Ébauche d'un serpent」が「新フランス評論」誌に掲載される。

十二月、「音楽」誌の特集号「十九世紀における舞踏」に「魂と舞踏 L'Âme et la Danse」のプレオリジナルが載る。

この年、対話篇「神的ナル事柄ニツイテ Peri tôn toû theoû ou des choses divines」を構想するが、未完に終わる。

▼英ソ通商協定〔英・露〕▼新経済政策（ネップ）開始〔露〕▼ロンドン会議にて、対独賠償総額（一三二〇億金マルク）決まる〔欧・米〕▼ファシスト党成立〔伊〕▼モロッコで、部族反乱に対しスペイン軍敗北〔西〕▼中国共産党結成〔中国〕▼ワシントン会議開催▼四カ国条約調印〔米・英・仏・日〕●A・フランス、ノーベル文学賞受賞〔仏〕●アラゴン『アニセまたはパノラマ』〔仏〕●ヴァレーズら、ニューヨークにて〈国際作曲家組合〉を設立〔米〕●チャップリン《キッド》〔米〕●S・アンダーソン『卵の勝利』〔米〕●ドス・パソス『三人の兵隊』〔米〕●オニール『皇帝ジョーンズ』〔米〕●O・ハックスリー『クローム・イエロー』〔英〕●V・ウルフ『月曜日か火曜日』〔英〕●ウェルズ『世界史概観』〔英〕●ピランデッロ《作者を探す六人の登場人物》初演〔伊〕●文芸誌「ウルトラ」創刊（～二二）〔西〕●オルテガ・イ・ガセー『無脊椎のスペイン』〔西〕●J・ミロ《農園》〔西〕●バリェ＝

インクラン『ドン・フリオレラの角』〔西〕●G・ミロー『われらの神父聖ダニエル』〔西〕●ヴィトゲンシュタイン『論理哲学論考』〔墺〕●S・ツヴァイク『ロマン・ロラン』〔墺〕●アインシュタイン、ノーベル物理学賞受賞〔独〕●ドナウエッシンゲン音楽祭が開幕〔独〕●クラーゲス『意識の本質』〔独〕●クレッチマー『体型と性格』〔独〕●ハシェク『兵士シュヴェイクの冒険』(～二三)〔チェコ〕●ツルニャンスキー『チャルノイェヴィチに関する日記』〔セルビア〕●ボルヘス、雑誌「ノソトロス」にウルトライスモ宣言を発表〔アルゼンチン〕

一九二二年〔五十一歳〕

二月、長年にわたって個人秘書をつとめてきたエドゥアール・ルベー死去。定職を失ったヴァレリーは以後、文筆業やヨーロッパ各地での講演によって生計を立ててゆく。

五月、「ル・ディヴァン」誌がヴァレリー特集号を編む。

六月、詩集『魅惑 *Charmes*』初版刊行。

『当世風俗 *Modes et manières d'aujourd'hui*』(アール・デコのイラストレータの画に作家の詩文を添える画文集) 第七号に、フェルナン・シメオンの彩色木版画十二葉に添える形でヴァレリーの散文詩十二篇が掲載される。

▼ワシントン会議にて、海軍軍備制限条約、九カ国条約調印▼ジェノヴァ会議▼KKK団の再興〔米〕▼ムッソリーニ、ローマ進軍。首相就任〔伊〕▼ドイツとソヴィエト、ラパロ条約調印〔独・露〕▼アイルランド自由国正式に成立〔愛〕▼スターリンが書記長に就任、ソヴィエト連邦成立〔露〕●ロマン・ロラン『魅せられたる魂』(～三三)〔仏〕●モラン『夜ひらく』〔仏〕●J・ロマン『リュ

シエンヌ』〔仏〕●コレット『クローディーヌの家』〔仏〕●キャロル・ジョン・デイリーによる最初のハードボイルド短編、「ブラック・マスク」に掲載〔米〕●「ニューヨーク・タイムズ・ブックレビュー」創刊〔米〕●スタイン『地理と戯曲』〔米〕●キャザー『同志クロード』〈ピューリッツァー賞受賞〉〔米〕●ドライサー『私自身に関する本』〔米〕●フィッツジェラルド『美しき呪われし者』、『ジャズ・エイジの物語』〔米〕●S・ルイス『バビット』〔米〕●イギリス放送会社BBC設立〔英〕●D・H・ロレンス『アロンの杖』、『無意識の幻想』〔英〕●E・シットウェル『ファサード』〔英〕●T・S・エリオット『荒地』〈米国〉〔英〕●マンスフィールド『園遊会、その他』〔英〕●アソリン『ドン・フアン』〔西〕●ザルツブルクにて〈国際作曲家協会〉発足〔墺〕●S・ツヴァイク『アモク』〔墺〕●ヒンデミット、〈音楽のための共同体〉開催（〜二三）〔独〕●ラング『ドクトル・マブゼ』〔独〕●ムルナウ『吸血鬼ノスフェラトゥ』〔独〕●クラーゲス『宇宙創造的エロス』〔独〕●T・マン『ドイツ共和国について』〔独〕●ヘッセ『シッダールタ』〔独〕●カロッサ『幼年時代』〔独〕●ブレヒト《夜打つ太鼓》初演〔独〕●コストラーニ・デジェー『血の詩人』〔ハンガリー〕●レンジェル・メニヘールト『アメリカ日記〔ハンガリー〕●ジョイス『ユリシーズ』〔愛〕●アレクセイ・N・トルストイ『アエリータ』（〜二三）〔露〕

一九二三年〔五十二歳〕

一月、「生(き)のままの詩 Poésie brute」が「ラ・ルヴュ・ド・フランス」誌に掲載される（のち『メランジュ』再版に所収）。

四月、『ユーパリノス／魂と舞踏』刊行。

六月、アルベール・ティボーデの論考「ポール・ヴァレリーの詩 La Poésie de Paul Valéry」が「パリ評論」誌に掲載。

同年グラッセ社からティボーデのヴァレリー論刊行。

十月、「ステファヌ・マラルメ Stéphane Mallarmé」論が「レ・ヌーヴェル・リテレール」誌に、「最後のマラルメ訪問 Dernière visite à Mallarmé」が「ル・ゴーロワ」誌に掲載される。

▼仏・白軍、ルール占領〔欧〕▼ハーディングの死後、クーリッジが大統領に〔米〕▼英、パレスチナ委任統治開始〔英・中東〕▼プリモ・デ・リベーラ将軍のクーデタ、独裁開始（〜三〇）〔西〕▼ミュンヘン一揆〔独〕▼ローザンヌ条約締結、トルコ共和国成立▼関東大震災〔日〕●J・ロマン『ル・トルーアデック氏の放蕩』〔仏〕●ラディゲ『肉体の悪魔』〔仏〕●ジッド『ドストエフスキー』〔仏〕●ラルボー『恋人よ、幸せな恋人よ……』〔仏〕●コクトー『山師トマ』、『大胯びらき』〔仏〕●モラン『夜とざす』〔仏〕●F・モーリヤック『火の河』、『ジェニトリクス』〔仏〕●コレット『青い麦』〔仏〕●ウォルト・ディズニー・カンパニー創立〔米〕●「タイム」誌創刊〔米〕●ラヴジョイ、「観念史クラブ」を創設〔米〕●S・アンダーソン『馬と人間』、『多くの結婚』〔米〕●キャザー『迷える夫人』〔米〕●ハーディ『コーンウォール女王の悲劇』〔英〕●D・H・ロレンス『アメリカ古典文学研究』、『カンガルー』〔英〕●**コンラッド『放浪者 あるいは海賊ペロル』**〔英〕●T・S・エリオット『荒地』（ホガース・プレス刊）〔英〕●サンドラール『黒色のヴィーナス』〔スイス〕●バッケッリ『まぐろは知っている』〔伊〕●ズヴェーヴォ『ゼーノの意識』〔伊〕●オルテガ・イ・ガセー、「西欧評論」誌を創刊〔西〕●ドールス『プラド美術館の三時間』〔西〕●ゴメス・デ・ラ・セルナ『小説家』〔西〕●リルケ『ドゥイーノの悲歌』、『オルフォイスに寄せるソネット』〔墺〕●フランクフルト社会研究所設立〔独〕●カッシーラー『象徴形式の哲学』（〜二九）〔独〕●ルカーチ『歴史と階級意識』〔ハンガリー〕●ロスラヴェッツら〈現代音楽協会〉設立〔露〕●M・アスエラ『マローラ』〔メキシコ〕●グイラルデス『ハイマカ』〔アルゼンチン〕●ボルヘス『ブエノスアイレスの熱狂』〔アルゼンチン〕●バーラティ『郭公の歌』〔インド〕●菊池寛、「文芸春秋」を創刊〔日〕

一九二四年〔五十三歳〕

一月、ヴァレリーのマラルメ論を一巻に集めた『マラルメについての断章 *Fragments sur Mallarmé*』刊行。

二月、モナコにおいて講演「ボードレールの位置 Situation de Baudelaire」を行なう（九月「ラ・ルヴュ・ド・フランス」誌掲載）。

二月、リルケが『魅惑』の詩十六篇を独訳してヴァレリーに献呈。四月、ジュネーヴで講演後、ミュゾットに住むリルケを訪問。その後、イタリア・スペインの各地へ講演旅行、ダヌンツィオ、ムッソリーニ、オルテガ・イ・ガセーに会う。

六月、評論集『ヴァリエテ *Variété*』刊行。ベルクソンに会う。

夏、バシアーノ公爵夫人の後援のもと、ヴァレリー・ラルボー、レオン＝ポール・ファルグとともに「コメルス」誌を創刊し、編集に携わる。ヴァレリーは「ある友の手紙 Lettre d'un ami」や「エミリー・テスト夫人の手紙 Lettre de Madame Émilie Teste」など「テスト氏」関連のテクストを発表。

九月、『カイエＢ一九一〇年 *Cahier B 1910*』限定ファクシミリ版刊行。

十月、アナトール・フランス死去。そのあとを受けてペン・クラブの会長に就任。

十一月、アカデミー・フランセーズに立候補。

▼ロサンゼルスへの水利権紛争で水路爆破（カリフォルニア水戦争）。ロサンゼルス不動産バブルがはじける。ロサンゼルスの

人口が百万人を突破〔米〕▼中国、第一次国共合作〔中〕●ルネ・クレール『幕間』〔仏〕●ブルトン『シュルレアリスム宣言』、雑誌「シュルレアリスム革命」創刊（〜二九）〔仏〕●サン＝ジョン・ペルス『遠征』〔仏〕●**ルヴェルディ『空の漂流物』**〔仏〕●ラディゲ『ドルジェル伯の舞踏会』〔仏〕●M・ルブラン『カリオストロ伯爵夫人』〔仏〕●ガーシュイン《ラプソディ・イン・ブルー》〔米〕●セシル・B・デミル『十戒』〔米〕●ヘミングウェイ『われらの時代に』〔米〕●スタイン『アメリカ人の創生』〔米〕●オニール『楡の木陰の欲望』〔米〕●E・M・フォースター『インドへの道』〔英〕●T・S・エリオット『うつろな人々』〔英〕●I・A・リチャーズ『文芸批評の原理』〔英〕●F・M・フォード『ジョウゼフ・コンラッド――個人的回想』、『パレーズ・エンド』（〜二八、五〇刊）〔英〕●サンドラール『コダック』〔スイス〕●ダヌンツィオ『鎖の火花』（〜二八）〔伊〕●A・マチャード『新しい詩』〔西〕●ムージル『三人の女』〔墺〕●シュニッツラー『令嬢エルゼ』〔墺〕●デーブリーン『山・海・巨人』〔独〕●T・マン『魔の山』〔独〕●カロッサ『ルーマニア日記』〔独〕●ベンヤミン『ゲーテの親和力』（〜二五）〔独〕●ネズヴァル『パントマイム』〔チェコ〕●バラージュ『視覚的人間』〔ハンガリー〕●**ヌシッチ『自叙伝』**〔セルビア〕●**アンドリッチ『短編小説集』**〔セルビア〕●アレクセイ・N・トルストイ『イビクス、あるいはネヴゾーロフの冒険』〔露〕●トゥイニャーノフ『詩の言葉の問題』〔露〕●ショーン・オケーシー《ジュノーと孔雀》初演〔愛〕●A・レイェス『残忍なイピゲネイア』〔メキシコ〕●文芸雑誌「マルティン・フィエロ」創刊（〜二七）〔アルゼンチン〕●ネルーダ『二十の愛の詩と一つの絶望の歌』〔チリ〕●宮沢賢治『春と修羅』〔日〕●築地小劇場創設〔日〕

一九二五年〔五十四歳〕

四月、国際連盟の知的協力委員会に出席、報告を行う。

六月、ピエール・ルイス死去。「レ・ヌーヴェル・リテレール」誌に追悼文を寄せる。

十月、アンリ・ブレモン神父がアカデミー・フランセーズで「純粋詩」と題する報告を行ない、いわゆる純粋詩論争のきっかけとなる。

十一月、アカデミー・フランセーズ会員に選出される。

秋、「コメルス」誌に散文詩三篇「ABC」が掲載される（未完の散文詩集『アルファベット *Alphabet*』の一部をなす）。

▼ロカルノ条約調印〔欧〕●M・モース『贈与論』〔仏〕●ジッド『贋金づくり』〔仏〕●ラルボー『罰せられざる悪徳・読書――英語の領域』〔仏〕●F・モーリヤック『愛の砂漠』〔仏〕●**ルヴェルディ**『**海の泡**』、『大自然』〔仏〕●チャップリン『黄金狂時代』〔米〕●「ニューヨーカー」創刊〔米〕●S・アンダーソン『黒い笑い』〔米〕●キャザー『教授の家』〔米〕●ドライサー『アメリカの悲劇』〔米〕●ドス・パソス『マンハッタン乗換駅』〔米〕●フィッツジェラルド『偉大なギャツビー』〔米〕●ルース『殿方は金髪がお好き』〔米〕●ホワイトヘッド『科学と近代世界』〔英〕●A・ウェイリー『源氏物語』英訳（～三三）〔英〕●**コンラッド**『**サスペンス**』〔英〕●V・ウルフ『ダロウェイ夫人』〔英〕●O・ハックスリー『くだらぬ本』〔英〕●クロフツ『フレンチ警部最大の事件』〔英〕●R・ノックス『陸橋殺人事件』〔英〕●H・リード『退却』〔英〕●サンドラール『金』〔スイス〕●ラミュ『天空の喜び』〔スイス〕●モンターレ『烏賊の骨』〔伊〕●ピカソ《三人の踊り子》〔西〕●アソリン『ドニャ・イネス』〔西〕●オルテガ・イ・ガ

セー『芸術の非人間化』〔西〕●カフカ『審判』〔独〕●ツックマイアー『楽しきぶどう山』〔独〕●クルティウス『新しいヨーロッパにおけるフランス精神』〔独〕●フォスラー『言語における精神と文化』〔独〕●フロンスキー『故郷』、『クレムニツァ物語』〔スロヴァキア〕●エイゼンシュテイン《戦艦ポチョムキン》〔露〕●アレクセイ・N・トルストイ『五人同盟』〔露〕●シクロフスキー『散文の理論』〔露〕●M・アスエラ『償い』〔メキシコ〕●ボルヘス『異端審問』〔アルゼンチン〕●梶井基次郎『檸檬』〔日〕

一九二六年［五十五歳］

一月、フレデリック・ルフェーヴルとの対談録『ポール・ヴァレリーとの対談 *Entretiens avec Paul Valéry*』刊行。

二月、『魅惑』再版（十二月に改訂版）刊行。

三月、断章集『ロンブ *Rhumbs*』刊行（のちに『テル・ケル *Tel Quel*』所収）。

四月、ナルシス詩篇群を一巻にまとめた『ナルシス *Narcisse*』（「ナルシス語る」の「ラ・コンク」誌版と『旧詩帖』版および「ナルシス断章」全三断章）がストルス社から刊行。「旧詩数篇 Quelques vers anciens」が同社から刊行され、『旧詩帖』増補版に収録される。「カピトール」誌がヴァレリー特集号を編む。

六月、断章集『アナレクタ *Analecta*』刊行（のちに『テル・ケル』所収）。

七月、ジュネーヴにおける知的協力委員会に出席。

九月、レマン湖のほとりに滞在中、「ナルシス断章」の翻訳を終えたリルケが来訪、これが最後の出会いとなる。十二月、リルケ死去。

十一月、ヴァレリー自身のエッチングを添えた『海辺の墓地』刊行（ロナルド・デイヴィス社）。

十二月、「失われた詩　Poésie perdue」が「ラ・ルヴュ・ド・フランス」誌に掲載（のちに『テル・ケル』所収）。

テスト氏関連の文章を集めた合本『テスト氏』刊行。

▼炭鉱ストから、他産業労働者によるゼネストへ発展するも失敗〔英〕▼ポアンカレの挙国一致内閣成立〔仏〕▼モロッコとの戦争終結〔西〕▼ドイツ、国際連盟に加入〔独〕▼ピウスツキのクーデター〔ポーランド〕▼蔣介石による上海クーデター、国共分裂へ〔中〕▼トロツキー、ソ連共産党から除名される〔露〕●J・ルノワール『女優ナナ』〔仏〕●コクトー『オルフェ』〔仏〕●ルヴェルディ『人間の肌・大衆小説』〔仏〕●ジッド『一粒の麦もし死なずば』、『贋金つかい』〔仏〕●ベルナノス『悪魔の陽の下に』〔仏〕●アラゴン『パリの農夫』〔仏〕●マルロー『西欧の誘惑』〔仏〕●コレット『シェリの最後』〔仏〕●ゴダード、液体燃料ロケットの飛翔実験に成功〔米〕●世界初のSF専門誌「アメージング・ストーリーズ」創刊〔米〕●ヘミングウェイ『日はまた昇る』〔米〕●キャザー『不倶戴天の敵』〔米〕●フォークナー『兵士の報酬』〔米〕●ナボコフ『マーシェンカ』〔米〕●オニール《偉大な神ブラウン》初演〔米〕●T・E・ロレンス『知恵の七柱』〔英〕●D・H・ロレンス『翼ある蛇』〔英〕●クリスティ『アクロイド殺人事件』〔英〕●サンドラール『モラヴァジーヌ』、『危険な生活讃』、『映画入門』〔スイス〕●ラミュ『山の大いなる恐怖』〔スイス〕●フィレンツェのパレンティ社、文芸誌「ソラーリア」を発刊（〜三四）〔伊〕●**バリェ＝インクラン**『故人の三つ揃い』、『**独裁者ティラン・バンデラス　灼熱の地の小説**』〔西〕●G・ミロー『ハンセン病の司教』〔西〕●ゴメス・デ・ラ・セルナ『闘牛士カラーチョ』〔西〕●シュニッツラー『夢の物語』〔墺〕●フリッツ・ラング『メトロポリス』〔独〕●クラーゲス『ニーチェの心理学的業績』〔独〕●カフカ『城』〔独〕●ヤーコブソン、マテジウスらと〈プラハ言語学サークル〉を創設〔チェコ〕●コストラーニ・デジェー『エーデシュ・アン

ナ』［ハンガリー］●バーベリ『騎兵隊』［露］●グイラルデス『ドン・セグンド・ソンブラ』［アルゼンチン］●アルルト『怒りの玩具』［アルゼンチン］●高柳健次郎、ブラウン管を応用した世界初の電子式テレビ受像機を開発［日］

一九二七年［五十六歳］

一月、ヴァレリー自身のエッチング挿画を添えた『ロンブ』がエクセルシオール社から刊行。「海 Mers」が「ラ・ルヴュ・ド・フランス」誌に掲載（のちに『テル・ケル』所収）。

四月、ジャン・ロワイエールの『マラルメ』論に「マラルメについての手紙 Lettre sur Mallarmé」を寄せる。また「私はどのように詩に回帰したか Comment je revins à la Poésie」（のちの「大公と若きパルク Le Prince et la Jeune Parque」）が「政治文学年報（レ・ザナル・ポリティック・エ・リテレール）」誌に掲載される。

五月、母ファニー死去（九十六歳）。

同月、断章集『続ロンブ *Autres Rhumbs*』刊行（のちに『テル・ケル』所収）。

六月、アカデミー・フランセーズ会員就任演説。

▼金融恐慌始まる［日］●ベルクソン、ノーベル文学賞受賞［仏］●モラン『生きている仏陀』［仏］●ボーヴ『あるかなしかの町』［仏］●ギユー『民衆の家』［仏］●ラルボー『黄・青・白』［仏］●F・モーリヤック『テレーズ・デスケルー』［仏］●クローデル『百扇帖』、『朝日の中の黒い鳥』［仏］●**ルヴェルディ『毛皮の手袋』**［仏］●リンドバーグ、世界初の大西洋横断単独無着陸飛行を達成［米］●世界初のトーキー映画『ジャズ・シンガー』が公開に［米］●ヘミングウェイ『女のいない男たち』［米］●キャ

ザー『大司教に死来る』〔米〕●フォークナー『蚊』〔米〕●アプトン・シンクレア『石油！』〔米〕●V・ウルフ『灯台へ』〔英〕●リース『左岸、ボヘミアン風のパリのスケッチ』〔英〕●E・M・フォースター『小説の諸相』〔英〕●サンドラール『プラン・ド・レギュイユ』〔スイス〕●ラミュ『地上の美』〔スイス〕●ギュスターヴ・ルー『さようなら』〔スイス〕●バッケッリ『ポンテルンゴの悪魔』〔伊〕●パオロ・ヴィタ＝フィンツィ『偽書撰』（／三一）〔伊〕●「一九二七年世代」と呼ばれる作家グループ、活動活発化〔西〕●バリェ＝インクラン『奇跡の宮廷』、『大尉の娘』〔西〕●S・ツヴァイク『感情の惑乱』、『人類の星の時間』〔墺〕●ロート『果てしなき逃走』〔墺〕●ラング『メトロポリス』〔独〕●ハイデガー『存在と時間』〔独〕●カフカ『アメリカ』〔独〕●ヘッセ『荒野の狼』〔独〕●マクシモヴィッチ『幼年時代の園』〔セルビア〕●フロンスキー『クロコチの黄色い家』〔スロヴァキア〕●アレクセイ・N・トルストイ『技師ガーリンの双曲面体』〔露〕●ザミャーチン『われら』〔露〕●オレーシャ『羨望』〔露〕●プラトーノフ『土台穴』〔露〕●A・レイェス『ゴンゴラに関する諸問題』〔メキシコ〕●芥川龍之介、自殺〔日〕

一九二八年〔五十七歳〕

一月、紆余曲折のあったカトリーヌ・ポッジとの関係に終止符が打たれる。

二月、ソルボンヌ大学におけるギュスターヴ・コーエンの『海辺の墓地』講義を聴講。

六月、イダ・ルビンシュタインとアルチュール・オネゲルとともに音楽劇（メロドラマ）「アンフィオン」の構想を話し合う。

七月、ジュネーヴでの知的協力委員会の議長をつとめる（議題は「翻訳について」）。

八月、詩論集『詩（ポエジー）　詩論と詩人についてのエッセー *Poësie. Essais sur la poëtique et le poëte*』刊行。「純粋詩　講演のための覚書 Poésie pure. Notes pour une conférence」を含む「詩人の手帖 Calepin d'un poète」は同書初出。
十一月、「詩話 Porpos sur la poésie」が「コンフェレンシア」誌に掲載される。

▼第一次五カ年計画を開始〔露〕▼大統領選に勝ったオブレゴンが暗殺〔メキシコ〕●ラヴェル《ボレロ》〔仏〕●ブニュエル／ダリ『アンダルシアの犬』〔仏〕●ブルトン『ナジャ』、『シュルレアリスムと絵画』〔仏〕●ルヴェルディ『跳ねるボール』〔仏〕●J・ロマン『肉体の神』〔仏〕●マルロー『征服者』〔仏〕●サン＝テグジュペリ『南方郵便機』〔仏〕●モラン『黒魔術』〔仏〕●バタイユ『眼球譚』〔仏〕●**P＝J・ジューヴ『カトリーヌ・クラシャの冒険』**（〜三二）〔仏〕●バシュラール『近似的認識に関する試論』〔仏〕●CIAM（近代建築国際会議）開催（〜五九）〔欧〕●ガーシュイン《パリのアメリカ人》〔米〕●オニール《奇妙な幕間狂言》初演〔米〕●D・H・ロレンス『チャタレイ夫人の恋人』〔英〕●ヴァン・ダイン『探偵小説二十則』、『グリーン家殺人事件』〔米〕●ナボコフ『キング、クィーンそしてジャック』〔米〕●V・ウルフ『オーランドー』〔英〕●O・ハックスリー『対位法』〔英〕●ウォー『大転落』〔英〕●R・ノックス『ノックスの十戒』〔英〕●リース『ポーズ』〔英〕●サンドラール『白人の子供のための黒人のお話』〔スイス〕●マンツィーニ『魅せられた時代』〔伊〕●バリェ＝インクラン『御主人、万歳』〔西〕●G・ミロー『歳月と地の隔たり』〔西〕●シュピッツァー『文体研究』〔墺〕●シュニッツラー『テレーゼ』〔墺〕●フッサール『内的時間意識の現象学』〔独〕●ベンヤミン『ドイツ悲劇の根源』〔独〕●S・ゲオルゲ『新しい国』〔独〕●E・ケストナー『エーミルと探偵団』〔独〕●ブレヒト《三文オペラ》初演〔独〕●ウンセット、ノーベル文学賞受賞〔ノルウェー〕●アレクセイ・N・トルストイ『まむし』〔露〕●イェイツ『塔』〔愛〕●ショーロホフ『静かなドン』（〜四〇）〔露〕●グスマン『鷲と蛇』〔メキシコ〕●ガルベス『パラグアイ戦争の情景』（〜二九）〔アルゼンチン〕

一九二九年〔五十八歳〕

九月、アランによる『魅惑』注解に序文を寄せる（『『魅惑』の注解 Commenatire de *Charmes*』）。

断章集『文学 *Littérature*』刊行（のちに『テル・ケル』所収）。

十一月、アインシュタインの講演会を聴きに行く。

十月、断章集『続集 *Suite*』刊行（のちに『テル・ケル』所収）。

十二月、『ヴァリエテ　II』刊行。

▼十月二十四日ウォール街株価大暴落、世界大恐慌に●学術誌「ドキュマン」創刊（編集長バタイユ、〜三〇）〔仏〕●クローデル『繻子の靴』〔仏〕●J・ロマン『船が……』〔仏〕●ジッド『女の学校』（〜三六）〔仏〕●コクトー『恐るべき子供たち』〔仏〕●**ルヴェルディ『風の泉、一九一五－一九二九』**、**『ガラスの水たまり』**〔仏〕●ダビ『北ホテル』〔仏〕●ユルスナール『アレクシあるいは空しい戦いについて』〔仏〕●コレット『第二の女』〔仏〕●ジロドゥー『アンフィトリオン三八』〔仏〕●ニューヨーク近代美術館開館〔米〕●ヘミングウェイ『武器よさらば』〔米〕●フォークナー『響きと怒り』、『サートリス』〔米〕●ヴァン・ダイン『僧正殺人事件』〔米〕●ナボコフ『チョールブの帰還』〔米〕●D・H・ロレンス『死んだ男』〔英〕●E・シットウェル『黄金海岸の習わし』〔英〕●H・グリーン『生きる』〔英〕●ラミュ『葡萄栽培者たちの祭』〔スイス〕●モラーヴィア『無関心な人々』〔伊〕●ゴメス・デ・ラ・セルナ『人間もどき』〔西〕●リルケ『若き詩人への手紙』〔墺〕●**S・ツヴァイク**『ジョゼフ・フーシェ』、**『過去への旅』**〔墺〕●ミース・ファン・デル・ローエ《バルセロナ万国博覧会のドイツ館》〔独〕●デーブリーン『ベルリン・アレクサンダー広場』〔独〕●レ

マルク『西部戦線異状なし』〔独〕●アウエルバッハ『世俗詩人ダンテ』〔独〕●クラーゲス『心情の敵対者としての精神』（〜三三）〔独〕●アンドリッチ『ゴヤ』〔セルビア〕●ツルニャンスキー『流浪』〔セルビア〕●フロンスキー『蜜の心』〔スロヴァキア〕●アレクセイ・N・トルストイ『ピョートル一世』（〜四五）〔露〕●ヤシェンスキ『パリを焼く』〔露〕●**グスマン『ボスの影』**〔メキシコ〕●ガジェゴス『ドニャ・バルバラ』〔ベネズエラ〕●ボルヘス『サン・マルティンの手帖』〔アルゼンチン〕●小林多喜二『蟹工船』〔日〕

一九三〇年〔五十九歳〕

四月、散文詩「水浴 Le Bain」が「ラ・ルヴュ・デュ・メドゥサン」誌に掲載（未完の散文詩集『アルファベット』の一篇）。

六月、ヴァレリー自身のエッチングとデッサンを添えた断章集『言わざりしこと *Choses tues*』刊行。

▼ロンドン海軍軍縮会議〔英・米・仏・伊・日〕▼国内失業者が千三百万人に〔米〕▼プリモ・デ・リベーラ辞任。ベレンゲール将軍の「やわらかい独裁」開始〔西〕●ブニュエル／ダリ『黄金時代』〔仏〕●ルネ・クレール『パリの屋根の下』〔仏〕●コクトー『阿片』〔仏〕●**ルヴェルディ『白い石』**、『危険と災難』〔仏〕●マルロー『王道』〔仏〕●コレット『シド』〔仏〕●S・ルイス、ノーベル文学賞受賞〔米〕●フォークナー『死の床に横たわりて』〔米〕●ドス・パソス『北緯四十二度線』〔米〕●マクリーシュ『新天地』〔米〕●ハメット『マルタの鷹』〔米〕●ナボコフ『ルージンの防御』〔米〕●H・クレイン『橋』〔米〕●J・M・ケイン『われらの政府』〔米〕●D・H・ロレンス『黙示録論』〔英〕●**セイヤーズ『ストロング・ポイズン』**〔英〕●E・シットウェル『アレグザンダー・ポープ』〔英〕●W・エンプソン『曖昧の七つの型』〔英〕●カワード『私生活』〔英〕●リース『マッケンジー氏と別れてから』〔英〕●サンドラール『ラム』〔スイス〕●アルヴァーロ『アスプロモンテの人々』〔伊〕●シローネ『フォンタマーラ』〔伊〕

●プラーツ『肉体と死と悪魔』［伊］●オルテガ・イ・ガセー『大衆の反逆』［西］●A・マチャード、M・マチャード『ラ・ローラは港へ』［西］●フロイト『文化への不満』［墺］●ムージル『特性のない男』（～四三、五二）［墺］●ヘッセ『ナルチスとゴルトムント』［独］●T・マン『マーリオと魔術師』［独］●ブレヒト《マハゴニー市の興亡》初演［独］●クルティウス『フランス文化論』［独］●**アイスネル『恋人たち』**［チェコ］●エリアーデ『イサベルと悪魔の水』［ルーマニア］●マクシモヴィッチ『緑の騎士』［セルビア］●フロンスキー『勇敢な子ウサギ』［スロヴァキア］●T・クリステンセン『打っ壊し』［デンマーク］●ブーニン『アルセーニエフの生涯』［露］●アストゥリアス『グアテマラ伝説集』［グアテマラ］●ボルヘス『エバリスト・カリエゴ』［アルゼンチン］

一九三一年［六十歳］

一月、アカデミー・フランセーズにてペタン元帥を新会員に迎える答辞演説をする。

三月、『芸術論集 *Pièces sur l'art*』刊行。

五月、断章集『倫理的考察（モラリテ） *Moralités*』刊行（のちに『テル・ケル』所収）。

六月、オネゲルと共作の音楽劇（メロドラマ）『アンフィオン *Amphion*』、パリのオペラ座で初演。

七月、文明論集『現代世界の考察 *Regards sur le monde actuel*』刊行。

十月、ルネ・ヴォーティエによるヴァレリーの胸像がサロン・ドートンヌに出品。ヴァレリーはこの女性彫刻家への片恋に苦しむ。

▼アル・カポネ、脱税で収監［米］▼金本位制停止。ウェストミンスター憲章を可決、イギリス連邦成立［英］▼スペイン革命、

共和政成立〔西〕●デュジャルダン『内的独白』〔仏〕●ニザン『アデン・アラビア』〔仏〕●ギユー『仲間たち』〔仏〕●サン＝テグジュペリ『夜間飛行』（フェミナ賞受賞）〔仏〕●ダビ『プチ・ルイ』〔仏〕●**G・ルブラン『回想』**〔仏〕●キャザー『岩の上の影』〔米〕●フォークナー『サンクチュアリ』〔米〕●ドライサー『悲劇のアメリカ』〔米〕●オニール《喪服の似合うエレクトラ》初演〔米〕●フィッツジェラルド『バビロン再訪』〔米〕●ハメット『ガラスの鍵』〔米〕●E・ウィルソン『アクセルの城』〔米〕●V・ウルフ『波』〔英〕●H・リード『芸術の意味』〔英〕●サンドラール『今日』〔スイス〕●パオロ・ヴィタ＝フィンツィ『偽書撰』〔伊〕●ケストナー『ファビアン』、『点子ちゃんとアントン』、『五月三十五日』〔独〕●H・ブロッホ『夢遊の人々』（～三二）〔独〕●ツックマイアー『ケーペニックの大尉』〔独〕●ヌシッチ『大臣夫人』〔セルビア〕●**アンドリッチ『短編小説集二』**〔セルビア〕●フロンスキー『パン』〔スロヴァキア〕●カールフェルト、ノーベル文学賞受賞〔スウェーデン〕●ボウエン『友人と親戚』〔愛〕●バーベリ『オデッサ物語』〔露〕●クルバック『ゼルメニャン家』〔イディッシュ〕●グスマン『民主主義の冒険』〔メキシコ〕●O・オカンポ、「スール」を創刊〔アルゼンチン〕●アグノン『嫁入り』〔イスラエル〕●ヘジャーズィー『ズィーバー』〔イラン〕

一九三二年〔六十一歳〕

一月、「小抽象詩 Petits poèmes abstraits」四篇が「ラ・ルヴュ・ド・フランス」誌に掲載される（『メランジュ』所収の「瞑想」を含む）。

三月、『固定観念 *L'Idée fixe*』刊行。

四月、ソルボンヌ大学における講演「ゲーテ頌 Discours en l'honneur de Gœthe」。

五月、フランクフルトで開かれた国際連盟知的協力委員会の第一回談話会に出席（議題は「ゲーテ百年忌記念」）。

六月、オランジュリー美術館におけるマネ展のカタログに序文「マネの勝利 Triomphe de Manet」を寄せる。
▼ジュネーブ軍縮会議〔米・英・日〕▼イエズス会に解散命令、離婚法・カタルーニャ自治憲章・農地改革法成立〔西〕▼総選挙でナチス第一党に〔独〕●J・ロマン『善意の人びと』（〜四七）〔仏〕●F・モーリヤック『蝮のからみあい』〔仏〕●セリーヌ『夜の果てへの旅』〔仏〕●ベルクソン『道徳と宗教の二源泉』〔仏〕●ヘミングウェイ『午後の死』〔米〕●マクリーシュ『征服者』（ピュリッツァー賞受賞）〔米〕●ドス・パソス『一九一九年』〔米〕●**キャザー『名もなき人びと』**〔米〕●フォークナー『八月の光』〔米〕●コールドウェル『タバコ・ロード』〔米〕●フィッツジェラルド『ワルツは私と』〔米〕●E・S・ガードナー『ビロードの爪』（ペリー・メイスン第一作）〔米〕●O・ハックスリー『すばらしい新世界』〔英〕●H・リード『現代詩の形式』〔英〕●シャルル＝アルベール・サングリア『ペトラルカ』〔スイス〕●S・ツヴァイク『マリー・アントワネット』〔墺〕●ホフマンスタール『アンドレアス』〔墺〕●ロート『ラデツキー行進曲』〔墺〕●クルティウス『危機に立つドイツ精神』〔独〕●クルレジャ『フィリップ・ラティノヴィチの帰還』〔クロアチア〕●ドゥーチッチ『都市とキマイラ』〔セルビア〕●ボウエン『北方へ』〔愛〕●ヤシェンスキ『人間は皮膚を変える』（〜三三）〔露〕●M・アスエラ『蛍』〔メキシコ〕●グスマン『青年ミナ――ナバラの英雄』〔メキシコ〕●グイラルデス『小径』〔アルゼンチン〕●ボルヘス『論議』〔アルゼンチン〕

一九三三年〔六十二歳〕

三月、ギュスターヴ・コーエン著『「海辺の墓地」解説試論』刊行に際して「「海辺の墓地」について」を寄せる。

五月、マドリッドで開かれた国際知的協力委員会の第二回談話会に出席（議題は「文化の将来」）。

七月、ニースに設立された地中海大学センターの理事長に就任。

十月、パリで開かれた国際知的協力委員会の第三回談話会の議長をつとめる（議題は「ヨーロッパ精神の将来」）。

十一月、版画家協会で「版画家への小演説 Petit discours aux peintres graveurs」を行なう。

▼ニューディール諸法成立［米］▼スタヴィスキー事件［仏］▼ヒトラー首相就任、全権委任法成立、国際連盟脱退［独］●ルネ・クレール『巴里祭』［仏］●シュルレアリスムの芸術誌「ミノトール」創刊（～三九）［仏］●J・マリタン『キリスト教哲学について』［仏］●J・ロマン『ヨーロッパの問題』［仏］●コレット『牝猫』［仏］●マルロー『人間の条件』（ゴンクール賞受賞）［仏］●デュアメル『パスキエ家年代記』（～四五）［仏］●クノー『はまむぎ』［仏］●〈プレイヤッド〉叢書創刊（ガリマール社）［仏］●J・グルニエ『孤島』［仏］●S・アンダーソン『森の中の死』［米］●N・ウェスト『孤独な娘』［米］●ヘミングウェイ『勝者には何もやるな』［米］●スタイン『アリス・B・トクラス自伝』［米］●オニール『ああ、荒野！』［米］●**V・ウルフ『フラッシュ　ある犬の伝記』**［英］●E・シットウェル『イギリス畸人伝』［英］●H・リード『現代の芸術』［英］●レオン・ボップ『ジャック・アルノーと小説的総体』［スイス］●ブニュエル『糧なき土地』［西］●ロルカ『血の婚礼』［西］●T・マン『ヨーゼフとその兄弟たち』（～四三）［独］●ケストナー『飛ぶ教室』［独］●ゴンブローヴィッチ『成長期の手記』（五七年『バカカイ』と改題）［ポーランド］●シュルツ『肉桂色の店』［ポーランド］●エリアーデ『マイトレイ』［ルーマニア］●フロンスキー『ヨゼフ・マック』［スロヴァキア］●オフェイロン『素朴な人々の住処』［愛］●ブーニン、ノーベル文学賞受賞［露］●西脇順三郎訳『ヂオイス詩集』［日］

一九三四年〔六十三歳〕

二月、「美的無限 L'infini esthétique」が「芸術と医学」誌に掲載される。

五月、オネゲルと共作の音楽劇（メロドラマ）『セミラミス Sémiramis』、パリのオペラ座で初演。

七月、ヴェネツィアで開かれた国際知的協力委員会の第四回談話会に出席（議題は「芸術と現実世界、芸術と国家」）。

▼アストゥリアス地方でコミューン形成、政府軍による弾圧。カタルーニャの自治停止〔西〕▼ヒンデンブルク歿、ヒトラー総統兼首相就任〔独〕▼キーロフ暗殺事件、大粛清始まる〔露〕●ジオノ『世界の歌』〔仏〕●アラゴン『バーゼルの鐘』〔仏〕●ユルスナール『死神が馬車を導く』、『夢の貨幣』〔仏〕●J・ケッセル『私の知っていた男スタビスキー』〔仏〕●モンテルラン『独身者たち』（アカデミー文学大賞）〔仏〕●コレット『言い合い』〔仏〕●H・フォシヨン『形の生命』〔仏〕●ベルクソン『思想と動くもの』〔仏〕●バシュラール『新しい科学的精神』〔仏〕●レリス『幻のアフリカ』〔仏〕●フィッツジェラルド『夜はやさし』〔米〕●H・ミラー『北回帰線』〔米〕●ハメット『影なき男』〔米〕●J・M・ケイン『郵便配達は二度ベルを鳴らす』〔米〕●クリスティ『オリエント急行の殺人』〔英〕●ウォー『一握の塵』〔英〕●セイヤーズ『ナイン・テイラーズ』〔英〕●**H・リード『ユニット・ワン』**〔英〕●M・アリンガム『幽霊の死』〔英〕●リース『闇の中の航海』〔英〕●サンドラール『ジャン・ガルモの秘密の生涯』〔スイス〕●ラミュ『デルボランス』〔スイス〕●ピランデッロ、ノーベル文学賞受賞〔伊〕●アウブ『ルイス・アルバレス・ペトレニャ』〔西〕●ペソア『歴史は告げる』〔ポルトガル〕●S・ツヴァイク『エラスムス・ロッテルダムの勝利と悲劇』〔墺〕●クラーゲス『リズムの本質』〔独〕●デーブリーン『バビロン放浪』〔独〕●エリアーデ『天国からの帰還』〔ルーマニア〕●ヌシッチ『義賊たち』〔セルビア〕●ブリクセ

ン『七つのゴシック物語』〔デンマーク〕●A・レイェス『タラウマラの草』〔メキシコ〕●谷崎潤一郎『文章讀本』〔日〕

一九三五年〔六十四歳〕

一月、「詩の問題 Questions de poésie」が「新フランス評論」に掲載される。

四月、ニースで開かれた国際知的協力委員会の第五回談話会の議長をつとめる（議題は「現代人の形成」）。

十一月、「芸術についての一般概念 Notion générale de l'art」が「新フランス評論」に掲載される。

▼三月、ハーレム人種暴動。五月、公共事業促進局（WPA）設立〔米〕▼アビシニア侵攻（〜三六）〔伊〕▼ブリュッセル万国博覧会〔白〕▼フランコ、陸軍参謀長に就任。右派政権、農地改革改正法（反農地改革法）を制定〔西〕▼ユダヤ人の公民権剝奪〔独〕▼コミンテルン世界大会開催〔露〕●**ギユー『黒い血』**〔仏〕●F・モーリヤック『夜の終り』〔仏〕●ジロドゥー《トロイ戦争は起こらないだろう》初演〔仏〕●ガーシュウィン《ポーギーとベス》〔米〕●ヘミングウェイ『アフリカの緑の丘』〔米〕●フィッツジェラルド『起床ラッパが消灯ラッパ』〔米〕●マクリーシュ『恐慌』〔米〕●キャザー『ルーシー・ゲイハート』〔米〕●フォークナー『標識塔』〔米〕●アレン・レーン、〈ペンギン・ブックス〉発刊〔英〕●セイヤーズ『学寮祭の夜』〔英〕●H・リード『緑の子供』〔英〕●N・マーシュ『殺人者登場』〔英〕●ル・コルビュジエ『輝く都市』〔スイス〕●サンドラール『ヤバイ世界の展望』〔スイス〕●ラミュ『人間の大きさ』、『問い』〔スイス〕●A・マチャード『フアン・デ・マイレナ』（〜三九）〔西〕●オルテガ・イ・ガセー『体系としての歴史』〔西〕●アレイクサンドレ『破壊すなわち愛』〔西〕●アロンソ『ゴンゴラの詩的言語』〔西〕●ホイジンガ『朝の影のなかに』〔蘭〕●デーブリーン『情け容赦なし』〔独〕●カネッティ『眩暈』〔独〕●H・マン『アンリ四世の青春』、『アンリ

四世の完成』（〜三八）〔独〕●ベンヤミン『複製技術時代の芸術作品』〔独〕●ヴィトリン『地の塩』（文学アカデミー金桂冠賞受賞）〔ポーランド〕●ストヤノフ『コレラ』〔ブルガリア〕●アンドリッチ『ゴヤ』〔セルビア〕●パルダン『ヨーアン・スタイン』〔デンマーク〕●ボイエ『木のために』〔スウェーデン〕●マッティンソン『イラクサの花咲く』〔スウェーデン〕●グリーグ『われらの栄光とわれらの力』〔ノルウェー〕●ボウエン『パリの家』〔愛〕●アフマートワ『レクイエム』（〜四〇）〔露〕●シンガー『ゴライの悪魔』〔イディッシュ〕●ボンバル『最後の霧』〔チリ〕●ボルヘス『汚辱の世界史』〔アルゼンチン〕●川端康成『雪国』（〜三七）〔日〕

一九三六年〔六十五歳〕

一月、『ヴァリエテ　III』刊行。

二月、『ドガ・ダンス・デッサン *Degas Danse Dessin*』がアンブロワーズ・ヴォラール社から刊行。

三月、コレージュ・ド・フランス詩学担当教授に立候補、選出される。

六月、ブダペストで開かれた国際知的協力委員会の第六回談話会の議長をつとめる（議題は「新しいヒューマニズムに向けて」）。

▼合衆国大統領選挙でフランクリン・ローズヴェルトが再選〔米〕▼人民戦線内閣成立（〜三八）〔仏〕▼スペイン内戦（〜三九）。オーウェルを含む多数の作家が参戦。ロルカ、スペイン内戦の犠牲者に〔西〕▼スターリンによる粛清（〜三八）〔露〕▼パレスチナでアラブ人の暴動激化（〜三九）〔中東〕▼二・二六事件〔日〕●ジッド、ラスト、ギユー、エルバール、シフラン、ダビとソヴィエトを訪問〔仏〕●J・ディヴィエ『望郷』〔仏〕●F・モーリヤック『黒い天使』〔仏〕●アラゴン『お屋敷町』〔仏〕●セリーヌ『なしくずしの死』〔仏〕●ベルナノス『田舎司祭の日記』〔仏〕●ユルスナール『火』〔仏〕●チャップリン『モダン・タイムス』〔米〕●オニール、ノー

ベル文学賞受賞［米］●ミッチェル『風と共に去りぬ』［米］●H・ミラー『暗い春』［米］●ドス・パソス『ビッグ・マネー』［米］●キャザー『現実逃避』、『四十歳以下でなく』［米］●フォークナー『アブサロム、アブサロム！』［米］●J・M・ケイン『倍額保険』［米］●クリスティ『ABC殺人事件』［英］●O・ハックスリー『ガザに盲いて』［英］●M・アリンガム『判事への花束』［英］●C・S・ルイス『愛のアレゴリー』［英］●出版社兼ブッククラブ、ギルド・デュ・リーヴル社設立（～七八）［スイス］●サンドラール『ハリウッド』［スイス］●ラミュ『サヴォワの青年』［スイス］●ダヌンツィオ『死を試みたガブリエーレ・ダンヌンツィオの秘密の書、一〇〇、一〇〇、一〇〇、一〇〇のページ』（アンジェロ・コクレス名義）［伊］●シローネ『パンとぶどう酒』［伊］●A・マチャード『フアン・デ・マイレーナ』［西］●ドールス『バロック論』［西］●S・ツヴァイク『カステリョ対カルヴァン』［墺］●レルネト＝ホレーニア『バッゲ男爵』［墺］●フッサール『ヨーロッパ諸科学の危機と超越論的現象学』（未完）［独］●K・チャペック『山椒魚戦争』［チェコ］●ネーメト・ラースロー『罪』［ハンガリー］●エリアーデ『クリスティナお嬢さん』［ルーマニア］●アンドリッチ『短篇小説集三』［セルビア］●ラキッチ『詩集』［セルビア］●クルレジャ『ペトリツァ・ケレンプーフのバラード』［クロアチア］●シンガー『アシュケナジ兄弟』［イディッシュ］●ボルヘス『永遠の歴史』［アルゼンチン］

一九三七年［六十六歳］

一月、アナール大学で講演「詩の必要 Nécessité de la poésie」を行なう（翌年二月「コンフェレンシア」誌掲載）。

七月、パリで開かれた国際知的協力委員会の第八回談話会の議長をつとめる（議題は「文芸の差し迫る運命」）。

同月、ソルボンヌ大学で催された第九回国際哲学学会において講演「デカルト」を行なう。

十月、コレージュ・ド・フランス詩学担当教授に任命され、十二月に第一回講義を行なう（以後、一九四五年に死去するまで八年間にわたり講義を担う)。初回講義に来ていたジャンヌ・ロヴィトン(筆名ジャン・ヴォワリエ)とまもなく愛人関係になる。以後、ヴァレリーは死ぬまでこの女性に多数の詩を捧げる(未完詩集『コロナ/コロニラ *Corona & Coronilla*』)。

十二月、『人と貝殻 *L'Homme et la Coquille*』刊行。

▼ヒンデンブルグ号爆発事故〔米〕▼イタリア、国際連盟を脱退〔伊〕▼フランコ、総統に就任〔西〕●ルノワール『大いなる幻影』〔仏〕●ブルトン『狂気の愛』〔仏〕●マルロー『希望』〔仏〕●**ルヴェルディ『屑鉄』**〔仏〕●カロザース、ナイロン・ストッキングを発明〔米〕●E・スノー『中国の赤い星』〔米〕●スタインベック『二十日鼠と人間』〔米〕●W・スティーヴンズ『青いギターの男』〔米〕●ヘミングウェイ『持つと持たぬと』〔米〕●J・M・ケイン『セレナーデ』〔米〕●ナボコフ『賜物』(〜三八)〔米〕●ホイットル、ターボジェット(ジェットエンジン)を完成〔英〕●**V・ウルフ『歳月』**〔英〕●セイヤーズ『忙しい蜜月旅行』〔英〕●E・シットウェル『黒い太陽の下に生く』〔英〕●フォックス『小説と民衆』〔英〕●コードウェル『幻影と現実』〔英〕●ル・コルビュジエ『伽藍が白かったとき』〔スイス〕●アルベール・ベガン『ロマン的魂と夢』〔スイス〕●ギ・ド・プルタレス『奇跡の漁』〔スイス/仏〕●ピカソ《ゲルニカ》〔西〕●デーブリーン『死のない国』〔独〕●ゴンブローヴィッチ『フェルディドゥルケ』〔ポーランド〕●シュルツ『砂時計サナトリウム』〔ポーランド〕●エリアーデ『蛇』〔ルーマニア〕●ブリクセン『アフリカ農場』〔デンマーク〕●メアリー・コラム『伝統と始祖たち』〔愛〕●A・レイェス『ゲーテの政治思想』〔メキシコ〕●パス『お前の明るき影の下で』、『人間の根』〔メキシコ〕

一九三八年〔六十七歳〕

エミール・ヌーレ著『ポール・ヴァレリー』に「ある詩篇の思い出断章 Fragments des mémoires d'un poème」を寄せる。

三月、兄ジュール死去。

四月、作曲家ジェルメーヌ・タイユフェールと『ナルシスのカンタータ *Cantate du Narcisse*』共同制作について語り合う。

八月、ド・ベアーグ伯爵夫人の別荘「ラ・ポリネジー」滞在中に執筆、十月末に脱稿。

十月、パリにおける美学芸術国際大会で「美学についての講演 Discours sur l'esthétique」を行なう。

十月、パリ医学部における外科学会開会式で「外科医への演説 Discours aux chirurgiens」を行なう。

十一月、『ヴァリエテ IV』刊行。

十二月、『象徴主義の存在 *Existence du Symbolisme*』刊行。

▼ブルム内閣総辞職、人民戦線崩壊［仏］▼ミュンヘン会談［英・仏・伊・独］▼「水晶の夜」［独］▼ドイツ、ズデーテンに進駐［東欧］

▼レトロマンス語を第四の国語に採択［スイス］▼「絶対中立」の立場に戻り、国際連盟離脱［スイス］●カルネ『霧の波止場』［仏］

●サルトル『嘔吐』［仏］●ラルボー『ローマの色』［仏］●ユルスナール『東方綺譚』［仏］●バシュラール『科学的精神の形成』、『火の精神分析』［仏］●ヘミングウェイ『第五列と最初の四十九短編』［米］●E・ウィルソン『三重の思考者たち』［米］●ヒッチコック『バルカン超特急』［英］●V・ウルフ『三ギニー』［英］●G・グリーン『ブライトン・ロック』［英］●コナリー『嘱望の仇敵』［英］●オーウェル『カタロニア賛歌』［英］●ラミュ『もし太陽が戻らなかったら』［スイス］●バッケッリ『ポー川の水車小屋』（～四〇）［伊］●ホイジンガ『ホモ・ルーデンス』［蘭］●デーブリーン『青い虎』［独］●エリアーデ『天国における結婚』［ルーマニア］●**ヌシッチ『故人』**［セルビア］

●クルレジャ『理性の敷居にて』、『ブリトヴァの宴会』（～六三）［クロアチア］●ベケット『マーフィ』［愛］●ボウエン『心情の死滅』［愛］

●グスマン『パンチョ・ビジャの思い出』（～四〇）［メキシコ］●ロサダ出版創設［アルゼンチン］

一九三九年［六十八歳］

二月、《ナルシスのカンタータ》、作詞家・作曲家・音楽出版社協会にて初演。

三月、オックスフォード大学で講演「詩と抽象的思考 Poésie et Pensée abstraite」を行なう。

六月、「語らい（二つのフルートのために）Colloque (pour deux flûtes)」が「新フランス評論」掲載（のちに『メランジュ』所収）。

翌年、フランシス・プーランクがこの詩にメロディーをつける。

九月、第二次世界大戦勃発。ヴァレリー一家はル・メニルに移る。

九月三十日、**『メランジュ** *Mélange*』初版豪華版（百部限定）がフランス自動車クラブ愛書家社から刊行。

▼第二次世界大戦勃発［欧］●カルネ『陽は昇る』［仏］●P・シュナル『最後の曲がり角』［仏］●ジロドゥー『オンディーヌ』［仏］●ジッド『日記』（〜五〇）［仏］●サン＝テグジュペリ『人間の大地』（アカデミー小説大賞）［仏］●ドリュ・ラ・ロシェル『ジル』［仏］●ユルスナール『とどめの一撃』［仏］●サロート『トロピスム』［仏］●スタインベック『怒りのぶどう』［米］●ドス・パソス『ある青年の冒険』［米］●オニール『氷屋来たる』［米］●チャンドラー『大いなる眠り』［米］●W・C・ウィリアムズ『全詩集 一九〇六－一九三八』［米］●クリスティ『そして誰もいなくなった』［英］●リース『真夜中よ、こんにちは』［英］●エドモン＝アンリ・クリジネル『眠らぬ人』［スイス］●ホセ・オルテガ・イ・ガセー、ブエノスアイレスに亡命［西］●パノフスキー『イコノロジー研究』［独］●デーブリーン『一九一八年十一月。あるドイツの革命』（〜五〇）［独］●T・マン『ヴァイマルのロッテ』［独］●ジョイス『フィネガンズ・ウェイク』［愛］●F・オブライエン『スイム・トゥー・バーズにて』［愛］●セゼール『帰郷ノート』［中南米］●スダメリカナ出版創設。エメセー出版社創設［アルゼンチン］

一九四〇年［六十九歳］

四－五月、重度の気管支炎のためマルメゾンの療養所に入院。退院後、家族とともに英仏海峡のディナールに避難。

六月、パリ陥落。ペタン元帥の演説をラジオで聞いて落涙する。

七月、『わがファウスト *Mon Faust*』執筆開始。

九月、パリに戻る。

▼ドイツ軍、パリ占領。ヴィシー政府成立［仏・独］▼トロツキー、メキシコで暗殺される［露］▼日独伊三国軍事同盟［伊・独・日］●サルトル『想像力の問題』［仏］●バシュラール『否定の哲学』［仏］●ルヴェルディ『満杯のコップ』［仏］●チャップリン『独裁者』［米］●ヘミングウェイ『誰がために鐘は鳴る』、《第五列》初演［米］●キャザー『サファイラと奴隷娘』［米］●J・M・ケイン『横領者』［米］●マッカラーズ『心は孤独な狩人』［米］●チャンドラー『さらば愛しき人よ』［米］●e・e・カミングズ『五十詩集』［米］●E・ウィルソン『フィンランド駅へ』［米］●クライン『ユダヤ人も持たざるや』［カナダ］●プラット『ブレブーフとその兄弟たち』［カナダ］●フローリーとチェイン、ペニシリンの単離に成功［英・豪］●G・グリーン『権力と栄光』［英］●ケストラー『真昼の暗黒』［英］●H・リード『アナキズムの哲学』、『無垢と経験の記録』［英］●A・リヴァ『雲をつかむ』［スイス］●エリアーデ『ホーニヒベルガー博士の秘密』、『セランポーレの夜』［ルーマニア］●フロンスキー『グラーチ書記』、『在米スロヴァキア移民を訪ねて』［スロヴァキア］●エリティス『定位』［ギリシア］●ビオイ・カサーレス『モレルの発明』［アルゼンチン］●織田作之助『夫婦善哉』［日］●太宰治『走れメロス』［日］

一九四一年〔七十歳〕

一月、ベルクソン死去。アカデミー・フランセーズを代表して追悼演説を行なう。

同月、「ナルシスのカンタータ」、「新フランス評論」誌復刊第二号に再掲載。

三月、ヴィシー政府により、地中海大学センター理事長を解任される。

五月、『メランジュ』増補普及版、ガリマール社から刊行。

同月、『テル・ケル *Tel Quel*』刊行。『「わがファウスト」のための習作（エチュード） *Études pour « Mon Faust »*』刊行。

九月、マルセイユにて「「ナルシス」詩篇について Sur les « Narcisse »」の談話を行なう。

▼六月二十二日、独ソ戦開始〔独・露〕▼十二月八日、日本真珠湾攻撃、米国参戦〔日・米〕●アンリ・プラ『三月の風』〔仏〕●ラルボー『罰せられざる悪徳・読書――フランス語の領域』〔仏〕●シーボーグ、マクミランら、プルトニウム238を合成〔米〕●白黒テレビ放送開始〔米〕●O・ウェルズ『市民ケーン』〔米〕●I・バーリン《ホワイト・クリスマス》〔米〕●E・フロム『自由からの逃走』〔米〕●フィッツジェラルド『ラスト・タイクーン』（未完）〔米〕●**J・M・ケイン『ミルドレッド・ピアース 未必の故意』**〔米〕●ナボコフ『セバスチャン・ナイトの真実の生涯』〔米〕●V・ウルフ『幕間』〔英〕●ケアリー『馬の口から』（～四四）〔英〕●ヴィットリーニ『シチリアでの会話』〔伊〕●パヴェーゼ『故郷』〔伊〕●レルネト＝ホレーニア『白羊宮の火星』〔墺〕●ブレヒト《肝っ玉おっ母とその子供たち》チューリヒにて初演〔独〕●M・アスエラ『新たなブルジョワ』〔メキシコ〕●パス『石と花の間で』〔メキシコ〕●ボルヘス『八岐の園』〔アルゼンチン〕

一九四二年〔七十一歳〕

一月、自由地区に避難していたラジオ＝パリ・オーケストラによる『ナルシスのカンタータ』の演奏がマルセイユのラジオ局で放送される。

五月、『詩集 *Poésies*』刊行。『メランジュ』所収の詩四篇「語らい（二つのフルートのために）」「災厄」「うわのそらの女」「雪」を「拾遺詩篇 Pièces diverses」として収録。

九月、『邪念その他 *Mauvaises pensées et autres*』刊行。十二月、モーリス・ブランショが「デバ」紙の時評欄でこの作品を論じる。

秋から年末にかけて、ウェルギリウス『牧歌』の韻文訳（traduction en vers des *Bucoliques* de Virgile）に取り組む。

この年、ジャン・ヴォワリエ著『無防備都市 *Ville ouverte*』がヴァレリーのリトグラフを添えて刊行。

▼エル・アラメインの戦い〔欧・北アフリカ〕▼ミッドウェイ海戦〔日・米〕▼スターリングラードの戦い（〜四三）〔独・ソ〕●ギユー『夢のパン』（ポピュリスト賞受賞）〔仏〕●サン＝テグジュペリ『戦う操縦士』〔仏〕●カミュ『異邦人』、『シーシュポスの神話』〔仏〕●ポンジュ『物の味方』〔仏〕●エリュアール『詩と真実』〔仏〕●バシュラール『水と夢』〔仏〕●E・フェルミら、シカゴ大学構内に世界最初の原子炉を建設〔米〕●チャンドラー『高い窓』〔米〕●ベロー『朝のモノローグ二題』〔米〕●J・M・ケイン『美しき故意のからくり』〔米〕●S・ランガー『シンボルの哲学』〔米〕●V・ウルフ『蛾の死』〔英〕●T・S・エリオット『四つの四重奏』〔英〕●E・シットウェル『街の歌』〔英〕●ウンガレッティ『喜び』〔伊〕●**S・ツヴァイク**『昨日の世界』、『**チェス奇譚**』〔墺〕●ゼーガース『第七の十字架』、『トランジット』（〜四四）〔独〕

●ブリクセン『冬の物語』〔デンマーク〕●A・レイェス『文学的経験について』〔メキシコ〕●パス『世界の岸辺で』、『孤独の詩、感応の詩』〔メキシコ〕●ボルヘス＝ビオイ・カサーレス『ドン・イシドロ・パロディ　六つの難事件』〔アルゼンチン〕●郭沫若『屈原』〔中〕

一九四三年〔七十二歳〕

六月、《ナルシスのカンタータ》、リヨンのセレスタン劇場で上演（ジーン・ウィトコフスキー指揮）。十月にはリヨンのグラン・コンセール協会で再演。

十月、ロワイヤル街のクリストフル・ギャラリーでヴァレリーのエッチングを含む展覧会が催される。ヴァレリーは同展覧会に「私の版画についての変奏 Variations sur ma gravure」を寄せる。

同月、フランス学士院で「樹についての対話 Dialogue de l'Arbre」を朗読する。翌年、『ユーパリノス』『魂と舞踏』『樹についての対話』をまとめた一巻が刊行。

▼九月八日、イタリア降伏〔伊〕▼十一月、カイロ会談、テヘラン会談〔米・英・ソ〕●サルトル『存在と無』、『蝿』〔仏〕●マルロー『アルテンブルクの胡桃の木』〔仏〕●コレット『ジジ』〔仏〕●サン＝テグジュペリ『星の王子さま』〔仏〕●バシュラール『空気と夢』〔仏〕●ドス・パソス『ナンバーワン』〔米〕●チャンドラー『湖中の女』〔米〕●J・M・ケイン『スリーカード』〔米〕●H・リード『芸術を通しての教育』〔英〕●ウンガレッティ『時の感覚』〔伊〕●アウブ『閉じられた戦場』〔西〕●ヘッセ『ガラス玉演戯』〔独〕●マクシモヴィッチ『まだらの小さな鞄』〔セルビア〕●アッシュ『ナザレの男』〔イディッシュ〕●シンガー『カルノウスキ家』〔イディッシュ〕●谷崎潤一郎『細雪』（〜四八）〔日〕

一九四四年［七十三歳］

一月、《ナルシスのカンタータ》、パリのコンセルヴァトワールで上演（アルフレッド・コルトー指揮）、十二月にはシャンゼリゼ劇場にて上演（ピエール・フランク演出）。

三月、『ヴァリエテ　V』刊行。

八月、ジャンヌ・ロヴィトン邸で『わがファウスト』朗読会。

八月、パリ解放、ド・ゴール将軍の凱旋行進。九月、「一息つく Respirer」という一文を「フィガロ」紙に寄稿。

十一月、『私の版画についての変奏』がヴァレリーのエッチングを添えて刊行。

十二月、ソルボンヌ大学で催されたヴォルテール生誕二百五十周年祝賀会で記念講演「ヴォルテール」を行なう。

▼六月六日、連合軍、ノルマンディー上陸作戦決行［欧・米］▼八月二十五日、パリ解放。ドゴールが共和国臨時政府首席就任［仏］●サルトル《出口なし》初演［仏］●カミュ《誤解》初演［仏］●バタイユ『有罪者』［仏］●ボーヴォワール『他人の血』［仏］●ジュネ『花のノートルダム』［仏］●ベールフィット『特別な友情』［仏］●ベロー『宙ぶらりんの男』［米］●V・ウルフ『幽霊屋敷』［英］●**コナリー**『**不安な墓場**』［英］●オーデン『しばしの間は』［英］●ユング『心理学と錬金術』［スイス］●マンツィーニ『獅子のごとく強く』［伊］●アウブ『見て見ぬふりが招いた死』［西］●**H・ファラダ**『**酔っ払い**』（／五〇）［独］●イエンセン、ノーベル文学賞受賞［デンマーク］●ジョイス『スティーヴン・ヒアロー』［愛］●ボルヘス『工匠集』、『伝奇集』［アルゼンチン］

一九四五年〔七十三歳〕

三月、ヴァレリー自身のエッチング挿画を添えた『テスト氏のアルバム *Album de Monsieur Teste*』がシャルパンティエ画廊社から刊行。

同月、地中海大学センター理事長に再任。

四月、ジャンヌ・ロヴィトンからロベール・ドゥノエルとの結婚を告げられ、絶望。病床に臥す。

同月、『わがファウスト』の一部をなす「孤独者 Le Solitaire」がコメディー・フランセーズで上演される。

五月、「最後の言葉 Ultima Verba」が「カルフール」紙に掲載される。散文詩「天使 L'Ange」をモナコのピエール大公に読んで聞かせる。

五月三十日、半世紀にわたって書き続けてきた『カイエ』に「自分の人生は終わったような気がする」と記す。

七月二十日、パリにて死去。ド・ゴール将軍の意向により国葬。遺体は故郷セットの「海辺の墓地」に埋葬される。墓石には『海辺の墓地』の次の詩句が刻まれている——「おお考えにふけった後の褒美かな／神々の静けさに憩う長いながめは」。

▼二月、ヤルタ会談〔米・英・ソ〕▼五月八日、ドイツ降伏、停戦〔独〕▼七月十七日、ポツダム会談（〜八月二日）〔米・英・ソ〕▼米軍、広島（八月六日）、長崎（八月九日）に原子爆弾を投下。日本、ポツダム宣言受諾、八月十五日、無条件降伏〔日〕●〈セリ・ノワール〉叢書創刊（ガリマール社）〔仏〕●カミュ《カリギュラ》初演〔仏〕●シモン『ペテン師』〔仏〕●ルヴェルディ『ほとんどの時間』〔仏〕●メルロ＝

ポンティ『知覚の現象学』〔仏〕●T・ウィリアムズ《ガラスの動物園》初演〔米〕●サーバー『サーバー・カーニヴァル』〔米〕●フィッツジェラルド『崩壊』〔米〕●K・バーク『動機の文法』〔米〕●マクレナン『二つの孤独』〔カナダ〕●ゲヴルモン『突然の来訪者』〔カナダ〕●ロワ『はかなき幸福』〔カナダ〕●オーウェル『動物農場』〔英〕●コナリー『呪われた遊戯場』〔英〕●ウォー『ブライズヘッドふたたび』〔英〕●**サンドラール『雷に打たれた男』**〔スイス〕●モラーヴィア『アゴスティーノ』〔伊〕●ヴィットリーニ『人間と否と』〔伊〕●C・レーヴィ『キリストはエボリにとどまりぬ』〔伊〕●ウンガレッティ『散逸詩編』〔伊〕●マンツィーニ『出版人への手紙』〔伊〕●アウブ『血の戦場』〔西〕●セフェリス『航海日誌II』〔希〕●**S・ツヴァイク『聖伝』**〔墺〕●H・ブロッホ『ヴェルギリウスの死』〔独〕●アンドリッチ『ドリナの橋』、『トラーヴニク年代記』、『お嬢さん』〔セルビア〕●リンドグレン『長くつ下のピッピ』〔スウェーデン〕●ワルタリ『エジプト人シヌヘ』〔フィンランド〕●A・レイエス『ロマンセ集』〔メキシコ〕●G・ミストラル、ノーベル文学賞受賞〔チリ〕●ビオイ・カサーレス『脱獄計画』〔アルゼンチン〕

訳者解題

本書はPaul Valéry, *Mélange de prose et de poésie. Album plus ou moins illustré d'images sur cuivre de l'auteur*, Paris, Les Bibliophiles de l'Automobile-Club de France, 1939の全訳である。この初版の二年後、ガリマール社から増補版（Paul Valéry, *Mélange*, Paris, Gallimard, 1941）が刊行され、後者のほうが一般に流布しているが、テクストの大幅な増補と引き換えに、初版に添えられていた挿絵は割愛されている。ヴァレリー自身が手がけた銅版画の挿絵を含めて紹介するために、本訳書では初版の構成を再現した。この作家がデッサンや版画に示した関心の高さは単なる手遊(てすさ)びにとどまらぬものがあり、それらは文章とは異なるものの相通ずるところもある新たな書法(エクリチュール)の試みであったと思われる。なお本訳書では初版のテクストに加え、増補版の巻頭に置かれた「はしがき」を含む数篇のテクスト（本書目次で〔 〕を付したもの）をあわせて訳出した。

また、このたびヴァレリーの数ある作品のなかから『メランジュ』（フランス語のMélangeは英語の

Mixtureに相当し、「混ぜること」ないし「混ぜ合わせたもの」を意味する）を取り上げた主な理由は、日本におけるヴァレリー受容および邦訳の歴史を顧みたとき、「散文と詩の混淆（メランジュ）」と銘打つ本作が、ともすれば見落とされがちなこの作家の一面を浮かび上がらせるように思われたためである。ある作家の多岐にわたる作品群を紹介しようとするとき、それらをジャンル別に分類するということが一般になされるが、ヴァレリーの邦訳史を概観して見えてくるのも同様の傾向であり、〈詩〉と〈散文〉はジャンル別分類の基本的な型である。しかし、こうした類別の慣習は時として、著者自身が編んだ原書のまとまりを解体してしまうこともある。本作『メランジュ』はその顕著な例であり、『ヴァレリー全集』（全十二巻・補巻二巻、筑摩書房、一九六七－七九年）において、「雑集」（Mélange の訳語）所収の詩と散文は別々の巻に収められている（詩は第一巻、散文は第三巻と第十巻）。その後、本作は等閑に付され、翻訳や論考の対象となることもなかったが、『ヴァレリー集成』（全六巻、筑摩書房、二〇一〇－一一年）の第二巻「〈夢〉の幾何学」（塚本昌則編訳）において、「夢」「目覚め」「眠り」という主題に関連する断章が「混淆集」（Mélange の訳語）からもいくつか訳出された。『全集』におけるジャンル別分類や『集成』におけるテーマ別再編成が有用かつ意義深い企図であることは言うまでもない。が、そのように何らかの秩序に基づいて書物を編みなおすことにより、『メランジュ』のような作品を特徴づける雑多な異種混淆性が失われてしまうことも事実である。本訳書は『メランジュ』をありのままの「メランジュ」として紹介することを主眼とする。本作に見られる雑多な異種混淆性はヴァレリーの他の作品群――『テル・ケル *Tel Quel*』や『邪念その他 *Mauvaises pensées et autres*』など――にも認められ、評論集『ヴァリエテ *Variété*』のタイトルにも同じ志向が読みとれる。それらに通底するのは、作品をいかに構成するかという問題意識であり、「作品」が暗黙裡に前提とする「統一性」に対する批評的眼差しである。

この「メランジュ」の問題系はヴァレリーのみにとどまるものではなく、広く歴史的な視座から検討すべきものである。作品を雑多なものの集合体として提示する風習は古くからあり、その起源は古代ローマの「ミセラネア miscellanea」と呼ばれるジャンルに遡る一方、近現代に脚光を浴びる「断章 fragment」という形式とも関わりが深い。古代より現代にいたる「メランジュ」の系譜を素描し、そのなかにヴァレリーの『メランジュ』を位置づけることが重要だろう。以下、まず「メランジュ」という文学ジャンルの起源と変遷を確認したうえで、ヴァレリーの本作品の特徴を紹介し、最後に断章形式との関連としてヴァレリーが後世の文学・批評に与えた影響の一端を示してみたい。

I 『メランジュ』というジャンルの起源と変遷

十七世紀末に刊行されたアントワーヌ・フュルティエールの『普遍辞典 *Dictionnaire universel*』（一六九〇年）によれば、Mélangeとは「複数の作品を集めてひとまとめにしたもの」を指す語であり、複数形でそのような書物のタイトルに掲げられる。同辞典の一七二七年増補版[★01]では「ラテン語でmiscellaneaと称されるもの」と記述を補う一方、Miscellanez, *ou* -néesの項目を新たに立てている。「雑纂(ミセラネア) miscellanea」と総称しうる文学ジャンルの系譜は古代ローマに遡り、二世紀の著作家アウルス・ゲッリウス『アッティカの夜』を嚆矢として、十五世紀イタリアの人文主義者アンジェロ・ポリツィアーノの文献学的著作『雑纂 *Miscellaneorum Centuria Prima*』（一四八九年）など、ルネサンス期に文学ジャンルとして確立し、その後フランスではmélangesという用語に取って代わられたようだ[★02]。ジャン＝フランソワ・フェローの『フランス語辞典 *Dictionnaire critique de la langue française*』（一七八七年）ではMiscellanéeの項に「ラテン語風の古めかしい言い回し」とあり、『百科全書 *Encyclopédie, ou Dictionnaire raisonné des sciences, des arts et des métiers*』（第十巻、一七六五年）では、ラテン語のmiscellaneaも、それをフランス語化したmiscellanéeも立項されず、mélangeの項にもそれらへの言及はない。『十九世紀ラルース大辞典 *Grand dictionnaire universel du XIXe siècle*』（一八七四年）は以上の経緯を踏まえて次の

★01——*Dictionnaire universel* d'Antoine Furetière, édition revue et augmentée par Henri Basnage de Beauval & Jean-Baptiste Brutel de La Rivière.

★02——古代ギリシア以来のmiscellaneaの系譜については次の論考を参照。Jean-Marc Mandosio, « La miscellanée : histoire d'un genre », *Ouvrages miscellanées et théories de la connaissance à la Renaissance*, Paris, Publications de l'École nationale des chartes, 2003, p. 7-36. http://books.openedition.org/enc/1169.

ように記す。「Miscellanées。科学や文学などさまざまな対象に関する著作集で、それらの間に何の関係もないもの。今日ではmélangesと言う。かつてはmiscellaneaとも言った。」現代ではmélangesの意味はさらに限定され、とくに大学教授の退任などの際に出版される記念論集を指すことが多い。Mélangesというタイトルは十八世紀にも流通していたようだ。ヴォルテールとダランベールが両者ともに『文学、歴史、哲学雑纂 *Mélanges de littérature, d'histoire, et de philosophie*』という名の書物を刊行していることは興味深い。

ヴォルテールは、一七五六年ジュネーヴのクラメール社から刊行された『全集』[★03]の編纂にみずから携わり、第三巻に『哲学雑纂』を、第四巻・第五巻に『文学、歴史、哲学雑纂』を収録した。また一七六五年には『新版雑纂 *Nouveaux mélanges*』を刊行してもいる。オクスフォード版『全集』の編者ニコラス・クロンクによれば、[★04]今日「一七五六年の雑纂」と呼ばれる『文学、歴史、哲学雑纂』には多岐にわたる主題を論じたエッセー八十一篇が収められ、「雑纂の名にふさわしく、作者は意図的に新しい断章と既に発表済みのものを並置している」。同編者はまた、ヴォルテールが『雑纂』の断章を執筆した時期がちょうど『百科全書』の項目の執筆に従事していた時期と重なっている点にも注意を促している。

『百科全書』と『雑纂』の関連性は、ディドロとともに『百科全書』を監修したダランベールにおいていっそう顕著なかたちで現れる。フランス啓蒙思想の集大成と謳われる『百科全書』(一七五一一八〇年刊）は、その近代合理主義の批判的精神ゆえに当時の政治権力や宗教勢力から危険視され、一度ならず発禁に処せられたが、まさしくこの発禁処分のさなか『雑纂（メランジュ）』と題する書物が書かれたのである。ダランベールが『文学、歴史、哲学雑纂（メランジュ）』を刊行したのは一七五三年から一七六七年にかけて（五三年の初版は全二巻、五九年の再版で新たに二巻を加え、全五巻の構成となるのは六七年の第四版以降）であるが、再版における増補は『百科全書』の発禁処分（一七五九年）と軌を一にしている。二〇一八年に同書の批評校訂版を編纂したマルティーヌ・グルーはこの点を指摘し、「『雑纂（メランジュ）』は『百科全書』の出版が禁じられた暗黒時代に編纂され、全面的に『百科全書』に捧げられた」と述べている。★05

十九世紀にも、シャトーブリアンの『文学雑纂（メランジュ）』（一八二六年）、『歴史雑纂（メランジュ）』（一八二七年）、『政治雑纂（メランジュ）』（一八二八年）、『雑纂（メランジュ）と詩』（一八二八年）――いずれもラドヴォカ版『全集』★06所収――やメリメの『歴史・文学雑纂（メランジュ）』★07（一八五五年）など、『雑纂（メランジュ）』というタイトルを掲げる著作が散見する。

★03――*Collection complète des Œuvres de M. de Voltaire*, 17 tomes, Genève, éd. Cramer, 1756.

★04――*Les Œuvres complètes de Voltaire, 45B : Œuvres de 1753-1757 II. Mélanges de 1756*, Voltaire Foundation Oxford, 2010. Nicholas Cronk, « Préface I. Les Mélanges de 1756 : l'invention du 'petit chapitre' », p. xvii – xxv, notamemnt p. xxi et p. xxiv.

★05――Jean Le Rond d'Alembert, *Mélanges de littérature, d'histoire et de philosophie*, édition critique par Martine Groult, Paris, Classiques Garnier, 2018, « Introduction », p. 25-61.

★06――François René de Chateaubriand, *Œuvres complètes*, Paris, chez Ladvocat, 1826-1831, 28 tomes en 35 volumes.

★07――Prosper Mérimée, *Mélanges historiques et littéraires*, Paris, Michel Lévy, 1855.

ヴァレリーの『散文と詩のメランジュ *Mélange de prose et de poësie*』に先立ち、これとほぼ同一のタイトルを冠した書物として、ジャン゠フランソワ・マルモンテルの『散文と詩のメランジュ *Mélanges de prose et de poésie*』[★08](一七八七年)が挙げられる。ただし、マルモンテルの著作が二部構成をなし「散文」と「詩」が截然と分かれているのに対し、ヴァレリーの著作では両者がテクストの配列上も入り混じっている。また、通常複数形でタイトルに掲げられる「メランジュ」という語をヴァレリーが単数形で用いている点も特異である。この点については後ほどあらためて考えてみたい。

II ヴァレリーの『メランジュ』

この項ではヴァレリーの『メランジュ』について、版(エディション)の異同を確認したうえで、「メランジュ」という語の多義性に注目しつつ本作品の特徴を紹介しよう。

初版豪華版と増補普及版

『メランジュ』初版は、ロベール・ド・ロットシルド男爵の発案とJ・エクスブライヤの協力のもと、ド・ロアン子爵を会長とするフランス自動車クラブの支援を受けて出版された稀覯本であり、一九三九年九月三十日、百部限定で印刷された。「著者による銅版画の挿絵入りアルバム」と記されているように、ヴァレリー自身の手になる腐食銅版画（エッチング）が十五葉添えられている。一九四一年にはガリマール社から増補普及版が刊行されるが、初版豪華本との大きな相違点として、（一）作品名の簡素化、（二）挿絵の割愛とテクストの増補、（三）所収テクストのタイトルおよび配置の変更が挙げられる。

（一）初版では背表紙と表表紙に『メランジュ』というタイトルを掲げる一方、中表紙には『散文と詩のメランジュ』という補足的なタイトルも記されていたが、普及版ではそれが削除され、単に『メランジュ』となる。

（二）普及版では初版に添えられた挿絵が割愛される一方、テクストが大幅に増補され、それに伴いセクションの区分も設けられる。初版では六十六篇のテクストが一様に並んでいたのに対し、増補普及版ではそれらを一つのセクションにまとめ（セクション名は作品名と同じく「メランジュ」）、その後に四つの新しいセクション——「小エチュード Petites études」（五篇）、「生（き）のままの詩 Poésie brute」（九篇）、「語らい Colloques」（三篇）、「刻々 Instants」（二十六篇）——を設け、計四十三篇のテクストを加えている。「はしがき」と「メランジュとは精神のこと」の二篇は巻頭に独立して置かれ、その後に五つのセクションが続き、最後に「ナルシスのカンタータ」を配置するという構成である。

★08——Jean-François Marmontel, *Mélanges de prose et de poésie. Œuvres complettes de M. Marmontel*, édition revue & corrigée par l'auteur, tome 17, Paris, chez Née de la Rochelle, 1787.

本訳書において初版の六十六篇に加えて訳出したのは、増補普及版で巻頭に置かれた「はしがき」と、第一セクション「メランジュ」に加えられた三篇、すなわち「愛情」、「同題」（「タイガー」の続篇）、「運用の問題」である。なお、初版に収められていた「ある物語（コント）のアイデア（ヴィリエ風に）」は増補普及版で削除される。

（三）テクストの配置換えとしては、初版では書物中央に位置していた「ナルシスのカンタータ」が増補普及版では巻末に移され、また「瞑想」が「思考の前の瞑想」の「一」として第三セクション「生（き）のままの詩」の冒頭に移される。そのほか初版では単独のタイトルを掲げていた「美……」が普及版では直前の「ダイヤモンド」の一断章に取り込まれる一方、初版では「愛（アモル）」の最終断章であったテクストが普及版では「牡蠣」というタイトルを付されて独立することになる。各テクストのタイトルの変更としては、「精神……」の中断符が削除され（初版では直前の「美……」と対をなすように中断符を伴っていた）、「日常生活」が「虚空と充満」に、「幸運」が「精神の考える幸運」にそれぞれ改題される。また「詩篇（プソーム）」と題するテクストのタイトルおよび配置にも変更があり、初版では「詩篇（プソーム）Y」の直前に置かれていた「詩篇（プソーム）X」が普及版では「詩篇（プソーム）Z」となり「詩篇（プソーム）Y」の直後に移されるほか、初版では単に「詩篇（プソーム）」と題されていた二篇が「詩篇（プソーム）S」と「詩篇（プソーム）T」とアルファベットを付与される。

「メランジュ」の多義性

「メランジュ」というタイトルの第一義は、副題にあるように「散文と詩の混淆（メランジュ）」だが、この語にはほかにもさまざまな意味が読み取れる。以下、［1］散文と詩の混淆（メランジュ）、［2］文章と挿画の混淆（メランジュ）、［3］執筆年代における混淆（メランジュ）、［4］本作品中に見られる「メランジュ」という語の用例、という四つの観点から「メランジュ」の多義性を考察してみよう。

［1］散文と詩の混淆（メランジュ）

詩と散文を混在させる書物としては先述したマルモンテルの例などがあるが、ヴァレリーがとくに意識していたと思われるのは、ジェラール・ド・ネルヴァルの『粋な放浪生活 *La Bohème galante*』および『ボヘミアの小さな城 *Petits Châteaux de Bohême*』（一八五三年）である。ネルヴァルは一八五二年「アルティスト」誌に「粋な放浪生活」を連載し、翌年それを再編成して『ボヘミアの小さな城』を刊行するが、これは副題に「散文と詩 Prose et Poésie」と銘打たれているように散文と韻文の混在する作品である。ヴァレリーは「ネルヴァルの回想 Souvenir de Nerval」（一九四四年）のなかで「褪せた緑色の表紙」の『粋な放浪生活』（ミシェル・レヴィ版）が十二歳のころ愛読書であったと述懐しているが、★09一

★09——« Souvenir de Nerval » (*Œ I*, 590). Cf. « Au sujet de Nerval » (*Œ*, III, 1275).

九一二年、旧友アンドレ・ジッドに宛てた手紙（六月二十日推定）のなかで次のようにネルヴァルに言及している。

〔詩集とは〕別の案がある。かなり雑多な本にする――散文と詩を混ぜ合わせて――きわめて人工的な習作ノートという風に、自分がとくに詩人であるとは固定しないで。〔…〕とにかく、詩だけの本は退屈だ。たしかネルヴァルがこういう風に混ぜ合わせていたし〔Nerval a fait ce mélange〕、小詩人には悪くない方法だろう。★10

当時ヴァレリーがどのような状況にあったかを確認しておこう。二十歳の頃「ジェノヴァの夜」（一八九二年）に象徴される青年期危機を経験したヴァレリーは、『レオナルド・ダ・ヴィンチ方法序説』（一八九五年）や『テスト氏との一夜』（一八九六年）を発表後まもなく文学の道から遠ざかるようになり、以後『若きパルク』（一九一二年起筆、一九一七年刊行）とともに文壇復帰を果たすまでの約二十年、すなわち二十代半ばから四十代半ばまで、公的には作品を発表することなく、もっぱら私的なノートブック『カイエ』に向かって思索を深める日々を送っていた（毎日未明に起床して『カイエ』を書く習慣は二十二歳の頃から七十三歳で世を去るまで続けられ、ファクシミレ版全二十九巻、各巻約九〇〇頁に及ぶ）。そのような「沈黙期」に旧友から声がかかる。一九一一年、ガストン・ガリマール、ジャン・シュランベルジェとともに「新フランス評論」社を発足させたジッドが、ヴァレリーにかつて雑誌に発表したものをまとめて出版するよう促したのである。当初は尻込みしていたヴァレリーも、友人の度重なる慫慂(しょうよう)に応えるかたちで企画に乗り出すことになる。先に引用した手紙の一節はちょうどその頃のものである。

　詩と散文を混在させる作品としてヴァレリーの念頭にあった可能性が高いものとして、ネルヴァルの詩文集のほかにも、アルチュール・ランボーの『地獄の季節』(一八七三年)やステファヌ・マラルメの『詩と散文のアルバム』(一八八七年)が挙げられる。ヴァレリーは先述した青年期危機のころランボーを耽読し、一八九一年の末には『詩篇/地獄の季節/イリュミナシオン』を一巻に収めたヴァニエ版詩集[★11]を友人のシャルル・オージリヨンから贈られ、なかでも散文詩『イリュミナシオン』に強い衝撃を受けた。『地獄の季節』については証言が乏しく辛口のコメントが残っているだけだが、かつて書いた韻文詩を散文の中に滑り込ませる構成がヴァレリーの注意を引いた可能性は十分にあると思われる。

　マラルメの『詩と散文のアルバム *Album de vers et de prose*』は一八八七年〈フランスおよびベルギー作家の現代名作集〉叢書(アルベール・ド・ノセ編)[★12]の一巻として出版された。全六十八巻に及ぶ

★10——André Gide et Paul Valéry, *Correspondance 1890-1942*, éd. Peter Fawcett, Gallimard, 2009, p. 701.
★11——Arthur Rimbaud, *Poèmes, Les Illuminations, Une saison en enfer*, notice par Paul Verlaine, Paris, Léon Vanier, 1891.
★12——Collection « Anthologie contemporaine des écrivains français et belges : Poètes et Prosateurs », dir. Albert de Nocée, Bruxelle, Librairie nouvelle ; Paris, Librairie Universelle, 1887-1888.

同叢書において、マラルメの詩文集（第一集第十巻）だけでなく、ポール・ヴェルレーヌ（第五集第五十八巻）やシャルル・ヴィニエ（第二集第二十一巻）の詩文集も同じタイトルを掲げているが、ヴァレリーが間違いなく読んだのはマラルメのものであり、一八八九年か九〇年にモンペリエの駅でマラルメ『詩と散文のアルバム』の海賊版（レオン・ヴァニエ刊）を安価で入手したことが知られている。[★13]ただし、マラルメの詩文集は、ヴェルレーヌやヴィニエの詩文集と同じく韻文詩と散文詩が別々のセクションに分かれており、その点でマルモンテルの『散文と詩のメランジュ』と同じ構成である。他方、ネルヴァル『ボヘミアの小さな城』とランボー『地獄の季節』は散文と詩をまさしく混淆させる点で、ヴァレリーの『メランジュ』の発想にいっそう近いと言えよう。

ところで、ヴァレリーは先に引用した手紙の約一カ月後、同じくジッドに宛てて次のように述べている（一九一二年七月二十一日消印の手紙）。

> PL〔ピエール・ルイス〕にこの計画について話した、というのもこれらの詩は二十年も前から彼に捧げられているのだから。彼は賛同し、散文と詩を合わせた本に格好のタイトルを勧めてくれた。メランジュ〔Mélanges〕だ。どう思う？[★14]

ピエール・ルイスは一八九一年「ラ・コンク」誌を創刊し、「最年少詩人のアンソロジー」と銘打つ詩誌の剛腕編集長として、筆の渋りがちなヴァレリーに詩を書き発表するよう強く働きかけた。その恩義に報いるべくヴァレリーは若書きの詩をルイスに捧げようとしていたのだが、一九一二年の手紙に「メランジュ」という語がこのように現れるのは驚きだ。一九三九年に刊行される詩文集のタイトルは実は二十年以上も前に芽生えており、しかもそれはピエール・ルイスの発案によるものであった。結局、一九一二年当時には「散文と詩を合わせた本」というアイデアは実現しなかったが、一九三九年「散文と詩のメランジュ」を刊行するにあたり、かつてルイスの提案したタイトルが若干の変更を伴って——複数形を単数形にして——採用されたわけである。

この逸話からも「メランジュ」という語が「散文と詩の混淆」を意味することは明らかだが、『メランジュ』初版のタイトルはまさしく「散文と詩(ポエジー)のメランジュ」であった。またマラルメの「詩(ヴェール)と散文のアルバム」のように「韻文詩 vers」という語ではなく、「詩 poësie」という語をタイトルに掲げた点も注目すべきだろう。実際、『メランジュ』のなかには、定型韻文詩(vers régulier)、自由韻文詩あるいは自由詩(vers libre)、散文詩(poème en prose)という異なる形態の詩(ポエジー)が混在している。『メランジュ』の活字書体としてはローマン体とイタリック体の二種が用いられ、おおむね前者は散文および散文詩に、後者は韻文詩(ヴェール)(定型韻文詩と自由韻文詩)に割り当てられている。例外とし

★13—— Michel Jarrety, *Paul Valéry*, Fayard, 2008, p. 49 et p. 1216, note 16.

★14—— André Gide et Paul Valéry, *Correspondance 1890-1942*, édition citée, p. 705.

て、本作中唯一のソネットである「イレーヌのソネット」がローマン体で組まれ、「メランジュとは精神のこと」が初版では特殊な活字で組まれているが、その点を除けば、活字書体の区別は韻文詩（ヴェール）か否かという点に基づいている。

◉定型韻文詩

『メランジュ』初版には六十六篇のテクストが収められ、そのうち定型韻文詩は八篇（「小品」の三篇を個別に数えれば十篇）、すなわち「メランジュとは精神のこと」「イレーヌのソネット」「語らい（二つのフルートのために）」「災厄」「小品」（「ある肖像の下に」「M夫人の扇に」「ファン・ラモン・ヒメネスに」）「ナルシスのカンタータ」「うわのそらの女」「雪」である。韻律としては、十二音節（アレクサンドラン）詩句が四篇（「イレーヌのソネット」「ある肖像の下に」「うわのそらの女」「雪」）、十音節詩句が二篇（「災厄」「M夫人の扇に」）、六音節詩句と八音節詩句がそれぞれ一篇（「語らい（二つのフルートのために）」と「ファン・ラモン・ヒメネスに」）あり、異なる韻律を組み合わせる詩が二篇ある。「メランジュとは精神のこと」では十二音節と八音節、「ナルシスのカンタータ」では一音節から十二音節まであらゆる韻律が用いられている。

このうち最も目を引くのは「ナルシスのカンタータ Cantate du Narcisse」である。ジェルメーヌ・タイユフェール作曲のカンタータのための台本（リブレット）として書かれたこの韻文劇は、ヴァレリーが混淆詩 (vers mêlés) ――異なる音節数の詩句を自由に組み合わせるスタイルで、ラ・フォンテーヌの『寓話』

がその代表例――の可能性を探ったものであり、一幕七場、総詩行数五〇二行中、十二音節詩句がその大半（三一七行）を占め、次いで八音節（五五行）と六音節（五三行）、十音節（二七行）と五音節（二〇行）が順に多い。「ナルシスのカンタータ」は『メランジュ』のなかで分量的に最大の作品であり、初版豪華版では書物のほぼ中央に置かれていかにも集中の珠玉という趣を呈する一方、普及版ではテクストの増補およびセクションの追加に伴い、巻尾を飾る単独詩篇として際立つことになる。この作品はまたヴァレリーの「ナルシス」連作の一環をなす点でも注目される。二十歳前にソネット形式の「ナルシス語る」（一八九〇年）を書き、まもなくそれを五十行あまりに及ぶ同題の詩（一八九一年「ラ・コンク」誌）に発展させたヴァレリーは、そののち先述した青年期危機と沈黙期を経て、四十代半ばから五十代半ばにかけて「ナルシス語る」の改作を『旧詩帖』（一九二〇年）に収める一方、新たに「ナルシス断章」を手がけることになる（一九二六年『魅惑』に全三断章所収）。そして六十代後半には「ナルシスのカンタータ」に着手するが、この晩年の作はそれ以前の作とは明らかに趣を異にしている。「語る」と「断章」では終始ナルシスの独白が続くのに対し、「カンタータ」は対話的な構成をなし、ナルシスだけでなくナンフたちも言葉を発する。独白体から対話体への変化にはヴァレリー自身の変容（とりわけ愛人たちとの関係）も関与しているかもしれないが、なによりこの作品が音楽のための台本として書かれたという事情が大きく作用しているだろう。作曲家とのコラボレーションとしては、これ以前にアルチュール・オネゲルと共同制作した二つの音楽劇（メロドラマ）、『アンフィオン』

（一九三一年）と『セミラミス』（一九三四年）があるが、オペラ座で初演された両作品が興行的には失敗したのに対し、ジェルメーヌ・タイユフェールとの合作『ナルシスのカンタータ』はある程度の成功を収めた。

音楽との関連として、「語らい（二つのフルートのために）Colloque (pour deux flûtes)」にも言及しておこう。一九三九年六月「新フランス評論」初出の際、この詩は「楽曲化されるために作られた旧作」という副題を伴っていたが、詩人の期待に応えるかのように、一九四〇年フランシス・プーランクがこの詩にメロディーをつけている（Colloque pour Soprano et Baryton, FP 108）。翌年刊行された『メランジュ』普及版においてプーランクへの献辞が添えられた所以である。なお、「語らい（二つのフルートのために）」は「災厄 Sinistre」、「うわのそらの女 La distraite」、「雪 Neige」とともに、一九四二年版『詩集』に「拾遺詩篇 Pièces diverses」として再録されることとなる。

◉自由詩

『メランジュ』所収の自由詩は「海　四」「グラースにて　三」「黙れ」「詩篇（プソーム）X〔Z〕」「詩篇（プソーム）Y」「詩篇（プソーム）〔S〕」「詩篇（プソーム）〔T〕」の七篇あり、いずれもイタリック体で表記されている。ヴァレリーと言えば、「古典的」な詩人というイメージが強く、代表作の『若きパルク』や『魅惑』所収の詩はすべて定型韻文詩だが、自由詩が産声をあげた十九世紀末に青年期を過ごしたヴァレリーは若い頃から音節数の一定しない詩を実験的に試みていた。もっともそれらを発表することは滅多になく、『メランジュ』の七篇はヴァレリーが自由詩を公表した希少な例として注目される。

「海」と「グラースにて」は本作のなかでも珍しく、散文と自由詩の両面を併せもつテクストである。「海」は四つの断章からなり、「一」「二」「三」がローマン体表記の散文、「四」がイタリック体表記の自由詩である。「グラースにて」は三つの断章からなり、「一」「二」がローマン体の散文、「三」がイタリック体の自由詩である。散文から自由詩への推移を示すテクストは『メランジュ』のなかでこの二篇のみであり、とりわけ「散文と詩のメランジュ」という点で興味深い。

旧約聖書の「詩篇 Psaumes」にちなんで「詩篇（プソーム）」というタイトルを掲げる自由詩については、「詩篇（プソーム）X〈Z〉」と「詩篇（プソーム）Y」、「詩篇（プソーム）〈S〉」と「詩篇（プソーム）〈T〉」がそれぞれ対をなしているように見えるが、前者二篇が隣接して並ぶ一方、後者二篇の間には別のテクストが介在している。また「詩篇（プソーム）〈S〉」では「驚き Surprise」、「詩篇（プソーム）〈T〉」では「時間 Temps」が主題となるようにアルファベットに象徴的な含意が読みとれる場合もあれば、「詩篇（プソーム）X」が「詩篇（プソーム）Z」に変わるなど単に配列上の印にすぎない場合もある。なお「詩篇（プソーム）X〈Z〉」では「〈主（しゅ）〉」が語り、「詩篇（プソーム）Y」には「神」が現れる。ところで、旧約聖書の「詩篇」のヘブライ語原語は「讃美」を意味し、神ヤハウェへの讃美がうたわれるほか、民族の悲嘆、個人の嘆き、感謝と信仰告白などさまざまな心情が述べられる。ヴァレリー曰く、「旧約の詩篇は、讃美歌と挽歌の性質をもっており、この組み合わせは、抒情的に表現された集団的な感情と、個人とその信仰の最も内奥から発する感情との見事な結合を成し遂げる」[★15]。ヴァレリーは『メランジュ』所収の四篇のほかにも「詩篇（プソーム）」と題するテクストを書いている。『メランジュ』増補版に加えられた「獣を前にした詩篇（プソーム） Psaume devant la bête」、『テル・ケル』所収の「ある声についての詩篇（プソーム） Psaume sur une voix」――マラルメの声を讃えた詩――、『邪念その他』所収の「朝の小詩篇（プソーム） Petit psaume du matin」をはじめ、『カイエ』にも「詩篇（プソーム）」と題する自由詩や散文詩が散見する。それらのテクストは形式的にも主題的にも多岐にわたるが、定型韻文詩ではないという共通点が認められる。未完の散文詩集『アルファベット』との関連もうかがわれ、定型韻文詩の枠にとどまらないヴァレリー詩の広がりを示すものとして注目される。

◉散文詩

『メランジュ』の大半を占める散文のなかには、散文詩とみなされるテクストが少なからず存在する。「海　一」「海　三」「グラースにて　一」「グラースにて　二」「モンペリエ」「ジュネーヴ」「タイガー」「秋」「室内」「夢」「折々の景　二」「折々の景　三」「海景」「奇妙なこと　五」「鳥」などだが、これらはジュディス＝ロバンソン編プレイヤッド版『カイエ』選集において「詩および小抽象詩 Poèmes et PPA」という項目に分類されたもの、あるいはミシェル・ジャルティ編『失われた詩――『カイエ』の散文詩』に収められたものである。[★16] ヴァレリー自身は「散文詩」という語を積極的に用いることはなく、「小抽象詩 Petits Poèmes Abstraits」(略号PPA)という呼称を発案し、おそらくボードレールの「小散文詩 Petits Poèmes en Prose」を念頭に置きつつ、それとは一線を画する散文詩の形式を模索した。また『メランジュ』所収の「瞑想」も初出(一九三二年「ラ・ルヴュ・ド・フランス」誌)の際、「あらゆるものの前に」と題する四篇の「小抽象詩」の冒頭に置かれていたことから、ヴァレリーが「詩」とみなしていたことが分かる(実際、このテクストは一九四一年版以降、増補セクション「生のままの詩」の巻頭に移される)。さらに上記のテクスト以外にも、「大聖堂」や「涙」など、テクスト自体の性質により散文詩とみなしうるものもある。

とはいえ、ヴァレリー自身「小抽象詩」の定義を明確にしているわけではなく、散文詩と散文の境界は微妙なものにとどまると言わざるをえない。『メランジュ』の著者は、活字書体によって韻文(イタリック体)と散文(ローマン体)を区別したが、散文と散文詩を分けることはなく、「散文詩」なるものは「散文と詩」のあいまいな境界線上に位置づけられるほかない。「散文と詩の混淆」という本書の副題についてあらためて考えてみれば、『メランジュ』の主眼は散文と詩を区別することよりも、両者のあいだを行きつ戻りつする流動的な動きにあったのではないか。テクストを形式別に配列す

★15——「霊的讃歌」、山田広昭訳、『ヴァレリー集成IV』一八〇頁。« Cantiques spirituels », *Œ*, III, 854 ; *ŒI*, 449.

★16——Valéry, *Cahiers*, éd. Judith Robinson-Valéry, Gallimard, « Bibliothèque de la Pléiade », 1973-1974, 2 vol ; *Poésie perdue. Les poèmes en prose des Cahiers*, éd. Michel Jarrety, Gallimard, « Poésie », 2000.

るのではなく、定型韻文詩、自由詩、散文あるいは散文詩を順不同に混在させたヴァレリーの意図は、それら多様な形式のあいだの相互浸透的な「メランジュ」を生み出す点にあったと思われる。

[2] 文章と挿画の混淆（メランジュ）

「メランジュ」の第二の含意は、文章と挿画、テクストとイラストの混淆（メランジュ）である。先に紹介したように、百部限定で印刷された『メランジュ』初版豪華本にはヴァレリー自身の手になる腐食銅版画（エッチング）が十五葉添えられている。なお、巻頭のヴァレリーの肖像（一二頁）は、オーストリア出身の画家マリー・エリーザベト・ヴレーデの作である。

◉メランジュの版画

本訳書ではこれらの挿画をなるべく原書の配置に近いかたちで再現したが、テクストとイラストの配置の仕方はさまざまである。両者が同じページを占め、版画が文章の上部に置かれる場合もあれば（❶一五頁、❷一六頁、❺五五頁）、両者が別々のページに分かれている場合もある。後者の場合はまた、イラストがテクストとテクストの間あるいは巻末に配置されることもあれば（❸三〇頁、❹四五頁、❻一〇七頁、❼一一六頁、❽一二七頁、❿一四九頁、⓮一九一頁、⓯一九三頁）、テクストの流れを分断するように挿入されることもある（❾一三八頁、⓫一五九頁、⓬一七〇頁、⓭一八〇頁）。またテクストとイラストの関係性についても、明らかに関連が認められる場合もあれば、そうでない場合もある。たとえば、「ナルシスのカンタータ」を取り囲むようにその前後に置かれた二葉の挿画はテクストとの関連がきわめて深い。直前に置かれた挿画（❺五五頁）はNARCISSEという文字をナルシスさながら水に反映させた意匠である。SSの文字の背後にはS字型を反復するかのように白鳥の首が描き込まれ、またNARCISSEを抱擁しようとするかのように樹木が両端から中央に向かって枝を伸ばし互いの枝に絡みついている。白鳥や樹木は、この挿画と同じページにエピグラフとして引かれた『ナルシス断章』の主要モチーフであり、いわば挿画もまた一種の図像的エピグラフとして機能していると言えよう。他方、「ナルシスのカンタータ」直後に置かれた挿画（❻一〇七頁）には、鬱蒼と生い茂る森のなかに泉がひらけ、そこに上半身を乗り出してわれとわが身を見つめる――あるいは口づけしようとしている――ナルシスの姿が描かれている。

また巻頭の詩「メランジュとは精神のこと」の上部に「帯状装飾 bandeau」として添えられた挿画（❶一五頁）もテクストとの関連性を窺わせるものである。左に時計の文字盤、右に方位を示す羅針盤、中央に蛇の巻きつく柱、その両側に二つの顔が描かれ、時計の方を向いた顔は目を閉じている一方、羅針盤（なぜか東西が反転している）を向いた顔は目を開いている。テクストと比べてみると、〈目を閉じた顔〉は「眠り」という語に、〈時計〉は「時により selon l'heure」という語句に対応するだろう。文字盤と羅針盤の針が指し示す時刻や方角の含意までは分からないが、「精神」にさまざまな影響を及ぼす時間的空間的な諸事象を象形したものとみなすことができよう。

テクストとイラストが別々のページを占める場合はどうであろう。たとえば、〈港に係留された船〉を描く挿画（❼一一六頁）の後に「この部屋からは海が見えます」という一文で始まるテクスト「取り憑かれた部屋」が続いたり、「眼差しは〔…〕ある対象に触れておのれを見失い、その対象を逃れておのれを取り戻す」という一文で終わるテクスト「眼差し」の直後に〈船室で眠る女〉を描く挿画（❽一一七頁）が置かれたりするような場合には、隣接するテクストとイラストの間にある種のつながりが感じられる。あるいはまた、〈窓を開け放った部屋〉の挿画（❸三〇頁）と三ページ前の「グラースにて」の一節――「まだほの暗い田園のただなかに／家がひとつ黄金色に染まり、花咲くアーモンドの木が一本、ぽつんと、／輝き――私の目に太陽の存在を示す」（二七頁）――のように挿画と文章が少し離れて呼応する例もある。他方、テクストとイラストがつねに有機的に結びついているとは言いがたく、各々の挿画が当の場所に置かれた必然性を説明しがたい場合も少なくない。殊に、テクストの流れを遮るように挿入されたイラストが前後の文章とあまり関係がないように思われるとき、両者の関係はそう単純ではないと考えざるをえない。

このようにテクストとイラストの関係は一様ではないが、挿画のみをたどって見てゆくと、そこにある種の流れが感じられる。二葉の帯状装飾（❶一五頁、❷一六頁）に続いて窓の開いた部屋が現れるが、窓越しに見える遠方の樹木（❸三〇頁）が次の挿画では近景になり（❹四五頁）、さらにナルシスを覆う樹木へと推移する（❺五五頁、❻一〇七頁）。その後、ナルシスの泉は海へと転じ、港に係留された船（❼一一六頁）、船室で眠る女（❽一二七頁）、浜辺の裸体（❾一三八頁）、貝殻（❿一四九頁）、港に面したカフェで酒を飲む二人の男（⓫一五九頁）、欄干から下方を見下ろす二人の女（⓬一七〇頁）、港と船と男の後ろ姿（⓭一八〇頁）、ベッドに裸で眠る女（⓮一九一頁）――というように〈樹木〉〈ナルシス〉〈海景〉〈男〉〈女〉といった主題のゆるやかな連鎖が認められる。なお、最後の挿画（⓮一九一頁）では、乳房もあらわにベッドに横たわり、本を読みながら眠ったらしい女が描かれているが、ベットから垂れ落ちる左手にかろうじてつかまれた一冊の本は何であろう。もしかするとそれは、まさしくいま巻末のページを開いている『メランジュ』かもしれない。描かれた女は晩年の愛人ジャンヌ・ロヴィトンだろうか、「紋中紋 mise en abyme」の仕掛けにアイロニーが漂う。

巻末ページを飾るカット（⓯一九三頁）は「鍵と蛇」を組み合わせるヴァレリー鍾愛の意匠である。真偽のほどは定かではないが、赤子のヴァレリーがはじめて発した語は「鍵 clef」であったと伝えられる。[★17] 他方、『若きパルク』をはじめとする詩に一度ならず登場し、『カイエ』にもデッサンとして頻繁に描かれる「蛇」はヴァレリーのオブセッションにほかならない。PVのイニシャルとともに、作家の象徴的自画像ともみなしうるこの意匠は、ボードレールが散文詩「バッコスの杖」でうたった「驚くべき二元性の表象」――「直線」と「曲線」、「男性的要素」と「女性的要素」等々――を想起させるが、「鍵」が知性の象徴とすれば、「蛇」は情動やエロスの化身だろうか。「蛇」

は「鍵」にからみつき、毒牙をむきだしにしている。本作『メランジュ』の巻末に現れる「蛇」は、先に見たように巻頭の挿画（❶一五頁）にも柱に巻きつく姿を見せており、一連の挿画に円環運動を巻き起こす。また「ナルシスのカンタータ」直後に置かれた挿画（❻一〇七頁）にも、よく見ると画面左のひょろ長く伸びる枝の下方に蛇がいる。さらに言えば、船と港を描く挿画三葉（❼一一六頁、⓫一五九頁、⓭一八〇頁）に見られる係留ロープもいささか蛇的ではないだろうか。『メランジュ』の挿画のライトモチーフというべき「蛇」は、テクスト上においては一度だけ、次の文章において現れる――「おまえの眼差しと身のこなしは蛇を魅惑する蛇のものであった。」（「詩篇（プソーム）X〔Z〕」）。「蛇を魅惑する蛇」という表現もウロボロス的と言えようか。

◉その他の版画

ヴァレリーがみずから手がけた挿画を作品に添えたのは『メランジュ』がはじめてではない。一九二六年にロナルド・デイヴィス社から刊行された『海辺の墓地』(*Le Cimetière marin*, Paris, Ronald Davis, 1926)、翌年エクセルシオル社刊行の『ロンブ』(*Rhumbs*, Paris, Éditions Excelsior, 1927)、一九三〇年ラピナ社刊行の『言わざりしこと』(*Choses tues*, Paris, Ateliers Lapina, 1930)は、いずれも著者による腐蝕銅版画（エッチング）入り刊本（『言わざりしこと』はエッチングとデッサン入り刊本）である。ヴァレリーはその後も『テスト氏のアルバム』(*Album de Monsieur Teste*, Galerie Charpentier, 1945)や愛人ジャン・ヴォワリエ（ジャンヌ・ロヴィトンの筆名）の『無防備都市』(*Ville ouverte*, Émile-Paul, 1942) などに自作の挿画を添えている。また、文章と挿画の混淆（メランジュ）という点では、一九三七年にヴォラール社から刊行された『ドガ・ダンス・デッサン』も看過しえない。ヴァレリーの文とドガの画がどのように配合されたかについては、オルセー美術館がガリマール社と協力して刊行したヴォラール版の復刻版（二〇一七年）および同書に収録された図版をすべて掲載した最新の邦訳書（塚本昌則訳、岩波文庫、二〇二一年）で確認することができるが、美術本にこだわりを見せたアンブロワーズ・ヴォラールはデッサンの配置に至るまで熟考を重ねたらしい。ヴォラールは私蔵するドガのデッサンをもとに二十五葉の木版画と二十六葉の銅版画を作らせ、前者を本文に直接印刷する一方、色鮮やかな後者は別個箱入りとして単独でも鑑賞できるようにしたうえ、各銅版画の挿入箇所を示した設計図を添えて、文と画をしかるべき仕方で配置することもできるように工夫した。興味深いことに、木版画と銅版画は配置の仕方が異なっており、前者はいずれも各断章の最初あるいは最後のページに置かれる一方、後者はしばしば文章を分断するかたちで挿入されている。『メランジュ』においてもこの二つの配置法が認められることは先に述べたとおりである。みずから文章と挿画の混淆（メランジュ）に取り組もうとしたヴァレリーは、『ドガ・ダンス・デッサン』の配置法に学ぶところがあったかもしれない。

★17――« Introduction biographique » par Agathe Rouart-Valery, *CE I*, 13.

◉ヴァレリーの版画論

ヴァレリーが版画制作に着手したのはデッサンや水彩画に比べると遅く、一九二〇年代のことと推定される。第一次世界大戦後、アドリエンヌ・モニエの書店で知りあったジャン＝ガブリエル・ダラニェスのアトリエで銅版制作に勤しんだようだ。この版画家の回想によれば、「ある日ヴァレリーは自分で描いたデッサンを版画にしようと思い立ち、版画のいろはを尋ねにやってきた」。デッサン帖をポケットいっぱいに詰め込んでモンマルトルのアトリエを訪れたヴァレリーは、ダラニェスに教わりながら、まずはドライポイント法から始め、その後エッチングやリトグラフに進んだらしい。[★18]

ヴァレリーにとって版画は、デッサンとともに、文字のエクリチュールに近しい芸術であった。一九三三年に版画家協会で行なった「版画家への小演説 Petit discours aux peintres graveurs」においてヴァレリーは次のように述べている。

私は〔版画と文学という〕二つの芸術を心の内で近づけてみます。版画制作においても、文筆活動においても、形作られる作品とそれに取り組む芸術家とのあいだには緊密な関係が見出されます。版木（あるいは石）には推敲されるページとかなり似たところがあります。どちらも私たちを身震いさせ、どちらも私たちの目の前にありながら明瞭なヴィジョンからは隔たっているのです。私たちは全体と細部を同じ眼差しで見渡します。精神と目と手が、私たちの運命がかかっている小さな表面に集中するのです……　こうしたことこそ、版画家と作家がそれぞれ自分の机に向かい、おのれの知識すべてとおのれの実力すべてを動員しつつ、同じように体験するあの創造的な親密さの極致ではないでしょうか[19]。

ヴァレリーはさらに、自然が作るものと人間が作るものとの相違を論じながら版画家と作家の「より深い親近性」について語っている。ヴァレリー曰く、自然の産物と人工物の相違は、前者が「分けない」もの（制作者と生産物、材料（マチエール）と形態（フォルム）など）を後者は区別する点にある。自然の生成が「不可分な関係」に基づく一方、人間の創造行為の特徴は「分ける」こと、そして分けた諸要素を「組み合わせる」点にある。「自然は抽象することも構成することもない」のに対し、人間は「抽象と構成の力」によって創造する。このように述べたうえヴァレリーは次の結論を導く。「最も精神に近い芸術とは、最小限の感覚的手段によって私たちの印象や意図を最大限に再現する芸術[20]」である。版画と文学はまさしく「白と黒」という最小限の手段を用いて創造し、「ほんのわずかなもの」に「多くの精神」を結びつける点で「最も精神に近い芸術」とみなされる。カミーユ・コローの版画集に

★18—— Daragnès, « Valéry illustrateur », in *Paul Valéry vivant*, Cahiers du Sud, 1946, p. 120-123.
★19—— « Petit discours aux peintres graveurs », *Œ*, I, 1319 ; *Œ2*, 1298.
★20—— *Ibid.*, *Œ*, I, 1321 ; *Œ2*, 1301.

寄せた序文においてもヴァレリーは、色彩画と比べて版画の「白と黒は精神とエクリチュールの行為にいっそう近い[21]」と述べている。

版画と文学には以上のような接点がある一方、ヴァレリーにとって二つの営みは確然と異なるものでもあった。「私の版画についての変奏 Variations sur ma gravure」と題する文章——一九四三年、金銀細工商クリストフル・ギャラリーにおける展覧会（ヴァレリーによる腐食銅版画(エッチング)を含む）に寄せた一文——では次のように打ち明けている。

さらに深刻なことには、突然その気になって、手元に銅があると〔版画制作に〕打ち込むようなことがありました……　まさしく天才たちがそうすると信じられているような仕方で——発作的な即興など認めず拒否するこの私が！　けれども、自分のものではないと感じている芸術、自分にとってはいっときの気晴らしにすぎないと感じている芸術において、私は感興の赴くまま身をまかせるのでした。[22]

「トランス状態で傑作を生み出すよりも明晰さを保って凡作を作るほうがましだ[23]」と言って憚らないヴァレリーは、「発作的な即興」に身をまかせることを潔しとせず、作品自体よりも作品を作る行為に価値を置いていた。が、こうした態度はあくまで本業の文筆活動に関するものであり、版画制作という「気晴らし」においてはもうすこし自由に「感興の赴くまま身をまかせる」ことができたのだろう。本業の厳格主義に対する余技の自由気儘さはこの作家の多面性を窺わせるものである。ただし、一口に版画と言っても、腐食銅版画（エッチング）と彫刻刀（ビュラン）で直接金属版を彫るビュラン彫りとは異なり、前者には「神秘と詩的な光」がある一方、後者には「最も美しい散文」に比すべき「力と明晰さ」があるとヴァレリーは言う。そして「制作の難しさによって私のようなアマチュアが即席の娯楽にふけることを禁じる」彫刻刀（ビュラン）に格別の敬意の念をおぼえると述べている。

最後に、ヴァレリーがあらゆる創作活動の根底にある「作る喜び plaisir de faire」について語った言葉を引用しよう。

> 完璧な幸福を味わったとしても、無上の富を手に入れたとしても、消えることなく尽きることもない特別な渇きがあります。揺るがない宝のうちに憩う悦楽だけでは私たちには十分ではありません。受動的な幸せに私たちは倦み、嫌悪感をおぼえます。私たちにはまた**作る喜び**が必要なのです。奇妙な喜び、複雑な喜び、苦労を伴い苦悩と混じり合った喜び、この喜びを追求するな

★21——« Autour de Corot » [préface à *Vingt estampes de Corot*, 1932], *Œ*, I, 1342 ; *Œ2*, 1318.

★22——*Variations sur ma gravure*, Suisse, Pagine d'Arte, 2009.

★23——*Fragments des mémoires d'un poème*, *Œ*, III, 799 ; *Œ1*, 1481.

かでは障害あり、辛苦あり、疑念あり、また絶望さえもある、そのような喜びが必要なのです。★24

晩年コレージュ・ド・フランスで「詩学」講座を開設したとき、ヴァレリーが問題としたのはまさしくこの「作る faire」という行為であった。「ポエジー」のギリシア語語源 poïein の原義「作る」にちなみ、みずからの「詩学 Poétique」を「制作学 Poïétique」と称したヴァレリーにとって、版画やデッサンは単なる手遊び(てすさび)ではなく「制作学」の一環をなす営為であったように思われる。

[3] 執筆年代における混淆(メランジュ)

散文と詩の混淆、文字と挿画の混淆に加え、「メランジュ」の問題系はさらに本書「はしがき」でヴァレリー自身が述べているように、各断章の執筆年代の開きにもかかわる。

　これほど偽りのないタイトルを掲げた本はない。本書『メランジュ』にいわば「君臨する」無秩序は執筆年代にまで及ぶ。五十年近くも前に書かれたものがあれば、一昨日のものもある。短詩「災厄」と「ナルシスのカンタータ」との間には約半世紀の歳月が流れている。

（本書一三頁）

ミシェル・ジャルティによれば、「災厄」の初稿が書かれたのは一九〇九年であり、一九三八年作の「ナルシスのカンタータ」との間に「約半世紀の歳月」の差があるというのはいささか誇張に過ぎるが、年代的な統一感がないことは確かである。右の引用につづけてヴァレリーは「こうした時間の量は、精神の産物においては何の意味もない」として次のように述べている。

> だが、この二作を本書に入れようとして書類のなかから取り出しながら、私はこう自問した。両作品が同じ作者のものであること、またどちらが先に作られたかということは、どうやって見分けられるのだろうか。正直なところ、この問いは、もしその答えを知らなかったなら、大いに私を悩ませることだろう。これは老人ならではの問題だ。ひとは自分が同じ人物であるということをよく承知しているが、このささやかな命題を説明し証明するのは至難のわざだろう。「〈私〉（モワ）」とはもしかすると単に便利な記号、動詞「である（エートル）」と同じくらい空虚な記号にすぎないのかもしれない——両者とも空虚であればあるほどいっそう便利なものとなる。
>
> （本書一三－一四頁）

★24——« Petit discours aux peintres graveurs », *Œ*, I, 1320 ; *Œ2*, 1299-1300.

書かれたテクストの執筆年代の混淆(メランジュ)は、それらを書いた作者の自己同一性という問題にまで及ぶが、この点については後述することにして、まずは『メランジュ』所収テクストの執筆年代の「無秩序」の一端を確認しておこう。たとえば本書に収められた定型韻文詩を配列順に挙げ、各詩篇の執筆年代を併記してみれば、テクストが執筆年代順に並べられていないことは一目瞭然である。

「メランジュとは精神のこと」(執筆年代不詳)
「イレーヌのソネット」(一九二四年頃の作)
「語らい(二つのフルートのために)」(初稿は一九一六年、一九三九年初出)
「災厄」(初稿は一九〇九年、一九一七年推敲、一九二一年脱稿)
「小品」三篇
　「ある肖像の下に」(一九二四年作)
　「M夫人の扇に」(一九二九年作)
　「ファン・ラモン・ヒメネスに」(一九二四年作)
「ナルシスのカンタータ」(一九三九年初出)
「うわのそらの女」(初稿は一九一七年、一九一八年推敲、一九二七年脱稿)
「雪」(初稿は一九一九年、一九二一-二二年、二六年推敲、一九三九年脱稿)

もうひとつ例を挙げよう。先に見たように、「海」と「グラースにて」は散文と自由詩の両面を併せもつテクストだが、各断章の配列と執筆年代の関係はどうなっているだろうか。「グラースにて」の三断章（「一」「二」が散文、「三」が自由詩）はいずれもグラース滞在中に書かれたものだが、「一」と「二」の初稿は一九二七年の『カイエ』(C, XII, 187, 212) に、「三」の初稿は一九三五年の『カイエ』(C, XVIII, 32) に見られ、配列と執筆年代の順序が一致する。他方、「海」の四断章（「一」「二」「三」が散文、「四」が自由詩）については、『カイエ』に記された初稿の年代は「四」が最も早く一九二九年 (C, XIV, 104)、「一」が一九三四年 (C, XVII, 487)、「三」が一九三五年 (C, XVIII, 314) であり（「二」は執筆年不詳）、執筆年代順とは異なる配列によって散文から自由詩への推移が生じている。以上の例を見るだけでも、『メランジュ』の作者が各テクストの配列やテクスト内の断章の順序に少なからぬ配慮をしていたことが窺われよう。

［4］本作品中に見られる「メランジュ」という語の用例

『メランジュ』と題する本作品には「メランジュ」という語が幾度か現れる。初版を例に、この語の出現の仕方を少し詳しくたどってみよう。読者はまず箱入り大型本の背表紙に、また箱から出して最初の印字のある表表紙に『メランジュ MÉLANGE』というタイトルを目にする。それから一ページめくると中表紙に「散文と詩のメランジュ MÉLANGE DE PROSE ET DE POËSIE」という補足的なタイトルが現れ、さらにページをめくってゆくと「メランジュとは精神のこと Mélange, c'est l'Esprit」という巻頭詩が現れる。このようにして読者は冒頭の数ページにおいてすでに「メランジュ」という語の多義的用法に接するのだ。書物のタイトルとしては複数形のMélangesが一般的であったのに対し、ヴァレリーがこの語を単数形で用いたのはなぜかという問いを先に提起したが、その理由はおそらくこの点にあると思われる。すなわち単数形のMélangeを採用することにより、従来のジャンルを示す慣例的なタイトルと一線を画し、それと同時に「メランジュ」の語義——さらにはその多義性——に読者の注意を向けようという狙いがあったのではないか。

◉精神のメランジュ

巻頭詩「メランジュとは精神のこと」はタイトルおよび次に掲げる詩句により、これまで見てきた「メランジュ」の含意——散文と詩の混淆、文章と挿画の混淆、執筆年代の混淆——に人間の精神という次元を加える。

　時により　無邪気　非常識　愛想よし　変わり者
　蝿一匹の奴隷ともなれば　法律の主人ともなる
　　精神とはまさにこの混淆（メランジュ）

そのもつれから絶え間なく　私(モワ)が身を解き放つ。

（本書一五頁）

◉感情のメランジュ

「精神」だけでなく「感情」もまた「メランジュ」にほかならない、とヴァレリーは言う。一九一二年の『カイエ』には次のような一節が記されている。

〔…〕心的生活のすべてが混淆(メランジュ)だ。／とりわけ「感情」なるものはすべて混淆(メランジュ)であり混同(コンフュジョン)である。間違った割当てや一定の照応関係の混乱がなければ感情は生まれない。そして感情が存在するかぎり、あらゆる明晰さや明確さは不安定なままである。／「定規とコンパスで」感情を表現することはできないということだ。★25

本作『メランジュ』のなかにも実際、感情の混淆(メランジュ)が表現されている。たとえば「折々の景」の「二」には「夜明け――夜明けではない。月が欠けてゆくのだ、蝕まれた真珠、溶けゆく氷、消えかかる微かな光に生まれ出づる光が少しずつ入れかわってゆく――かくも純粋な、最後で最初のこ

★25―― C, IV, 707-708 ; C2, 352.

の瞬間が私は好きだ。静けさと諦めと否定の混ざりあったもの（メランジュ）」（本書一二九頁）とある。また、同じく「折々の景」の「三」では、南仏グラースの朝の雪景色が「子どもの頃の感覚」を蘇らせ、薄く積もった雪に陽光が射す「寒々と金色に輝く印象」が「興奮と憂鬱（メランコリー）の混ざりあったもの（メランジュ）」（本書一三〇頁）を呼び覚ます。夜明けという微妙な時刻に感じられる「静けさと諦めと否定」、白雪と陽光が交錯する朝の「興奮と憂鬱」。そのような複合的な感情の混淆（メランジュ）が、あるいは混淆（メランジュ）としての感情が、移り変わる時や景色とともに表現されている。

◉宗教のメランジュ

「純粋」を希求する精神にとって「メランジュ」とは「不純」の代名詞である。本書所収の「神なるもの（ディヴィニテ）」と題する断章に次のような一節がある。

> 宗教において私が最も驚くこと、それは……不純さだ。歴史、伝説、論理、統制、詩と裁き、感情、社会的なものと個人的なもの……　そうしたものの混淆（メランジュ）、いや混淆以上のものだ。
>
> （本書一三五頁）

宗教の「不純さ」としてヴァレリーがとりわけ忌み嫌ったのは布教活動、すなわち他人を勧誘し説得しようとする行為であった。

――他人を説得しようとする嗜好から私は遠ざかる。改宗させようとする気持ちは私にはさらさらない。私を説得しようとする者を私は軽蔑する。護教論は不純だ。理性と情熱と利害の混淆（メランジュ）。どんな手段でもかまわない。かくして目的は卑しくなる。すべての人間が同じように考えることを望むなどとは、人間を侮辱することだ。★26

「汝の神を隠せ」と言うヴァレリーの信仰について語るのは容易ではないが、この作家は「テスト氏」をその妻「エミリー」の口をとおして「神なき神秘家」と形容している。★27 ヴァレリーがなにより重んじる「精神の自由」は「神的な事柄」と矛盾しないのである。この点について詳しくは、『ヴァレリー全集カイエ篇』第七巻「神について」、『ヴァレリー集成IV　精神の〈哲学〉』第二部「神秘主義」に収められたテクスト、ヴァレリーの未完の対話篇『神的ナル事柄ニツイテ』（『未完のヴァレリー』所収）などを参照されたい。

★26――« Propos me concernant », *Œ*, III, 682 ; *Œ2*, 1516.
★27――Cf. *Œ*, I, 1075, note 2 ; *Œ*, I, 1039, note 1.

◉精神と愛のメランジュ

とはいえ、ヴァレリーはつねに「不純」を唾棄し、「純粋」のみを希求する人間であったわけではない。本書所収の「愛(アモル)」の一節はそのことをよく示していよう。

> 精神と生命の混淆(メランジュ)にもまして、精神の自由および創意と生命維持にかかわる機能的活動との混淆(メランジュ)にもまして甘美なものはない。両者はつねに切り離され、対立するものと考えられがちである。しかし、言葉と思考に活気づく素晴らしい食事は、私たちを神々に似た（もしかすると神々を凌(しの)ぐ）存在にする。
> （本書一四一頁）

> 〈愛〉と〈精神〉の混淆(メランジュ)は最も酔わせる飲みものだ。
> 年齢はそれに奥深い苦味を、暗い明晰さを添え――この刹那のしずくに無限の価値を与える。
> （同前）

こうした物言いは「愛」に対する作家の考え方が著しく変ったことを示している。以前のヴァレリーはこのような言葉を発することは決してなかった。むしろ「愛」がもたらす惑乱をなんとか鎮静化するべく、そこから「精神」たる自己を切り離そうと必死になって、「愛」を蔑むこともしばしばであった。たとえば一九一五年の『カイエ』には次のように記されている。

　愛など胸くそ悪くなるようなものではないか？——あの粘液、あの汗、あの涎、あの火照り、あの手探り、あの恥じらい、あのぎこちない仕草、あの自動人形のようなふるまい、それからまた、あの下心のある虚言、だしぬけに変わる声とまなざし、愛が要求する動物‐天使‐子供の混淆体（メランジュ）、罪人にして酔っ払いの癲癇（てんかん）にかかったようなもの、そんなものがつきまとう愛などは？★28

精神と愛の分離から精神と愛の混淆（メランジュ）へ、この劇的な転換の大きな要因となったのはカトリーヌ・ポッジ（一八八二‐一九三四）という女性、彼女との出会いと激しい愛憎体験であった。ふたりが出会ったのは一九二〇年六月、ヴァレリー四十八歳、ポッジ三十七歳のときである。これを機にヴァレリーは「愛」に開眼し、以後、「知（ヌース）」と「愛（エロス）」、すなわち「精神」と「愛」の混淆（メランジュ）を渇望してやまず、ポッジとの破局後も、ルネ・ヴォーティエ（一八九八‐一九九一）やジャン・ヴォワリエことジャンヌ・ロヴィトン（一九〇三‐九六）といった年の離れた女性に報われぬ愛を抱きつづけることになる。

★28——C, V, 746 ; C2, 401.

本書所収の「ナルシスのカンタータ」は晩年の愛人ヴォワリエに捧げられているが、第三場でナンフとナルシスが交わし合う言葉は示唆的である。

私のなかに見てください　まったく違う美しさを
あなたの優美に劣りはしない私の優美は
あなたの宝を求めるあなたの愛を　叶えることができるのです
私の宝を求める愛と　優しく混ぜ合わせる（un tendre mélange）ことで……

というナンフに対して、ナルシスはこう返す。

気安く呼ぶな!……　欲しいのは混じりけのない愛（une amour sans mélange）だけだ
（本書七三－七五頁）

「混じりけのない愛」すなわち自己愛を貫こうとするナルシスと、自己愛を他者への愛と「優しく混ぜ合わせる」ことで自己愛も成就するのだと説くナンフ。当時ジャンヌに狂おしい愛を抱いていたヴァレリーの心情が、ナルシスの冷淡を責めるナンフの言葉に滲み出ているように思われる。

「純粋詩」をめぐって

　ところで、ヴァレリーの詩論の中核をなす「純粋詩 poésie pure」という概念は、しばしば「不純」の同義語として用いられる「メランジュ」の対極にあるように見えるが、両者はどのような関係にあるのだろうか。

「純粋詩」という言葉をヴァレリーがはじめて公に用いたのは、一九二〇年、リュシアン・ファーブルの詩集『女神を識る』に寄せた序文においてであり、その後「純粋詩」についての講演をブリュッセルやパリで行なった。一九二五年には、「純粋詩」に触発されたアンリ・ブレモン神父がアカデミー・フランセーズにおいてこれを取りあげ、いわゆる「純粋詩論争」に発展する。「純粋詩」を宗教の祈りと同一視しようとするブレモン神父の解釈を受け、ヴァレリーは一九二七年「純粋詩、ある講演のための覚書」(『詩人の手帖 *Calepin d'un poète*』所収）において自身の考えを明確にした。「純粋」という語を「道徳上の純粋さ」とは関係なく「物理学者が純粋な水と言うときの意味」で用いると断ったうえ、「純粋詩」とは「詩的でない要素が一切混じっていない作品」の謂であり、それは「到達不可能な目標」、「理念上の極限」である、とヴァレリーは言う。

　仮に詩人が、散文に属するものがもはや何ひとつ現れないような作品を作り上げることができたとすれば、音楽的な連続性が決して途切れることなく、意味の関係が和声的な関係にたえまなく等しくあるような詩、どんな思考よりも、ある思考から別の思考へ移り変わってゆく思考の変換のほうが重要であるように思われる詩、文彩（フィギュール）の戯れのなかに実際の主題が含まれているような詩、そうした詩を作り上げることが仮にできたとすれば、――そのときには純粋詩についてあたかもそれが実在するかのように話すことができるだろう。[★29]

なお『カイエ』には、すでに一九一〇年ごろから「純粋詩」という表現が見られ、一九一六年の『カイエ』には『ボードレールの位置 *La Situtaion de Baudelaire*』のメモと思われる断章に、ボードレールは「純粋詩のなかに知性を導入した」とある。[★30]ヴァレリーによれば、フランス詩における「純粋詩」の系譜は、エドガー・ポーの詩論に起因し、ボードレールからマラルメへと継承された。一九三三年の講演「ステファヌ・マラルメ」においてもヴァレリーは「純粋詩」と「絶対詩 poésie absolue」を同義語として用い、マラルメがこの到達不可能な理念に近づこうとしたと述べている。[★31]

ヴァレリーが目指した「純粋詩」とは具体的にどのようなものであったか。それを知るうえで、『ヴァレリーの検討』（一九三五年）の著者ジャン・ド・ラトゥールに作家が返した手紙の一節が参考になる。

あなたが引用された八行の詩句は……　まさしく私が最も苦心したものであり、私の考えでは、これまでに書いた詩句のなかで最も完璧なもの、というのは、私が望んだ詩句のありように最も適合し、私が詩句に課したあらゆる制約を柔軟に満たしているものです。また注意していただきたいのですが、それらの詩句には観念（イデー）がまったくなく、まさしく私が純粋詩と呼んでいるものを構成する純粋さの度合いに達しているのです。★32

問題の「八行の詩句」は『ナルシス断章』の次の一節（第一断章、第四八－五五行）である。

Ô douceur de survivre à la force du jour,
Quand elle se retire enfin rose d'amour,
Encore un peu brûlante, et lasse, mais comblée,
Et de tant de trésors tendrement accablée

★29——« Poésie pure. Notes pour une conférence », *Œ*, I, 1713 ; *ŒL*, 1463.
★30——*C*, IV, 488 ; *C2*, 1158. *C*, VI, 140-141 ; *C2*, 1075.
★31——« Stéphane Mallarmé », *Œ*, II, 841-842 ; *ŒL*, 676-677.
★32——Jean de Latour, *Examen de Valéry*, Gallimard, 1935, p. 159.

Par de tels souvenirs qu'ils empourprent sa mort,
Et qu'ils la font heureuse agenouiller dans l'or,
Puis s'étendre, se fondre, et perdre sa vendange,
Et s'éteindre en un songe en qui le soir se change.★33

おお　日の光の力果てるまで生き延びることの甘美さよ
そのとき光は身を引いて　ついには愛の薔薇となり
なおもわずかに燃えかけて、けだるく、とはいえ満ち足りて
これほど多くの宝に　愛情をこめて打ちのめされ
かずかずの思い出に　その死を真紅に染められて
金色のなか幸せにつつまれながらひざまずき、
そして横たわり、身も溶けて、葡萄の色も失って
夢のなかに消えゆけば　夕べも夢に変わりゆく。

「観念（イデー）がまったくなく」というのは誇張表現だが、先に引用したヴァレリーの言葉を借りて言えば「どんな思考よりも、ある思考から別の思考へ移り変わってゆく思考の変換のほうが重要」ということ

だろう。夕映えの空が「愛の薔薇」から「葡萄の色」を失うにいたるまで刻々と移り変わってゆくさまが、鼻母音のゆたかな響きとともにうたわれている。まさに「音楽的な連続性が決して途切れることなく」、「文彩（フィギュール）の戯れのなかに実際の主題が含まれているような詩」の好例と言えよう。

こうした「純粋詩」を目指す詩人の出発点には、その素材である「言語の不純性」という問題がある。ヴァレリーはこの点を説明するために詩人を音楽家と比較し、音楽家には楽音という純粋な素材、騒音の世界とはっきり区別される楽音の体系が与えられているのに対し、詩人は「言語」という「まったく一貫性を欠いた聴覚的、心理的刺激の混合物（メランジュ）」★[34]を用いざるをえないと言う。つまり、言語には音やリズムなどの聴覚的刺激と意味やイメージなどの心理的刺激があるが、両者にはいかなる必然的な関係もないということだ。この混合物（メランジュ）たる言語の複合性を強調して、ヴァレリーは次のように言う。「あらゆる芸術のうちで私たちの芸術〔すなわち詩〕こそが、音、意味、現実的なものと想像的なもの、論理、統辞、そして内容と形式のふたつを発明することなど……といった独立した部分ないし要因をおそらくは最も多く連携させるものである。★[35]」この点について、森本淳生は

★33――« Fragments du Narcisse », *Œ*, I, 641-642 ; *ŒI*, 123.

★34――「詩と抽象的思考」、森本淳生訳、『ヴァレリー集成III』、四一七頁。« Poésie et pensée abstraite », *Œ*, III, 834 ; *ŒI*, 1328.

★35――同邦訳書、四三一頁。*Œ*, III, 847 ; *ŒI*, 1339.

「ヴァレリーが追究する詩を「純粋詩」と呼ぶならば、それはむしろ異質な数多くの要素を内包するという意味でむしろ不純なるものと呼びうるだろう」[★36]と指摘している。いずれにせよ、日常言語という雑多ないし不純な素材を用いつつも、そこから「純粋で理想的な〈声〉」を引き出そうとする、それこそ「純粋詩」という到達不可能な理念に向かって詩的言語をかぎりなく純化しようとする詩人の姿勢にほかならない。この純粋志向は当然のことながら、詩と散文を峻別しようとする。ヴァレリーはたとえば散文と詩の関係を歩行と舞踏の関係になぞらえ、〈歩行および散文〉をある目的地に到達する＝ある意味内容を伝達するための実用的行為に限定する一方、そうした実用性から独立した〈舞踏および詩〉の芸術的価値を説く、というように両者の相違を際立たせる。[★37]ヴァレリーの詩論の要点はおおよそ以上のとおりであり、詩と散文の区別に力点を置く「純粋詩」の詩人というのが一般的に世に広まっているヴァレリー像であろう。

本書『メランジュ』は、こうした「純粋詩」の詩人とは別の側面がヴァレリーにあることを示す書物である。実際、その詩論を注意深く読めば、詩と散文の区別にしても、両者の中間状態がまったく度外視されているわけではないことが分かる。

> 散文があり、韻文がある。その中間には、さまざまな種類の混淆形態（メランジュ）があるけれども、今はそれらを両者の極限状態において考察しよう。この両極限の対立をいささか誇張して説明するな

ら、言語の限界として一方には音楽が、他方には代数があると言えよう。[38]

理論家としてのヴァレリーは詩と散文をそれぞれの「極限状態」において考察し、両者の差異を強調するが、その中間に「さまざまな種類の混淆形態（メランジュ）」があることを忘れてはいない。ヴァレリーが実際に書いたテクスト——とりわけ公刊されていないもの——には散文詩や自由詩の試みが少なからずあり、実作には作家自身の理論に収まりきらない広がりと複雑さがある。本書『メランジュ』はいわばこの散文と詩の「混淆形態（メランジュ）」がさまざまな起伏をなして広がる場であり、そこには、ある目的地に向かって歩き続けるのではなく、もっぱら舞踏するのでもなく、時に踊り、時に歩き、時にスキップしながら遊歩するかのようなヴァレリーの姿が認められる。

「純粋な私」をめぐって

詩の純化を志向した作家はおのれ自身をも純化しようとした。「純粋自我」あるいは「純粋な私」(le moi pur) というヴァレリーの言葉はそのことを端的に示すものだが、『カイエ』にはまた「自己」

★36——『ヴァレリー集成III』、五四一頁。
★37——同邦訳書、四一九–四二二頁。*Œ*, III, 835-838 ; *ŒI*, 1329-1331.
★38——« Propos sur la Poésie », *Œ*, I, 1733 ; *ŒI*, 1370.

を「メランジュ」として捉える意識が随所にうかがわれる。たとえば、コルシカ人の父とイタリア人の母の血を引く作家はみずからを「フランスの環境で生まれ育ったコルシカとイタリアの混淆(メランジュ)」[★39]と規定するが、こうした出自に関わる混淆に加え、ヴァレリーは自己のうちに相矛盾する性向が混在しているという意識を抱えていた。

　信じられない大胆さと極端な内気さとの混淆(メランジュ)を私は自分自身の目にさらす——苦しい共鳴作用をともなって常軌を逸する耐えがたい感受性と極端な厳格さとの混淆(メランジュ)を。[★40] 私の精神は私の感受性とおそろしく異なっており——それを利用しながら、その奴隷となる——

ヴァレリーの生涯を「知性と感性の相剋[★41]」と捉える見方は、まさしく両者の矛盾と混淆(メランジュ)に苦しんだこの作家の核心を突くものだろう。しかも、自己の内部に葛藤を感じるだけでなく、「自分の本性」のうちに「統一性」を見出さないとヴァレリーは言う。

　私は自分の本性(ナチュール)のなかに統一性を見出さない。私はその「根底」をまったく知らない……だが私の本性の根底とは何か、そもそも私の本性とは？　私は単にこう言おう。私はただ自分の好きなものを知っており、自分の嫌いなものを知っている、がそれは今日のところに限ったことだ。自分の本性が選んで押しつけるこうした好みに、私はただ「偶然の結果」しか認めない。自己を意識するとは、自分がまったく別ものでありうると感じることではないか。★42

「自分がまったく別ものでありうる」という感覚、それこそヴァレリーの自己意識の根底にあり、この作家の「私」に独特な陰影を与えるものである。「私」とは何か、自己意識とはいかなるものか――『カイエ』においてこの問いは、しばしば「ナルシス」の形象のもと、「私」と「個性」の対立という様相を呈する。

ナルシス――〈私 Moi〉と〈個性 Personalité〉の対面。思い出、名前、習慣、傾向、映った姿、確定され固定され登録された存在、歴史、特殊なもの〈以上、個性〉と――普遍的中心、変化する能力、忘却という永遠の若さ、プロテウス、束縛されえない存在、回転運動、再生機能、完全に新しくまた多数でさえありうる私――いくつもの生き方――いくつもの次元――いくつ

★39――*C*, IV, 720 ; *C1*, 57 [1912].

★40――*C*, XV, 387 ; *C1*, 129 [1931].

★41――清水徹『ヴァレリー――知性と感性の相剋』、岩波新書、二〇一〇年

★42――« Propos me concernant », *Œ*, III, 670 ; *Œ2*, 1508.

もの歴史をもつ私――(cf.病理学)――との対立。★43

ヴァレリーはみずからを特徴づける「個性」を「私」とは認めない。というのも「個性」が「思い出、名前、習慣、傾向」等々「特殊なもの」であるのに対し、「私」とは「普遍的中心」、言い換えれば、万人に共通する自己意識にほかならないからだ。「個性」が「確定され固定され登録された存在」である一方、「私」は「変化する能力」、いわばギリシア神話における変幻自在の海神「プロテウス」のごとき存在であり、前者が「歴史」を負うのに対して後者はいかなる過去にも束縛されず、「忘却」という「永遠の若さ」を保ち、「完全に新しくまた多数でさえありうる」存在としてみずからを意識する。「いくつもの生き方」、「いくつもの次元」、「いくつもの歴史」をもつ「私」の複数性は、ある限度を超えれば精神「病理学」の対象となる危険性をはらんでいるが、その点をも意識しつつ、ヴァレリーの「私」は絶えずみずからの「個性」の特殊性からわれとわが身を解き放とうとする。

本書『メランジュ』にも、こうした「私」と「個性」の対面対立に呼応する断章がある。

ナルシス。鏡に映った自分を見つめることは、死を思うことではないか。そこに儚(はかな)い自分を見るのではないか。不死のものがおのれの死すべき姿をそこに見る。鏡は私たちに、自分の皮膚から、自分の顔から抜け出るように仕向けるのだ。

（本書一七六頁）

「不死のもの」が鏡に「おのれの死すべき姿」を見る、これはまさに「私」が鏡におのれの「個性」を見るのと同じ構図である。「忘却という永遠の若さ」をもつ「私」はみずからを「不死のもの」とさえ感じるのだ。ある「個性」をもった特殊な存在、死ぬ定めにある人間存在から抜け出ようとする自己意識、それこそヴァレリーが「私」と呼び、さらには「純粋な私 moi pur」と名づけるものにほかならない。

もしかすると自己意識が「天使」を生み出すのだろうか。ともかく、それは自分という誰かから私を切り離す。〔自分という誰かを〕斥け否定しようとする反応が純粋な私を生じさせる〔…〕。★44

私は〈純粋な私〉（あるいは絶対の、第一の〈私〉）なるものを、あらゆる関係を$A=0$という形で示しうる代数学の表記法との形式的類似に基づき、0（ゼロ）という表記によって表そうと思う。〔方程式の〕右辺をゼロにするこの行為は、まさしく〈私〉を定義する行為の最も明瞭

★43——*C*, IV, 181 ; *C2*, 284-285 [1907-1908].
★44——*C*, XXIV, 132 ; *C1*, 191 [1940-41].

なイメージだ――〈私〉とは何であろうとあらゆるものを斥ける中心的な反射作用である。★45

「純粋な私」とは要するに、ありとあらゆる「私の個性」、第三者から見て「私」の特徴をなすもの、他者と比較可能なものをすべて剝ぎ落とした果てに残るであろう純然たる存在意識のようなもの、いわば「私」という存在の虚の中心である。が、こうした「ゼロ」としての「純粋な私」を志向する意識は、みずからを不純な「混淆（メランジュ）」と感じる意識と不可分であろう。「天使」や「動物」に「純粋さ」を想定するまなざしが、おのれの内に矛盾を抱える「人間」の「不純さ」の自覚から発しているのと同じように。

本書『メランジュ』には、純粋ならざる「人間なるもの（ユマニテ）」についての記述が多くあり（本書一六頁、一一三頁、一六三頁、一八二頁）、また作者自身の「個性」にかかわる断章も少なくない。半ば伝説めいた「白鳥のいた幼年期」（本書三八頁）や『若きパルク』執筆時の「回想」（本書一〇九頁）など、みずからの人生を回顧する断章もあれば、「グラースにて」「モンペリエ」「ジュネーヴ」あるいはロンドンの動物園で目にした「タイガー」など（本書二五―三二頁）、実際に訪れた旅先の風物を描いた断章もある。それらは「純粋な私」の意識に照らせば、「個性」に属する特殊なもの、偶発的なものとして斥けるべきものかもしれないが、ヴァレリーという人間はそうしたものを『メランジュ』に収めている。

要するに、本書『メランジュ』には「純粋詩」の詩人とは別の、散文と詩の境界を散歩するような作家の姿とともに、「純粋な私」を志向する作家とは別の、人間ヴァレリーの姿が認められるのである。

「不純さ」と「多様性」

「メランジュ」という語はヴァレリーにおいて「不純さ」に結びつくことが多いが、そうとも限らず、この語が「多様性」という含意をもって肯定的に語られることもある。たとえば第一世界大戦後のヨーロッパ情勢を鋭く洞察した『精神の危機 *La Crise de l'esprit*』において、ヴァレリーは「ヨーロッパ精神」の特性を論じつつ、「幸福なメランジュ」という表現を用いている。

> あくなき貪欲、熾烈にして無私の好奇心、想像力と論理的厳密さの幸福な混合（メランジュ）、悲観主義にならないある種の懐疑主義、諦念とは一線を画す神秘主義……　そうしたものがヨーロッパ「魂（プシシェ）」の最も深甚な力を発揮する特性になっている。★46

★45――*C*, XXII, 881 ; *C2*, 325 [1940].

★46――『精神の危機　他十五篇』、恒川邦夫訳、岩波文庫、二〇一〇年、二二一―二二三頁。« La Crise de l'esprit », *Œ*, I, 706 ; *ŒI*, 996.

ヨーロッパについて、地中海文明について、フランスやパリについて語るとき（『現代世界の考察 *Regards sur le monde actuel*』所収の諸論考を参照）、ヴァレリーは「混淆（メランジュ）」という語を肯定的な意味合い、つまり豊かな異種混淆性、相反するものを許容する多様性という意味合いでしばしば用いている。「メランジュ」を「不純」とみるか「多様」とみるか、それは各人の各対象に対するものの見方にほかならない。

III ヴァレリー以後——「断章」形式の系譜

「メランジュ」というジャンルはその後どのような変遷をたどったのか。ヴァレリーの『メランジュ』は後世にどのような影響を及ぼしたのか。最後にこの点について考えてみたい。今日なおMélangesというタイトルの書物は散見するが、それらはほとんどすべて大学教授の退任などの際に出版される記念論集であり、現代においてはこの語義にほぼ限定されたと言ってよいだろう。他方、ヴァレリーが「メランジュ」という語にこめた問題意識はその後も途絶えることはなく、むしろ「断章・断片 fragment」という名称のもと大きな展開を見せたように思われる。以下、モーリス・ブランショ（一九〇七－二〇〇三）とロラン・バルト（一九一五－八〇）という二人の作家における「断章的エクリチュール」に焦点を絞り、『メランジュ』をはじめとするヴァレリーの断章形式の作品群が次世代の思想家・文学者に及ぼした影響の射程について、その一端を素描してみよう。

◉モーリス・ブランショ

一九四一年四月から一九四四年八月まで「デバ」紙の「文学時評」を担当したモーリス・ブランショは、一九四二年十二月十六日号の時評欄においてヴァレリーの『邪念その他』を取り上げた。[★47]次の引用はその冒頭の一節である。

> 数年来ポール・ヴァレリーが出版に供してきた何冊かの書物は、構成の乱脈さや意味のある配列に対する軽蔑という点においてたがいに似通っている。それらはみな、程度の差こそあれ、エッセーや短い考察を断章としてまとめた覚書（カイエ）である。それは彼の思考が未完成な状態で、また自然発生的な働きとして現れる際にとる形態なのだ。それが書物なのはたまたまでしかない。[★48]

『ヴァリエテ』（一九二四年）から『邪念その他』（一九四二年）に至るまでのヴァレリーの作品群を俯瞰し、とりわけ断章的性格を有する一連の書物——『アナレクタ』（一九二六年）、『ロンブ』（一九二六年）、『言

★47——Maurice Blanchot, « Chronique de la vie intellectuelle : Les « Mauvaises pensées » de Paul Valéry », *Journal des débats politiques et littéraires*, nº du mercredi 16 décembre 1942.

★48——モーリス・ブランショ『文学時評 1941-1944』、郷原佳以・門間広明・石川学・伊藤亮太・髙山花子訳、水声社、二〇二一年、二一四頁。引用箇所は門間広明氏の訳による。Blanchot, *Chroniques littéraires du Journal des débats, avril 1941 - août 1944*, textes choisis et établis par Christophe Bident, Gallimard, 2007, p. 271.

わざりしこと』(一九三〇年)——に注目しつつ、ブランショはそれらの断章集が「順序と分量に関するいかなる配慮からも自由」であり、「整理され完成されたあらゆる著作に対する反感」を示していると指摘する。

ポール・ヴァレリーは自分が仕事において好むのは仕事そのものだけだとつねに告げてきたし、誰かの介入や外的な状況だけが仕事の運動を中断しそれをひとつの状態に固定する理由を与えてくれるのだと打ち明けてきた。したがって、一冊の書物は、彼には必然的な省察の流れのなかに偶然に生じた一画にしか見えないのであり、彼は書物の編集を他のより決定的な問題よりも解決が優先されるべき真正な問題とみなすことはない。★49

ブランショはまた『邪念 *Mauvaises pensées*』といういわくありげな書物のタイトルにも鋭い洞察を加えており、mauvaises(悪い・邪な)という形容詞はpensées(思考)の内容ではなく、この書物の断片的性質に関わるものであると言う。

それが「悪い」思考なのは、通常の秩序をかき乱すからであり、また他の思考にもまして偶然、無秩序、不合理といったもの、つまり精神の可能性を制限する「悪」を取り入れるからである。★50

ヴァレリー自身はといえば、毎朝の習慣となったカイエを自身の「悪癖 vice」と称し、私的なエクリチュールであるカイエと公に刊行される作品の根本的相違について次のように記している。

これらのカイエは私の悪癖だ。それらはまた反‐作品、反‐完結である。
「思考」という観点からすれば、作品は偽造品である。なぜなら作品は仮そめのもの、繰り返しえないもの、その場かぎりのもの、また純粋と不純の、無秩序と秩序の混淆（メランジュ）を除去するからだ。[★51]

「完結」を前提とする「作品」とは異なり、「思考」の運動をそのまま記述しようとする「カイエ」のエクリチュールは中断することはあっても「完結」することはない。「思考」のありのままの姿に照らし合わせるならば、「作品」とはその姿を見栄えよく歪めた「偽造品」にほかならない。それに対して「カイエ」は「作品」が余計なものとして「除去」するもの——「仮そめのもの」「繰り返しえないもの」「その場かぎりのもの」等々——をそのまま受け入れる。この点、本作『メラン

★49——同邦訳書、二一四‐二一五頁。*Ibid.*, p. 272.
★50——同邦訳書、二一七頁（一部訳を変更した）。*Ibid.*, p. 275.
★51——*C*, XX, 678 ; *CI*, 11-12.

ジュ』はどうであろう。一見「完結」した「作品」という外観を呈しているように見えながら、内実においては「無秩序と秩序の混淆（メランジュ）」を除去しない、「反 - 作品」の特徴を備えていると言えよう。『邪念その他』を論じつつブランショが注目するのもまさしくこの「反 - 作品」的、「反 - 完結」的なもの、断片的エクリチュールという痕跡を残す終わりなき思考の運動である。一九四〇年代にすでにヴァレリーの一連の作品群に深い理解を示していたブランショは、一九六〇年代以降、みずからも断片的エクリチュールを実践してゆく。『期待　忘却 *L'attente l'oubli*』（一九六二年）という物語風のテクストや『終わりなき対話 *L'Entretien infini*』（一九六九年）の諸論考――「思考と不連続性の要請」、「ニーチェと断片的エクリチュール」論を含む「ニヒリズムについての考察」、ルネ・シャールの詩を論じた「断片の言葉（パロール）」、ドイツ・ロマン主義論「アテネーウム」など――において、さらにその後も『彼方への一歩 *Le Pas au-delà*』（一九七三年）や『災禍のエクリチュール *L'Écriture du désastre*』（一九八〇年）において、「断片・断章 fragments」、「断片的なもの le fragmentaire」、「断片的な（ものの）要請 exigence (du) fragmentaire」、「断片的エクリチュール écriture fragmentaire」をめぐる思考が深められてゆく。

こうしたブランショの断片的エクリチュールの探求は、一九五〇年代から六〇年代初頭にかけてフランスの政治に多大な混乱をもたらした歴史的事件、すなわちアルジェリア戦争と密接に関わっていたと指摘される（邦訳『終わりなき対話　II』、西山達也氏によるあとがきを参照）。一九六〇年、百二十一名が署名した「アルジェリア戦争における不服従の権利に関する宣言」の起草に携わったブランショは、この共同執筆の体験を通して「集団的エクリチュール」の必要性を確信し、その実践の場として「ルヴュ・アンテルナシオナル」誌の創刊を企図した。実現には至らなかったものの、ブランショの計画によれば、この雑誌は「記事・論考 article」（この語には連接されたものという含意がある）の集合ではなく「断片 fragment」からなるものとして構想されたらしい。[★52] 断片的エクリチュールの探求が集団的エクリチュールの探求と軌を一にするものであり、両者がアルジェリア戦争に深く結びついていたということは、ブランショにおける「断片」の問題を考えるうえで見過ごすことのできない点であろう。

◉ロラン・バルト

ヴァレリーの読者であり、「断章」をみずからのエクリチュールの核心とした作家として、もうひとりロラン・バルトが挙げられる。バルトの母方の祖母ノエミ・レヴランのサロンにヴァレリーが通っていたという伝記的逸話はさておき、十五歳のころ「ヴァレリー風の詩を書きたいと思っていた」[★53] バルトは、その後も言語や文学に関する省察を含む『テル・ケル』の断章や『ヴァリエテ』の論集を精読したり、ブランショと同じくコレージュ・ド・フランスにおけるヴァレリーの「詩学」講義を聴講したりした。みずからもコレージュの講義を担うこととなったバルトは『テスト氏』につい

★52――『終わりなき対話　II　限界-経験』、筑摩書房、二〇一七年、四八〇-四八一頁。

て斬新先鋭な知見を示すなど、一九七七－七八年当時もはや「流行していなかった」作家に深い理解を示している。ヴァレリーとバルトの関係は「修辞学」や「作家の死」などさまざまな観点から検討しうるが、[★54] ここでは「断章」および「アルファベット」に注目して両者の接点を探ってみよう。「断章」形式で書かれた『ロラン・バルトによるロラン・バルト』（一九七五年）には、まさしく「断章で書く」ことについての記述がある。

> 断章で書く。すると、それらの断章は輪のまわりの小石になる。わたしは自分を丸く並べているのだ。わたしの小さな全宇宙が粉々になる。中心には何があるのか。
>
> 彼の最初の、あるいはほとんど最初のテクスト（一九四二年）は、断章で作られている。断章を選択したことは、そのときはジッドふうに正当化されている。「なぜなら、統一性のないほうが、何かをゆがめる秩序よりも好ましいからだ」。それからは、彼は実際に、短い形式を実践することをやめなかった。『現代社会の神話』と『記号の国』の小画集、『批評をめぐる試み』のいくつもの小論や序文、『S/Z』のレクシ集、『ミシュレ』のタイトルつき段落集、「サド　II」と『テクストの快楽』の断章集。[★55]

バルトはまた同じ断章において「〈書き出し〉を考えだして書くのが好きなので、その楽しみをふやそうとする。そういうわけで、彼は断章を書く。断章の数とおなじだけ書きだしがあり、喜びがあるからだ[56]」と打ち明けているが、バルトにとって「断章」形式は単に「楽しみ・喜び plaisir」の問題だけではなく、「自己」をいかに語るかという問題と深く結びついており、同書には「断章」形式についての反省意識もうかがわれる。

自分の言述をばらばらにしてしまえば、自分自身について想像的に長々と書くことをやめられるし、超越性の危険を小さくすることができる、という幻想をわたしはもっている。しかし、断章（俳句、格言、箴言、日記の断片など）は、〈結局は〉レトリック性のつよいジャンルであるし、レトリックとはもっとも解釈に身をさらす言語層であるから、わたしは自分を分散させているつもりでいながら、想像的なものの温床におとなしくもどっているだけなのである[57]。

★53——Roland Barthes, *Le Neutre. Cours au Collège de France 1978*, Paris, Seuil, 2023, p. 222.
★54——たとえば、次の講演を参照。Benoît Peeters, « Barthes et Valéry : chassés-croisés », dans Valéry au Collège de France, 15 juin 2023. https://youtu.be/5KJ9dQdQ1a8.
★55——『ロラン・バルトによるロラン・バルト』、石川美子訳、みすず書房、二〇一八年、一三一－一三二頁。*Roland Barthes par Roland Barthes* [1975], Paris, Seuil, « Écrivains de toujours », 1995, p. 89.
★56——同邦訳書、一三三頁。*Ibid.*, p. 89-90.
★57——同邦訳書、一三五頁。*Ibid.*, p. 90.

バルトはまた「エクリチュール」と「作品」の相違について次のように述べている。

エクリチュールと作品とのあいだには、たしかに矛盾がある〔…〕。わたしは、絶えまなく、果てしなく、期限もなく、エクリチュールを楽しむ。永続的な生産行為であるかのように。無条件の散逸であるかのように。〔…〕だが、わたしたちの金もうけ主義社会においては、「作品」にたどりつかねばならない。作りあげること、すなわち、商品を〈完成〉しなければならない。わたしが書いているあいだ、エクリチュールは、作品になることにうまく協力せねばならず、そのようにして作品にたえず押しつぶされて、平凡になり、自責の念にかられるのである。作品というものについての集団的イメージがわたしに仕掛けるあらゆる罠をくぐりぬけて、いったいどのように書けばよいのか。[★58]

エクリチュールを作品に「作りあげる」こと、「商品」として「完成」させることを求める社会の要請に抗って、バルトは断章的エクリチュールを実践しつづけようとする。そしてこの作品化への対抗手段、断章を構築しないための方途となるのが「アルファベット」である。

アルファベットの誘惑。断章を連結させるためにこの文字列を採用することは、言語の栄光を生み出しているもの（ソシュールを絶望させたもの）に身をゆだねることである。それは根拠のない（いかなる模倣もない）順序であり、恣意的になることのないものだ（だれもがアルファベットを知っており、認めて、合意しているからだ）。アルファベットは幸福感をもたらす。「構想」の苦悩も、大げさな「展開」も、ひねくれた論理もいらない。論述もしなくてよい。断章ごとにひとつの思考があり、思考ごとにひとつの断章がある。これらの原子を並べてゆくには、フランス語文字の、昔からある、途方もない順序だけでいいのだ（文字自体がまた、常軌を逸した——意味のない——ものである）。★59

このように語るバルトは断章的エクリチュールをアルファベット順に並べるという方法を『テクストの快楽 *Le Plaisir du texte*』（一九七三年）、『ロラン・バルトによるロラン・バルト』（一九七五年）、『恋愛のディスクール・断章 *Fragments d'un discours amoureux*』（一九七七年）などにおいて活用したが、それ以前にも一九六二年の論考「文学と不連続」においてすでに、アメリカ合衆国の各州をアルファベット順に記述するミシェル・ビュトールの『モビール』に注目していた。バルトによれば、「書物の観念そのもの」を揺るがせた同書の斬新さは、「活字印刷の規範」に対する侵犯とともに、「文学的

★58——同邦訳書、二〇三－二〇四頁。*Ibid.*, p. 122.
★59——同邦訳書、二二一頁。*Ibid.*, p. 131.

言説の連続性」に対する侵犯にあった。すなわち「書物とは、次々につながり、展開し、繰り延べられ、流れていくオブジェ」、「生きた有機的な実質の流れ」であるという物語の連続性、その「〈生〉の神話」の解体である。連続的な物語という通念を破壊する『モビール』の「不連続性」は「アルファベット順」という配列法と不可分であり、バルトはそこに分類という行為に伴ういかなる意味づけをも免れた「中性的性格」を、いわば「分類のゼロ度」を認めていた。[★60]興味深いことに、バルトが論じた『モビール』の著者もまた『ミシェル・ビュトールによるミシェル・ビュトール』(二〇〇三年)[★61]において、断章群をアルファベット順に並べる方法を踏襲したうえ、まさしく「アルファベット」と題する断章をその冒頭に位置づけている。

ところで、バルトやビュトールが採用したこの配列法は、まさしくブランショが注目したヴァレリーの『邪念その他』(一九四二年)にすでに見られるものである。そこではAからTまでのアルファベットの見出しの下に複数の断章が配置されているが、アルファベットの文字と各断章の関係は明らかでない場合がほとんどで、アルファベットはまさしく意味をもたない分類記号として機能している。本書『メランジュ』においても「詩篇(プソーム)」連作のタイトルにアルファベットの使用例が見られるが、アルファベットに対するヴァレリーの関心はさらに一九二〇年代に遡る。当時『アルファベット』と題する散文詩集(未刊)を構想していたヴァレリーは、KとWを除いたアルファベット二十四文字を一日の二十四時間におおよそ対応させ、アルファベットの各文字から書き出される散文詩二十四篇によって、未明から深夜にかけて時とともに移り変わる一人間の心理的生理的変容を描こうとしていた。

バルトに戻れば、「アルファベット」についての考察は「雑多なものとしての作品」と題する次の断章にいたる。

反構造主義的批評というものをわたしは想像している。そのような批評は、作品の秩序ではなく、無秩序を研究することになるだろう。そのためには、いかなる作品も、〈百科事典〉とみなせばよいであろう。たんなる隣接性の文彩（換喩と連結辞省略）だけを用いてテクストが演出する雑多な（知識やエロティシズムの）対象がいくつあるかによって、それぞれのテクストを定義することはできないものか。百科事典なのだから、作品が種々雑多な対象を列挙しているという印象も和らげられる。そうした列挙こそ、作品の反構造であり、曖昧で常軌を逸した雑多性なのである。[62]

★60——「文学と不連続」、『ロラン・バルト著作集5　批評をめぐる試み　1964』、吉村和明訳、みすず書房、二〇〇五年、二六一－二八〇頁。

★61——*Michel Butor par Michel Butor*, Paris, Seghers, 2003.

★62——同邦訳書、二一三頁。*Ibid.*, p. 131.

「雑多なもの（polygraphie）としての作品」――「雑 polygraphie」とは図書館の分類用語でもある――は、まさしく「雑纂（ミセラネア） miscellanea」から「メランジュ」にいたる雑録文学の系譜に列なるものにほかならない。「百科事典」への言及も、先に見たように、十八世紀『百科全書』に携わったダランベールやヴォルテールが『メランジュ』と題する書物を著していたことを思い起こさせよう。こうして歴史を振り返ってみると、二十世紀半ばに刊行されたヴァレリーの『メランジュ』は長きにわたる文学的思想的系譜に位置づけられるとともに、ある重要な結節点をなしているように思われる。すなわちそれは、古代の「雑纂（ミセラネア）」に遡る「メランジュ」文学の系譜に属すると同時に、二十世紀後半のフランス思想・文学を牽引した作家たち――ブランショ、バルト、ビュトールなど――によって展開される「断章」の問題系を開くものでもあった。完結を旨とする作品の構築と思考の終わりなき運動、両者の矛盾をはらむ本作『メランジュ』の断片的エクリチュールは、いまなお古びることのない問題を提起するだろう。

翻訳に際しては、佐藤正彰、伊吹武彦、村松剛、清水徹の諸氏による『雑集』既訳（『ヴァレリー全集』第三巻および第一巻所収）および塚本昌則氏による『混淆集』抄訳（『ヴァレリー集成II』所収）を参考にさせていただいた。

また本書の刊行にあたっては、幻戯書房の中村健太郎氏に企画当初から大変お世話になり、趣向を凝らした丁寧な編集をしていただいた。記して感謝申し上げます。

二〇二三年秋

鳥山定嗣

［著者略歴］

ポール・ヴァレリー［Paul Valéry 1871–1945］

フランスの詩人・批評家。南仏の港町セットに生まれる。若き日にルイスやジッドと出会い、モンペリエ大学法学部を卒業後パリに上京し、マラルメに親炙する。一八九二年「ジェノヴァの夜」に象徴される青年期危機を経て文学放棄を決意、「テスト氏との一夜」発表後、長い沈黙期に入る。一九一七年、長詩『若きパルク』により文壇に復帰し、一躍脚光を浴びる。後半生は、アカデミー・フランセーズ会員、国際知的協力委員会フランス代表を歴任し、コレージュ・ド・フランスで「詩学」講座を担当するなど幅広く活躍した。

［訳者略歴］

鳥山定嗣［とりやま・ていじ］

一九八一年、愛知県生まれ。京都大学大学院文学研究科博士課程満期退学後、同研究科で博士号(文学)取得。現在、京都大学大学院准教授。専門はポール・ヴァレリー。著書に『ヴァレリーの『旧詩帖』――初期詩篇の改変から詩的自伝へ』、共編著に『愛のディスクール――ヴァレリー「恋愛書簡」の詩学』、共訳書にミシェル・ジャルティ『評伝ポール・ヴァレリー』(以上、水声社)、クリスチャン・ドゥメ『三つの庵――ソロー、パティニール、芭蕉』(幻戯書房)がある。

〈ルリユール叢書〉

メランジュ 詩と散文

二〇二四年九月六日　第一刷発行

著者　ポール・ヴァレリー
訳者　鳥山定嗣
発行者　田尻　勉
発行所　幻戯書房
郵便番号一〇一-〇〇五二
東京都千代田区神田小川町三-十二　岩崎ビル二階
電話　〇三(五二八三)三九三四
FAX　〇三(五二八三)三九三五
URL　http://www.genki-shobou.co.jp/
印刷・製本　中央精版印刷

ISBN978-4-86488-304-7　C0398

〈ルリユール叢書〉発刊の言

厖大な情報が、目にもとまらぬ速さで時々刻々と世界中を駆けめぐる今日、かえって〈遅い文化〉の意義が目に入りやすくなってきました。例えば、読書はその最たるものです。それというのも読書とは、それぞれの人が自分のリズムで本を読み、日々の生活や仕事、世界が変化する速さとは異なる時間を味わう営みでもあります。人間に深く根ざした文化と言えましょう。

本はまた、ページを開かないときでも、そこにあって固有の時間を生みだすものです。試しに時代や言語など、出自を異にする本が棚に並ぶのを眺めてみましょう。ときには数冊の本のなかに、数百年、あるいは千年といった時間の幅が見いだされるかもしれません。そうした本の背や表紙を目にすることから、すでに読書は始まっています。

気になった本を手にとり、一冊また一冊と読んでいくと、目には見えない書物同士の結び目として「古典」と呼ばれる作品があることに気づきます。先人の知を尊重し、これを古典として保存、継承していくなかで書物の世界は築かれているのです。

かつて盛んに翻訳刊行された「世界文学全集」も、各国文学の古典を次代の読者へと手渡し、共有する試みでした。

古今東西の古典文学は、書物という形をまとって、時代や言語を越えて移動します。〈ルリユール叢書〉は、どこかの書棚でよき隣人として一所に集う――私たち人間が希望しながらも容易に実現しえない、異文化・異言語・異人同士が寛容と友愛で結びあうユートピアのような――〈文芸の共和国〉を目指します。

また、それぞれの読者にとって古典もいろいろです。私たちは、そのつど本を読みながら、時間をかけた読書の積み重ねのなかで、自分だけの古典を発見していくのです。〈ルリユール叢書〉は、新たな古典のかたちをみなさんとともに探り、育んでいく試みとして出発します。

Reliure〈ルリユール〉は「製本、装丁」を意味する言葉です。
ルリユール叢書は、全集として閉じることのない
世界文学叢書を目指し、多種多様な作品を綴じながら、
文学の精神を紐解いていきます。
一冊一冊を読むことで、読者みずからが〈世界文学〉を
作り上げていくことを願って——

［**本叢書の特色**］

❖名作の古典新訳から異端の知られざる未発表・未邦訳まで、世界各国の小説・詩・戯曲・エッセイ・伝記・評論などジャンルを問わず紹介していきます（刊行ラインナップをご覧ください）。

❖巻末には、外国文学者ならではの精緻、詳細な作家・作品分析がなされた「訳者解題」と、世界文学史・文化史が見えてくる「作家年譜」が付きます。

❖カバー・帯・表紙の三つが多色多彩に織りなされた、ユニークな装幀。

〈ルリユール叢書〉刊行ラインナップ

[以下、続刊予定]

ジュネーヴ短編集	ロドルフ・テプフェール[加藤一輝=訳]
心霊学の理論	ユング=シュティリング[牧原豊樹=訳]
汚名柱の記	アレッサンドロ・マンゾーニ[霜田洋祐=訳]
ニーベルンゲン	フリードリヒ・ヘッベル[磯崎康太郎=訳]
エネイーダ	イヴァン・コトリャレフスキー[上村正之=訳]
不安な墓場	シリル・コナリー[南佳介=訳]
撮影技師セラフィーノ・グッビオの手記	ルイジ・ピランデッロ[菊池正和=訳]
笑う男[上・下]	ヴィクトル・ユゴー[中野芳彦=訳]
ロンリー・ロンドナーズ	サム・セルヴォン[星野真志=訳]
スリー	アン・クイン[西野方子=訳]
ユダヤ人の女たち ある小説	マックス・ブロート[中村寿=訳]
失われたスクラップブック	エヴァン・ダーラ[木原善彦=訳]
箴言と省察	J・W・v・ゲーテ[粂川麻里生=訳]
パリの秘密[1〜5]	ウージェーヌ・シュー[東辰之介=訳]
黒い血[上・下]	ルイ・ギユー[三ツ堀広一郎=訳]
梨の木の下に	テオドーア・フォンターネ[三ッ石祐子=訳]
殉教者たち[上・下]	シャトーブリアン[高橋久美=訳]
ポール=ロワイヤル史概要	ジャン・ラシーヌ[御園敬介=訳]
水先案内人[上・下]	ジェイムズ・フェニモア・クーパー[関根全宏=訳]
ノストローモ[上・下]	ジョウゼフ・コンラッド[山本薫=訳]
雷に打たれた男	ブレーズ・サンドラール[平林通洋=訳]
化粧漆喰[ストゥク]	ヘアマン・バング[奥山裕介=訳]

＊順不同、タイトルは仮題、巻数は暫定です。＊この他多数の続刊を予定しています。